U0902432

当代陕西文学评论文丛

后起新锐

当代文学闲话录

吴妍妍 著

陕西师范大学出版总社 西安

图书代号　WX24N2347

图书在版编目（CIP）数据

当代文学闲话录 / 吴妍妍著. -- 西安 : 陕西师范大学出版总社有限公司, 2025. 6. --（当代陕西文学评论文丛 / 贾平凹, 齐雅丽主编）. -- ISBN 978-7-5695-4816-7

Ⅰ. I206.7-53

中国国家版本馆CIP数据核字第2024EN5023号

当代文学闲话录

DANGDAI WENXUE XIANHUA LU

吴妍妍　著

出版统筹　刘东风　刘　定
策划编辑　马凤霞
责任编辑　郑　萍
责任校对　马凤霞
封面设计　周伟伟
出版发行　陕西师范大学出版总社
（西安市长安南路199号　邮编 710062）
网　　址　http: //www.snupg.com
印　　刷　中煤地西安地图制印有限公司
开　　本　720 mm × 1020 mm　1/16
印　　张　14
插　　页　2
字　　数　200千
版　　次　2025年6月第1版
印　　次　2025年6月第1次印刷
书　　号　ISBN 978-7-5695-4816-7
定　　价　59.00元

文脉陕西，评论华章（序）

贾平凹

从延安文艺的烽火岁月，到新时代的文学繁荣，陕西文学以其独特的风格和深邃的内涵，赢得了国内外的广泛赞誉。在中国当代文学史上，陕西不仅拥有一支强大的文学创作队伍，同时也拥有一批占领各个历史阶段文学批评潮头的评论骨干。他们以敏锐的洞察力剖析文学现象，参与文学现场，解读作品内涵，为陕西文学的发展注入了源源不断的活力。在新时代文化浪潮中，文学评论作为党领导文学事业的重要途径和方式，作为文学繁荣发展的重要推动力和引导力，正凸显着越来越重要的作用。

为了贯彻落实习近平总书记关于文艺工作和文艺批评的重要论述，以及中宣部等五部门联合印发的《关于加强新时代文艺评论工作的指导意见》，进一步加强和改进陕西文学批评工作，打磨好批评这把利剑，把好文艺的方向盘，同时也为深入总结和发扬陕派文学批评的历史经验，全面呈现陕西当代评论家队伍及其丰硕成果，推动陕西文学批评再创佳绩，助力陕西乃至全国文学发展，陕西省作家协会精心策划并编辑出版了“当代陕西文学评论文丛”。

在选编过程中，丛书编委会始终遵循着精编细选的原则，力求每篇文章都能代表作者个人的最高水平，同时也能反映出陕西文学评论的独特风格和时代特征。所选文章以研究和评论承续延安文艺传统的陕西作家、作品为主，也不乏对中国文坛或域外文学研究的独到见解。丛书汇聚了三代文学批评家中三十位代表批评家的学术成果。他们或生于陕西，或长期在陕工作。他们以笔为剑，以墨为锋，用睿智深刻的见解，共同书写了陕西文学批评的辉煌华章。他们的评论文章，或激情洋溢，或理性严谨，或高屋建瓴，或细腻入微，共同构筑了这部丛书的独特魅力与丰富内涵。

丛书将陕西老中青三代评论家分为“笔耕拓土”“接续中坚”“后起新锐”三个系列。三代评论家有学术师承，亦有历史代际。每个系列都蕴含着不同的时代气息和文学精神：“笔耕拓土”系列收录了陕西文学评论界先驱和奠基者的成果，他们如同手握犁铧的开垦者，为陕西文学评论的沃土播下了希望的种子；“接续中坚”系列展现了新一代批评家中坚力量的风采，他们的评论既有深厚的理论功底，又有敏锐的时代洞察力，为陕西文学评论的繁荣发展注入了新的活力；“后起新锐”系列则汇集了新一代批评家的文章，他们敢于创新，勇于探索，为陕西文学评论的未来开辟了广阔的空间。

“当代陕西文学评论文丛”的出版，不仅是对陕西文学批评历史的一次全面总结和回顾，更是对未来陕西文学发展的有力推动和期待。相信这部丛书的问世，将激发更多文学评论家的创作热情，使陕西文学创作与批评携手并进，比翼齐飞，为推动陕西文学批评事业的繁荣发展，为陕西乃至全国文学的发展贡献新的智慧和力量。

2024年11月8日

目　　录

回归·告别·出发

——读魏微的《化妆》

最初阅读魏微，是通过她的《流年》，纠缠我的不是微湖闸那段涌动着浮躁又略显寂寞的似水流年，而是关于“70年代后”的女性作家，她们的思想观念，她们面对生活的姿态，以及她们在书写中放逐自我的方式。60年代出生的女性作家，比如陈染、林白，她们的书写在于建构属于女性的自我言说的空间，写作恰如天使“致命的飞翔”，而对“70年代后”女性作家来说，飞翔的天使已“尘埃落定”。

对“70年代后”女作家，魏微曾以自己为例这样概括其特点：“天生世故，不真实；对于这个时代的脉搏”，“抓得很准”；对嘲笑、批判，“会小心翼翼，在不该说话的时候”，“绝不说话”；“都是简单的人，一眼就能看到底的”，即便被人批为“糜烂”，也是单纯的糜烂，“不像上一代的女人，是拿爱情当作幌子的，爱得死去活来，简单的男女之间的小事情，也要做得那么繁杂、地老天荒”。[①]既浪漫又清醒，既单纯又世故，会幻想未知的世界，又会接受生活应有的状态，虽然叛逆却也单纯，是这一代人的生存原则。而《化妆》演绎的正是女性这一回眸、挥手与出发之间情感的生生灭灭。小说以十年为一时间段，讲述十年前穷学生嘉丽

① 魏微：《我既暧昧又温存》，安徽文艺出版社，2001年，第161—162页。

在某中级人民法院实习时与已婚的张科长发生越轨而无望的爱情，分隔十年之久，事业有成的她化装成穷寡妇约会张科长，早年的温情相待却成为近似残忍的较量。“化妆”是连接断裂十年爱情的纽带，也是文章的关键所在。本文试图从阐释“化妆”的几种可能内涵入手，管窥全篇。

第一，化妆是一次回归。小说以“十年前”开篇，“十年”并非随意的时间段，它区别出两个年代人物的特点。十年前的嘉丽属于十年前的那个年代，她单纯、纯洁、充满理想。小说如此介绍她的单纯与理想：

> 她的脑子里会像冒气泡一样地冒出很多稀奇古怪的小念头和小想法，那真是光，磷火一样眨着幽深的眼睛。[①]

与单纯理想的精神内核相对应的是物质贫穷，这是她个性形成的第一因素，并自始至终主导她自我人格的塑造，造就了她极度敏感、脆弱与自卑的性情。她提醒自己吃最简单的食物，穿最朴素的衣服，过有尊严的生活，其中又不乏自欺欺人。毕竟，对那些花枝招展的美女，“她不看她们，她鄙视她们，恨她们”是非正常的嫉妒心理。可见，“尊严”面具下也掩盖着对贫穷的憎恨与对财富的渴望。爱情是她人格完成的第二因素。在嘉丽眼里，爱情是无比理想与浪漫的：她没有欲望，她“究竟并不知道这男女之情有何乐趣可言”；她无所奢求，“爱她，她就不能收他的东西”；她也可以不要结果，他不想离婚。嘉丽爱上张科长更是爱上爱情本身。这种爱情一度把嘉丽从金钱的折磨中拯救出来，与张科长在一起的日子是“她生命中最美的一段”。然而，事实上的爱情毕竟不同于嘉丽想象的。从戒指开始，金钱便不可避免地介入。对金钱她极度矛盾，一方面，强烈的自尊告诉她要拒绝施舍，也拒绝用卑劣的手段获取金钱，一次亲热后张科长给她三百元，对于张科长，这可能是一件平常的行为，她却感到自尊被刻骨地嘲弄与侮辱；另一方面，她又在意金钱，竟然去百货大楼查看他送的衣服的价格，并由于衣服低档而质疑对方的爱情，金钱不觉间成

① 魏微：《化妆》，载《名作欣赏》2004年第5期。

为衡量爱情的标准。爱情、理想惨遭质疑，金钱再次主导她的意识，并最终在她的连火车站附近都能听见的尖叫声中隆重登场。

分手后的十年，金钱充满了她的世界。奢华的生活、时髦的衣服、气派的轿车标志她的“上等人”身份，但她并不快乐，反而感到过去的理想、自我在悄然远去，她无法抓住它们，那些稀奇古怪的、就连她自己也不甚明了的狂想，已逐渐离她远去。这种感觉让她心无着落，她亦无法找回它们。在同事、父母眼里，嘉丽现在有身份，很体面；在她自己看来，那段关于贫穷的记忆，那个梦一般的少女时代失落了。只有她自己知道，这些年来，她过着怎样的堕落生活，她背叛了她的贫穷，也背叛了她的人群。在背叛贫穷与人群的同时，她也在背叛过去的自我。而唯一存有关于穷女孩记忆的只有张科长。

打扮成穷人赴约，倾诉“十年潦倒生活”，在她，是对十年前贫穷与自我回归的尝试。她在倾诉的时候也在自言自语，她沉浸在自己想象的忧伤里，张科长的爱怜也让她恍惚回到浪漫与美好的少女时代，“一瞬间，她甚至想重新恋爱了”，过去的自我短暂苏醒，空落的内心渴望寻找填充物。然而十年后的嘉丽毕竟不是过去那个“爱他，就不能收他的东西”的嘉丽，回归只能是一种臆想。

第二，化妆是一次告别。嘉丽对张科长的爱显示出一个笨拙而沉迷的女孩对成熟男性的迷恋。而张科长对嘉丽的爱源于欲求，他把公开、光明、快乐的一面给了上司、同事、朋友、家庭，最痛苦也是最空虚的一面由嘉丽填满。她爱的是他的痛苦，“那谁也不知晓的他生命的一部分”。相对而言，她爱得盲目而轻松，他爱得清醒却内疚。十年之久，他一直不能忘记她，而她却把他与自己的灰姑娘时代一起埋掉。决定见面也是一时的“心软”，潜意识中竟想到“估计今晚和他上床是免不了的”。可见，嘉丽把早年的爱情淡化为简单的性欲，他需要她只是“想跟她睡觉”、不上床就“说不过去”的想法亦带有施舍后的嘲讽与怜悯。此外，想到“上床”而非充满爱的场面，表明与张科长的约会也并非为了延续少女时的梦或重新开始一段刻骨的爱情，现实让她不再迷恋爱情。

化妆是偶然想到的，又像是渴望已久的，“三十年了，没有哪件事会让她如此激动”。她精心地“把自己弄得比较满意”后，怀着一个旁观者的心态，“仔细端详着自己，自以为无可挑剔”，当恍惚间回到过去，“她的身体竟一阵簌簌发抖”。她满意的不是自己的穷状，是自己的化妆术。前提是她成功的律师身份，所谓端详不是“入戏”，客串者玩味贫穷罢了，“簌簌发抖”的身体又彰显了玩味背后的侥幸与后怕心理。“化妆”不是真正渴望回归，而是一个决定要走的归乡客对曾经的驻留地的短暂一瞥。

“化妆”原是展现不同于真实的面具。嘉丽所做的也只是对富人面具作短暂告别，换一副穷人面孔。这种告别并不彻底，因为还要回来。事实上，在十年后这个奢华、浮躁、注重外表的年代里，包装像一层“盔甲”，把人们真实的自我层层封闭，真实的面容早已失落。对嘉丽而言，只有十年前的她才是真实的。或许这个年代已无法检验真实，只有虚假才能让事实浮出水面。也只有化装为穷人的嘉丽才能把让爱情、体面都难堪的金钱推到桌面，并在惨痛的“革命家史”中无限扩张，到她说“是啊，嫖要花钱的，而你舍不得花钱”时张扬到极限。理想的彻底毁灭是意料之中的，只是它来得有些猝不及防。那段关于金钱的政治，那愤怒的一句“我不欠你的”，把一切虚伪与真实、憧憬与美好撕裂，告别终于来到。在“化妆”伪装下的告别终有着面对现实之丑的怯生与不忍。

第三，化妆是一次出发。女性的独立首先是经济上的独立，出走的娜拉毅然告别家庭的傀儡角色，前提是她足以自立，而贫穷、软弱的女子即使有出走的勇气，也只能做出苍凉的姿势，走到楼上去。十年时间，嘉丽获得了告别家庭、告别男性的筹码与底气，她仍需要获得跟自己告别的勇气。

十年前，在嘉丽与张科长两者之间，张科长是征服者，嘉丽是被征服者。他风度翩翩、精明强干、事业有成，一句“冷吧”的问候充满了强者对弱者的怜爱，但这种爱没有强烈到放弃自己的家庭；他本人没有钱，利用公款带她出入歌舞厅、大饭店，给她买便宜的戒指、衣服，他的付出还有弥补愧疚的意思。她平庸、怯弱、贫穷，因为爱他，对他并无索取之意，且一直畏惧“卖淫”二字，但她仍要验证衣服的价位，把二人的关系跟嫖客与妓女相比较；她因贫穷而卑微，同时她爱他，“简直不敢看他的眼睛”。可见，嘉丽并不是以平等者的姿态正视后者，而是对其充满仰视与崇敬，她对他所有的爱是服从与奉献，而他对她的爱是索取与满足。在这段关系中，她既无法左右他人，又无法左右自己。如果说这是一场戏，他是统帅全剧的主角，她则是配角；如果把十年前的生活看作一个世界，这个世界是男性安排的，她只是这个世界被看者的角色。

在经历了奋斗与成功的十年后，经济的富裕带给她出人头地的快感，六七百块钱一顿的午饭冲淡了关于贫穷的记忆，她又分明感觉到历史的车轮远去时心灵的丧魂落魄。无论如何，昔日的仰视者征服了更多艳羡的目光， 她有足够衣冠楚楚的外表让自己“鹤立鸡群”。她经济独立，她有钱，她无须依靠任何男人，却不愿意选择珠光宝气地出现，接受应有的爱慕、恭维与臣服。

富足的嘉丽是他所渴望的，或许是为了减轻愧疚，他愿意看到她事业有成，家庭幸福。然而嘉丽却为他展示了一幅穷困潦倒的生活图景，破坏了他对她的美好想象。十年的创业让许嘉丽有了主宰自我世界的勇气与力量，她不仅以“化妆”来破坏男人想象的世界，还要由自己的想象来创造另一个世界。这个世界再也不像十年前那样清高而虚伪。在这个世界里，她对曾仰视的男人无丝毫崇敬与感激，她带着居高临下的姿态无所顾忌地提到钱。事实上，她做的却近似直逼灵魂深处，把一切暴露干净。如果把十年后的相遇看作另一个世界，这个世界的安排者不再是张科长，而是嘉丽自己。“化妆”是女性复苏自我并主宰自我的宣言，尽管戴着面具，女性却已出发。

嘉丽代表着浪漫而世故的70后知识女性，寻求真爱也重视金钱，但最终在对男性的失望中独自远行，这一过程，女性用了一个时代。前后十年，是女性走出传统、理想与男性，走向现代、世俗与自我的历史。如果也曾渴望回归，蓦然回首中竟有如此的不堪追问；如果也曾告别，挥舞的裙袖满含着眷恋；如果也是开始，笑靥里还残留着挣扎后无言的痛楚。所幸是走出来了，那冷漠的乞丐、“天桥底下的车来人往”告诉她什么是存在，什么是现实。

原载《名作欣赏》2004年第9期

“泛政治化语境”下的悄然突围

——《百合花》的一种阐释

茅盾之于《百合花》无异于伯乐之于千里马，“清新、俊逸”[①]的论述使后者脱颖而出，并成为评论的焦点，一时的论述均围绕“歌颂军民血肉关系”各抒己见。20世纪90年代，多元批评语境下的文本重读促使评论界再次关注《百合花》，挖掘出其反叛意识，但多以主题思想为阐述的突破口。不应忽视的是，文学是语言的艺术，任何一个语词（或者符号）的选择与组合都积极参与了文本意义的构成，某些语词的改变又往往产生“牵一发而动全身”的效果。由此，以这些语词为点，凿一路径，并开辟出一片天地来，不失为分析文本的一条路径。

美国作家赫胥黎曾在小说《美妙的新世界》中描写了这样一个场景：在一间阳光明媚的房子里摆满接通电源的鲜花，一群孩子被带进来之后，本能地扑向鲜花，而电源就在孩子们的手几乎碰到鲜花那一刹那拉下。当这一情景重复一千次后，在孩子们的经验世界里，鲜花作为一个符号带上了某种暗示，直接指向电源。换句话说，任何一个符号存在，不仅有它的所指、能指，有与它符号间的横组合关系、纵组合关系，还与承载符号信息的语境融为一体，这一点也构成了我们用符号学理论阐释《百合花》的“合法性”。

① 茅盾：《谈最近的短篇小说》，见《茅盾选集》第5卷，四川文艺出版社，1985年，第516页。

一、从“女同志”到英雄重构

索绪尔认为，文本中各词项间的关系表现为两种平面：一是组合段平面，即一词项与之前或之后词项间的组合关系；二是联想段平面，即该词项与其关联词项间的关系。后者只有通过联想得到。例如，A、B、C构成一组合段平面，每一个单元又是一个自足的体系，通过联想又可以获得A1、A2；B1、B2；C1、C2……并分别构成联想段平面。文章中的“女同志”作为标识人物身份与关系的符号，同样可以引申出英雄、女英雄、同志、朋友等词项，共同丰富了“女同志”的内涵。由此，我们不妨从“女同志”的联想面切入文本。

如果要用一个等式来界定“女同志”，则为“同志+女（性别特征）=女同志”。有一点需要指出：“女同志”本应与“男同志”相对立，两者与“同志”构成从属关系。但在实际运用上，“男同志”一词已被“同志”“越权”取代，失去了存在的依凭，也几乎丧失意义。而“女同志”一词因“同志”所指的男性化，又带有（男）同志某些特性。当阶级解放带来了妇女解放，女性投入战场，“女同志”一词才具有现实意义。文中“女同志”以“我”的身份出现，并与前后词项一起构成了横组合关系。小说中这样写道：

> 团长对我抓了半天后脑勺，最后才叫一个通讯员送我到前沿包扎所去……包扎所就包扎所吧，反正不叫我进保险箱就行……笑我胆小怕事……凭经验，我晓得这一定又因为我是女同志的缘故。①

女同志下连队，就有这些困难。“女”是性别身份，“同志”是对同一政党成员的称呼，代表政治身份。“女同志”，一方面以女性身份出

① 茹志鹃：《百合花》，载《延河》1958年第3期。

场，表现出与男性的差异；另一方面，女同志作为政党成员，又具有某些与男性相似的特质。对“女同志”一词，女性看重的是“同志”，男性在意的是“女”。因此，团长对“我”抓了后脑勺，通讯员对“我”更是手足无措，而“我”则是“不进保险箱就行”，即可以任何方式投入战争。

在当代“十七年”文学作品中，女性走向革命、投入生产首先是作为与男性平等的“头顶半边天”的人，其次才是女人，她们抛开性别意识，与男性齐头并进，演绎出一系列被“雄化”的女英雄壮举。如《李双双小传》中的李双双、《青春之歌》中的林道静、《新结识的伙伴》中的张腊月与吴淑兰、《杜晚香》（初稿完成于1966年）中的杜晚香等等，她们无不是在党或代表党的男性引路人指导下，积极投入生产/运动/战斗中，成为团员/党员/女英雄。她们身穿去性别化的外衣，走出家庭，但同样坚守传统道德底线，社会对女性的要求也在约束着她们。她们纯洁、羞涩。这些女性或者避而不谈爱情，如杜晚香、李双双、张腊月；即使谈及爱情，也只把它视为自己政治上前进的动力，如林道静。以此对照女同志“我”，“我”显然不是一个女英雄，小说对“我”的内心阐释简直“肆无忌惮”：“我着恼地带着一种反抗情绪走过去”；“我已从心底里爱上了这个傻乎乎的小同乡”；“‘通讯员’三个字使我打了个寒战，心跳起来。我定下神才看到符号上写着X营的字样。啊！不是，我的同乡他是团部的通讯员。但我又莫名其妙地想问问谁，战地上会不会漏掉伤员。通讯员在战斗时，除了送信，还干什么，——我不知道自己为什么问这些没意思的问题”。[①]

作为一名战士，不是同志的受伤而是“通讯员”三个字让“我”打了个寒战，“我”心跳加速缘于害怕通讯员会牺牲；“啊！不是”的一种放松感以及“爱”的朦胧意识把女性细腻的心理甚至有些自私的成分活脱脱呈现出来，“我”所有的“反抗”、焦虑、担心都来自通讯员，而不是其他。

---

① 茹志鹃：《百合花》，载《延河》1958年第3期。

深入“女同志”“女英雄”探讨，不难引出其联想概念：同志、英雄。在当代“十七年”文学作品中，始终有一类人物作为伟大的革命事业的引导人出现，他们代表着党的形象发言，因而出身、性格与信仰几乎无可挑剔。如《青春之歌》中的卢嘉川、《红旗谱》中的朱老忠、《黎明的河边》中的小陈、《艳阳天》中的萧长春、《创业史》中的梁生宝等，他们投入革命与生产时毅然决然，对阶级敌人表现出凛然正气，对功利淡漠超然，使他们成为高大全的人物形象，即使有不足也仅是工作经验上的不成熟，最终会在上级党组织领导下朝着党指引的方向前进，成为典型。诚然，他们并不是小说极力颂扬的对象，他们只是一个典型，一个个案，无数个典型聚在一起，折射出光辉的时代，以及时代引路人党的英明领导，由此达到歌颂党光辉形象的“彼岸”。作为英雄，人物必须具有英雄气概，内心的挣扎与冲突、爱情的苦闷、潜意识、梦……这些内容务必剔除。如此对照通讯员，后者显然不像一个英雄：面对女同志，他“脸涨得通红”；借被子，“他踌躇了一下，便和我一起去了”；没借到被子，他说，“女同志，你去借吧……老百姓死封建”；还得“我”“把群众影响的话对他说了”，他才“松松爽爽地带我走了”。甚至他的死也因为不知从哪里来的手榴弹乱转，他扑到那个东西上了。这样一个毫不具备英雄气质的人却完成“为了……（他人）而牺牲”的行动，与黄继光等英雄殊途同归。作品完成了对通讯员英雄形象的“补救”。

然而无论对于“我”、新媳妇还是担架员，通讯员无疑是一个英雄。如果把英雄看作一个讯号，那么发出者为通讯员，接收者分别为新媳妇、“我”、担架员。由于接收者不同，对“英雄”内涵的理解亦不尽相同。在担架员与通讯员之间，发出者是战士，接收者也是战士，“救命之恩”是信号，“英雄”至少包括两种内涵：一是恩人，一是身边的人。在新媳妇与通讯员之间，发出者是战士，接收者是人民，“英雄”蕴涵着这些内容：来借被子的男同志；“同志弟”中，“弟”即亲人；为了老百姓打仗牺牲的人。“我”与通讯员之间的关系极为复杂：“我”是战士；从

"我"把去包扎所想象为赶集，从通讯员的不理睬闹情绪看出，"我"更像一位普通"女性"；"我"与通讯员是老乡，所以接收者"我"是战士、女性、老乡，发出者通讯员是同志、男性、老乡。在"我"看来，"英雄"是身边的人，是朦胧的"爱"的对象，是小同乡。从"英雄"的三种内涵中可以推导出这样一条符号链：身边的人——触摸感、亲近感——亲和力——亲人。"英雄"从橱窗里、炮火中、普罗米修斯采集圣火的地方堕入日常，不仅可歌、可泣、可敬，更可亲、可爱、可近。

英雄形象的塑造因英雄的死亡添上了具悲剧性的一笔。对"悲剧性"内涵的把握有必要回到文章开头——"一九四六年的中秋"。"一九四六年的中秋"置于文章的开头，它扮演了一个基石的角色，引导读者拾级而上。这句话至少传达这样一个信息：这是一次历史重写。不难理解茹志鹃何以钟情历史，"一个作家的'语言风格'，它总是被某些来自传统——也就是来自社会——的言语模式所充满"[①]。"革命历史题材"在当代"十七年"文学中书写着极重要的一笔，《铜墙铁壁》《红旗谱》《苦菜花》《山地回忆》《青春之歌》等作品几乎都以情境"亲历者"或貌似亲历者的姿态讲述革命胜利的光辉历史，这既是作者革命经验的表白，又是参与革命"经典化"进程的体现。这些文本构成了"尽管……终于迎来了……"的模式，即"受难—抗争—胜利"的叙事结构，到达"普天同庆"的"大胜利""大团结"后，人格也经受了血的洗礼与升华。这毋宁说是人文知识分子认同时代主流及"参政议政"的一种言说方式。潜入历史叙述基于重现历史的渴望，基于"喝水不忘挖井人"的感恩心态，达到升华"没有……就没有……"的初衷。

基于此种文学语境来看作品，我们发现，英雄的死亡并没有产生与黄继光"感天地、泣鬼神"异曲同工之效。没有勋章，没有掌声，甚至没有留下姓名，油枯灯灭一样悄然，所拥有的仅仅是一床撒满百合花的棉被与

---

① 罗兰·巴尔特：《符号学美学》，董学文、王葵译，辽宁人民出版社，1987年，第16页。

随着岁月流逝将越来越淡的记忆。茹志鹃把这篇小说称为“没有爱情的爱情牧歌”[①]，我们不妨依葫芦画瓢，称之为“没有英雄的英雄悲剧”。远离了硝烟战场，传统的英雄消失，通讯员为战争而死却是真正的英雄。从英雄形象的重构中，我们看见文本中偏离主流的反叛意识在悄然产生。

二、步枪筒、馒头与棉被

文本中的每一个词语都可以看作一个符号，承载作者或读者所赋予的含义。符号与符号的组合扩充了符号的外延意义，如此循环往复就产生了文本意义无限存在的可能，即罗兰·巴尔特所说的，以言语形式的组合段，表现为一种无限的本文[②]。逆流而上，从几个有代表性的重复出现的语词同样可以切入“无限本文”的分析。

“我”初见通讯员时，文中这样写：肩上的步枪筒里，稀疏地插了几根树枝，这要说是伪装，倒不如算作装饰点缀。“步枪筒”作为一个专有名词，它与“黄军装”“绑腿”等组合，指向革命年代，并赋予此意义：战争、正义、残酷、死亡；“树枝”作为生命、自然、和平的象征，与前者产生生/死、自然/暴力的冲突、对立。“步枪筒”里插上“树枝”说明通讯员对生命、自然的渴望。与通讯员告别时，他的步枪筒里多了一支野菊花，跟那些树枝一起，在他耳边抖抖地颤动着。野菊花与树枝同为植物。我们常将花喻作女人，树喻作男人，花更柔美芬芳，树更伟岸坚挺。“枪筒”与“野菊花”的组合产生了一种张力，后者以生命的绽放消解了步枪筒的冷酷与无情，使通讯员对美丽生活的爱意跃然纸上。这一系列对立在“要不是敌人的冷炮，在间歇地盲目地轰响着，我真以为我们是去赶集呢”上得以升华。

① 茹志鹃：《我写〈百合花〉的经过》，见孙露茜、王凤伯编《茹志鹃研究专集》，浙江文艺出版社，1982年，第51页。

② 罗兰·巴尔特：《符号学原理——结构主义文学理论文选》，李幼蒸译，生活·读书·新知三联书店，1988年，第152页。

“冷炮”与“赶集”，一边是你死我活的残酷与紧张，一边是日常生活化的快乐与悠闲。“我”以赶集的轻松平和心态“去包扎所”接受任务，倒是敌人的冷炮向“我”提醒战争的存在。把“去包扎所”接受革命任务想象成赶集，战争凝聚到一两声盲目的冷炮声上，具有反讽意味。

“干硬的馒头”与步枪筒里“野菊花”的对照产生超出词语本身的含意。干硬的馒头是物质食粮，是艰难岁月的象征；野菊花是自然的象征，是精神食粮。两者的组合构成物质与精神、现实与理想的交融，或者说，在严寒的冬天仍然思念着春天。馒头作为一种“信号”，在“我”与通讯员之间建立一种“给予”关系：通讯员——给予“我”——馒头。所给予与所取得的不仅是馒头，还有关怀与温暖。当通讯员牺牲后，“我想推开这沉重的氛围，我想看见他坐起来，看见他羞涩的笑”，“我”与通讯员之间又产生一种假想关系：“我”想象（通讯员）……（非实际行动）。通讯员在“我”的担惊受怕中“终于”牺牲，无助的“我”所有的希望不能投诸现实，而只能投诸于事无补的“幻境”——“我想”。“我”无意中碰到了“两个干硬的馒头”，把“我”唤醒，随即“给予”信号功能发挥作用，并把“我”引向回忆，（“我”想起）他“摸出两个馒头，朝我扬了扬，顺手放在路边石头上”。馒头的本质没有改变，只是它置身的语境变了，第一次出现时通讯员精神活泼，再一次出现时他已牺牲，干硬的馒头强化了现实与想象的对比，落寞、无奈与悲怆感油然而生。

“借棉被”是文章的中心环节。与“棉被”相关的有一些行动层：借棉被、抱棉被、（新媳妇）铺棉被、盖棉被。通讯员与新媳妇的“冲突”也因棉被而起，最后，通讯员向新媳妇借来的棉被，被新媳妇盖在了通讯员自己身上。“棉被”的所指已确定，当它与一系列动作形成连带关系，尤其引出百合花这一象征物，“被面是假洋缎的，枣红底，上面撒满白色的百合花”，百合花的内涵就附加在棉被上。棉被代表着美好、纯洁、生命、感情，传递棉被就是传递感情、关爱。一传一接的过程因接受者的死亡中断、受挫。新媳妇的情绪由最初的“羞涩、忸怩”变为“庄严、虔诚”，继而“异样”，到“脸色发白”“狠狠地瞪”“气汹汹”，最后到“眼里晶莹发亮”。与之类似的是一个上了年纪的担架员抓住“我”的膀子，说：“大夫，你无论如何都要想办法治好这位同志呀。”《黄继光》中“冲呀！为黄继光报仇”的激动呼声逐渐远去，在死神面前，对生命的渴望显得越发强烈。无论是新媳妇、担架员还是“我”，心中涌动的不仅是神圣与崇高，更是痛楚与悲愤。

“步枪筒”“馒头”与“棉被”分别承载着超越词语本身的内容，且三者表现出相互间意义的连贯性，这至少暗示文本中潜藏着一股暗流，组合成文本的某一微观内涵，即追求生命与安乐，摒弃死亡与暴力。把这一认识放在整个文本氛围中加以扩展，可以从文章首、尾句来实现。“一九四六年的中秋”，“那条枣红底色上撒满白色百合花的被子，这象征纯洁与感情的花，盖上了这位平常的、拖毛竹的青年人的脸”。

用“平常的、拖毛竹的青年人”代替通讯员，这一替换使所指内容相应转变——故乡出场。“拖毛竹”对于“我”是“故乡”的指示物。

> 一个肩膀宽宽的小伙，肩上垫了一块老蓝布，扛了几支青竹，竹梢长长地拖在他后面，刮打着石级哗哗作响……这是我多么熟悉的故乡生活啊！①

回忆故乡的中秋节：

> 啊！中秋节，在我的故乡……孩子们急切地盼那炷香快些焚尽，好早些分摊给月亮娘娘享用过的东西……我想到这里，又想起我那个小同乡，那个拖毛竹的小伙，也许，几年以前，他还唱过这些歌吧！
>
> 天黑了，天边涌起一轮满月……在这样一个“白夜”里来攻击，有多困难，要付出多大的代价啊！我连那一轮皎洁的月亮，也憎恶起来了。②

---

① 茹志鹃：《百合花》，载《延河》1958年第3期。

② 同上。

在对月亮的爱与憎之间传达出两层含义：在战争的语境中成为憎恶的对象，在故乡的语境中则充满着祥和与甜蜜。其实，月亮本身与“甜蜜”“憎恶”并无对应关系，当“我”赋予它情感时，它才鲜活起来。“我”所憎恶的不是月亮而是战争，向往的不是月亮而是故乡。在这里，故乡是记忆中一幅永远恬静而美丽的图画，没有战争、死亡、暴力，有的只是安宁、甜蜜。“故乡”承载着超越词语本身的内涵，也超越了所指实体，成为一个抽象概念，是在想象中存在的，即“我”遥遥思念的并不是现实中存在的“故乡”，而是“我”渴望的精神皈依之所，是永远丰盈美好的心灵境界。由此，“故乡”是一种情结，它囊括了自然、生命、安宁、甜蜜等意象。在故乡与战争的取舍之间再次重申了“步枪筒”“馒头”与“棉被”等符号的内涵。如果把整个文本看成一个大符号，同样可以找到一个句子作为其对应物。“女同志”“我”是见、闻、思、感的对象，“我”的体验是焦点，这样就构成了“‘我’渴望故乡，反对战争”的句式——在以生命为代价的战争喧嚣中，人们对生的本能渴望，对静寂、安宁的精神家园的永远渴求，以及对战争的远离、反思乃至重审。

但这种反思与重审并不毅然决然。文章写作的1958年，“双百方针”早已提出，但文艺界并非风平浪静，《百合花》在《延河》发表之前遭受退稿就是例证，“泛政治化语境”像一个“紧箍咒”，在不断发挥作用。自20世纪50年代起，一系列“批判运动”凸显了文学与政治的同构。知识分子话语权力和批判品格的全面中断惊心动魄，文学界的“左”倾表现为文学批评以政治图解文本。政治标准“第一”，文学标准“第二”，“常表现为对是否写出生活‘真实’、生活‘本质’，是否表现了‘历史发展规律’的质问”[①]，而“真实”“本质”与否又取决于政治、文学权力者即话语权拥有者的裁决。20 世纪50年代的“中心作家”自觉把现实政治看作文学的目的，把文学看作实现政治目标的手段，作为“中心作家”之一

① 洪子诚：《中国当代文学史》，北京大学出版社，1999年，第26页。

的茹志鹃自然要与政治主流保持高度一致，不难理解其认同之余解构的屏声敛气、小心翼翼。

所以才有英雄行为的书写与既定英雄模式的解构、高扬军民“鱼水情”与反思战争的“二元对立”。突围是貌似趋同之下的突围，是一次涉险的乔装、越轨之为，是心灵的悄然放逐，带着历史的硬伤与窃喜。

原载《苏州大学学报》（哲学社会科学版）2004年第5期

乡村城市化进程与女性“留守者”角色

城市和乡村是社会存在的两种基本形态。在我国古代，城市主要为政治军事意义上的存在，《吕氏春秋》中有“筑城以为君，造郭以为民”的说法。乡与城的关系较为密切，费孝通曾指出，“从基层上看去，中国社会是乡土性的”，他又说，“从这基层上曾长出一层比较上和乡土基层不完全相同的社会，而且在近百年来更在东西方接触边缘上发生了一种很特殊的社会”。[①]这一特殊社会出现的根源是“市”的膨胀。关于“市”，《易经》中有一句，“日中为市，致天下之民，聚天下之货，交易而退，各得其所”，可以见出其商业性质。在19世纪末20世纪初，现代工业突飞猛进，中国城市由军事化政治化的“城”进入“市”的阶段，社会连接纽带由血缘关系转为商品关系，城市与乡村的差距由此拉开。尤其自20世纪80年代以来，城市逐渐显示其物质与精神的双重优势，吸引着一大批农村青年自觉放弃土地、放弃乡情以及亲情，挣扎进城。他们在对城市的想象中认识到城市是优越于乡村的生存空间，进城不仅意味着户口本的变化，更意味着拥有乡村难以企及的文化场。然而，他们在进城之前，传统社会价值观念已经在潜移默化中深入骨髓，危机正缘于此。

英国社会学家鲍曼曾以“矛盾性”阐释现代性；吉登斯也曾说过，现代社会与前现代社会均有信任环境与风险环境。传统社会的风险环境

① 费孝通：《乡土本色》，见《乡土中国》，北京大学出版社，1998年，第6页。

来自物质世界的种种危机，现代社会解除了物质世界的危机，工业化又带来了新的威胁。面对城市现代性的矛盾以及生存焦虑，乡村信任环境相对凸显出来，并逐渐纠缠住这些“进城者”，乡村又成为他们守望自我的栖息地；而当他们突然发现自己的精神家园正在向城市迈进，失落家园便成为最大的威胁。这种由渴望远方到家园失落的心路历程对“农裔”作家来说尤为刻骨而不可回避。由为了美好前程弃乡进城[①]到失落于城市的“望乡”，在追求与失落之间，一直有一个精神场地平衡受伤的灵魂，这个场地就是“乡村”，它不仅是地域乡村，还是自己曾认同的乡村文化。而在文学作品中，男性“进城者”身后的“乡村”角色则往往由一位女性来承担，为出发者留守的女性既是传统文化又是乡村眷恋场。她们的留守姿态并未定格，而是随着男性对乡村与传统文化的姿态相应转变。

一

“远离故土”早已不是一个陌生的话题。不管远方构成何种想象，“执意要走”的意识使每一位乡村之子清醒而激动不安。中国现代文学大家们，如鲁迅、郭沫若、郁达夫、巴金等，他们笔下常有“独自远行”的知识分子，在城与乡之间选择城，在东与西之间选择西。在他们远行的背后亦时常站着一位与传统文化契合的留守者，或许也有过歉意，但人的觉醒以及对现代性的强烈渴望，无法使他们再认同象征传统文化的留守者，留守者被弃置是时代的必然。缺乏相互之间的留恋与等待，也就无所谓真正的“留守者”，如《边城》中的傩送负气出走，翠翠不过是被爱情遗弃的少女。“十七年”文学作品中的女性多为“头顶半边天”的革命者，农业合作化运动大潮中，农村中的男女均热心乡间劳动生产，渴望进城等同

① 贾平凹、莫言、阎连科、刘庆邦等“农裔”作家都表达过自己对离开农村的强烈渴望。

于不热心于合作化运动，甚至被视为娇惯落后，如《创业史》中的徐改霞、《黑凤》中的月艳。20世纪80年代以来，乡村男性顺应改革大潮，率先进城，乡村女性作为留守者形象大量出现。

较早塑造“留守者”形象的是路遥，巧珍为爱留守，知识农民高加林却走得义无反顾，“不留恋”决定了巧珍留守的无望。路遥在写《人生》时，主要突出贫富、城乡等的强烈反差，通过对比形成冲突，强化城乡两地价值观念的不同，通过高加林的由乡入城体现出来。乡村有善良的不计付出的巧珍；有因缺乏现代文化知识而表现出愚昧的村民，高加林往井里撒漂白粉被其他村民误解与嘲讽；更有权力的威慑力，当漂白粉事件在村里闹得沸沸扬扬时，村书记高明楼的主持公道立刻让众人服帖。相较而言，高加林对城市或城镇并不熟悉，虽有几年县城中学的学习生涯，他并未真正接触城镇居民，只因失落于乡村，才有对城市现代性的美好想象。他游离于两种文化场域之间，乡村文化是安身立命之所，城市文化是心之所向。但作者并不想说明两种文化如何和平共处，他需要以人物的抉择来抒写自己的情怀，于是就有了高加林在巧珍与黄亚萍之间的选择。其实，从高加林离开乡村那一刻起，巧珍就被迫成为“留守者”。但她的留守是无望的留守，渴望城市文化的出走者并未想过归来。

城市文化与乡村文化原本是平等的，但在相互碰撞中前者时常表现出肆意支配的姿态。获得了虚荣与自我的进城者，却在城市的“权力”面前丧失了“自由”。尽管高加林与亚萍的相处时常让他想起纯朴的巧珍，他依然不放弃城市，他是被城市的公正法理驱逐出城的。丧失“城里人”身份的高加林，带着对城市的幻灭暂时返乡，宣告了农民进城的失败，迎来的却是乡村礼俗社会的真诚接纳。他切实地感受到质朴的乡情与民情，以“扑倒”表示对乡村与圣洁的乡村女性的愧疚。出乡者的幡然醒悟似乎证实了“留守者”付出之后终于迎来回报，以及“出走者”对“留守者”愧疚与补偿，巧珍的出嫁却使“补偿”落空。这种安排显然是作者有意为之。高加林的返乡是出于被迫，他对城市的渴望仍在，盲目放弃后渴望找回的，与其说是对“留守者”的爱，毋宁说是在失落于城市之后的精神慰藉，更是对自己负罪感的解脱，抚慰的仍是自己那颗破碎的心。将浪子的愧疚感越放大，“留守者”的意义才越得以凸显。

留守是不确定有无希望的等待，但“留守者”不会因无希望而怀疑等待的意义甚至放弃等待，执着本身就带有牺牲的意思。正是在这一无望的留守中，传统文化被置于接受忏悔的位置，“留守者”也被置于近乎完美的高度。“留守者”的无望及其形象的高大取决于进城农民出发的毅然决然。无声地放弃身后的乡村，又无法向现代文化妥协，离去的态度越坚决，“留守者”形象越完美，看似极其矛盾的处理方式，却体现出远行者的情感平衡与内心慰藉。

二

相对于乡村的闭塞与贫困，城市以其更开放张扬的姿态接纳“乡下人”，给他们提供实现自我价值的平台。他们在现实中不断扩张自己的抱负，彰显自我价值，同时，传统乡村的印迹又在潜流中涌动。潜意识中深藏的乡村文化因子，在“城里的乡下人”与城市文化的对话中，蠢蠢欲动，事实上，一旦“乡下人”带着对城市的想象迈入城市，隐约呈现的现实危机便将轻而易举地击毁这一想象。在受挫与失落之后，记忆中的乡村悄然复苏，并以极富亲和力的面容出现，乡村之子由此开始渴望返乡之旅，这种返乡是自愿放弃城市文化后的自觉行为，乡村的“留守者”无尽的等待终于迎来了“回报”。

在乡村文化与城市文化之间挣扎最明显的是贾平凹，其《浮躁》中的金狗就是一位返乡之子，他原是州河上的船工，进城渴望是在报考州城报社时萌发的，尽管并不强烈，但当他从英英口中得知他们两人之中只取一名时，仍然“冷了半截”。他的挣扎进城一部分缘于对城市的向往，更多的成分则缘自报复心理，表现为对英英诱惑的无法抗拒，从而生发出对自己的沮丧、对小水的愧疚，进而激发对英英的加倍抵触。英英和小水是金狗接触的两种女性，英英有相对优越的家庭条件，她冲动泼辣大胆；贫寒出身的小水含蓄内敛稳重。英英是兽，小水是神，作为人的金狗一度在二者之间徘徊，对英英的冲动与对小水崇敬般的爱体现了他的两种自我，充满欲望的本我与圣洁的超我。与欲望结合后，金狗感到自己开始堕落，越发愧对小水，进城是对现实的一种逃避。留守的小水处于一种尴尬又复杂难言的状态，这种留守是在履行一种没有约定的约定，等待从一开始就注定了无望，因此她与福运的婚姻并未带上某种牺牲意味。同样，金狗带着悔恨进城，他所有的内心挣扎不是来自他与城市之间，而是来自他与自己的欲望之间。报社的日子让他认识到城市现代文化的危机，尤其与石华产生暧昧关系，加剧了他内心的焦虑，一方面是传统文化熏染下的性爱观，另一方面是现代文化中欲望的宣泄。他选择离开州城回到白石寨，因为“白石寨是家乡”，更是因为受诱惑后的良心发现。他发现在新的生活中滋生了一种可怕的东西，这种东西让他丢掉了山民的质朴，他渴望找回安身立命之本，它们在小水身上呈现。面对石华的欲望，他再一次选择逃避。菩萨般的小水是他的精神支柱，是他安妥浮躁灵魂的根本。

故事进展到这一阶段，小水与巧珍的形象塑造并无本质区别，同样圣洁伟大。但此后，小水的角色开始转变，起因是福运的死。如果说，此前小水在金狗眼中是高不可攀的菩萨，当他终于向小水诉说爱的时候，小水实际已从菩萨降为欲望的爱人，她身上圣洁的光芒与金狗对她的愧歉均在悄然褪色。获得了爱的小水是获得了慰藉的“留守者”，她的形象也由巧珍的几近完美走向平实，这至少说明金狗与她“平等”存在。然而遗憾的是，似乎是她的寡妇身份削减了她的完美。

如此塑造“留守者”，在贾平凹应归于传统文化与现代文化融合尝试的考虑。传统精神随着小水留守身份的转变从伟大走向亲和，同时现代文化也并不被弃置。金狗从记者站撤退后，以另一种方式走向州城，最终离开了土地，成为州河上行船的船工。贾平凹曾一再重申自己是农民，如何写都是有温度的，又说自己骨子里爱时尚得很，并指出农民文化中有好的东西也有不好的东西。能如此面对城乡文化，说明贾平凹的理性与客观，这也就不难理解他的精神情感何以在城乡中挣扎徘徊，以至于自《废都》之后，他作品中的人物一直行走于返乡与离乡之间。

如果说，路遥作品中的乡村还是一块静静的遥想城市文化的处女地，《浮躁》中的农村则表现出对城市现代性躁动不安的情绪，城市文化与传统文化在小说中正试图寻找契合点。深谙传统性与现代性的危机，作者既不愿意对传统文化顶礼膜拜，也不愿意盲从现代文化。在认同乡村文化中进入城市，在追求现代文化中回望乡土，因此才有了小水的留守与出走者的归来。

三

从路遥与贾平凹的作品看，20世纪80年代初期对城市“现代性”的渴望还只是部分知识农民的“逆流而动”，那么到90年代，乡村已纳入“城市化”轨道，“进城”也成为农民的日常话题，拒绝进城反而成为“逆流而动”。因此，对20世纪末的乡村来说，只有远行者没有归来者，失去归来者的留守似乎毫无意义。李佩甫《城的灯》中的刘汉香就是出现于这一时期的“留守者”。

小说中的进城者冯家昌的出乡是被动的，在他与刘汉香的爱情“暴露”之后，刘国豆提出娶汉香的条件——在部队“穿上四个兜”，即提干。提干与娶汉香的目标本应一致，但在部队生涯中，两个目标却发生了偏差，周主任亲侄女的出现让他面临困境。为了娶汉香，必须提干；要提干就不能失去周主任的信任；要获得周主任的信任则必须接受其侄女；接受其侄女则不能娶汉香。冯家昌陷入困境。其实无须选择，结局已定，无论如何他都无法实现迎娶汉香的愿望。放弃周主任的侄女他将一无所有，冯家昌所做的，只是一个理性的现代农民在“乡村城市化”大背景下，为实现“由乡入城”的迁徙。“农民进城”不仅为个人实现自我，更是背负着家族兴盛的重任，冯家昌为了整个冯家的前途牺牲了“留守者”的爱情，他的牺牲似乎比高加林更值得同情，但刘汉香的等待是无怨无悔的，她不顾乡民的舆论，主动住进了冯家，帮他养育四个弟弟，在得知冯家昌背叛后，她没有按村里人出的招“教训”他，而是忍着剧痛离开这里，体现出传统文化的宽容与无私。

挣扎进城的冯家昌以战胜城市的心态面对城市。作者并未过多阐述他对乡村抑或刘汉香的忏悔意识，他的话里强调最多的不过是感恩：

> 对她（刘汉香——引者注），咱们是欠了债。我知道，欠债总是要还的，那就慢慢还吧……无论还多久，无论还多少年，都要还，等你们全都出来了，全都站住了，站稳了，咱们一起还。
>
> 你们回去后，给我捎句话。你们告诉她，让她放我们冯家一马。冯家将会记住她的大恩大德，一生一世都不会忘记……当然，你们也可以告诉她，如果，她非要我脱了这身军装，要我回去种地，那，我就回去。我等她一句话——不过，那样的话，咱就不欠她什么了，从此之后，也就恩断义绝了！①

这段话说出口，冯家昌就不可能回头了，刘汉香的留守也就毫无意义。很显然，作家并不忍心如此对待留守者，他让冯家和留了下来，同时，在深刻认识到乡村“城市化”的不可逆转之后，刘汉香选择参与乡村的城市化进程，她要带领上梁村由村建镇走城市化发展道路。

刘汉香的“率乡进城”与冯家昌“率冯家进城”走的是不同的进城之路，前者无疑是一种壮举，它宣告了刘汉香留守身份的结束。这一点或许是作者不能忍受的，他设置了挽救“留守者”形象的一个“厄运”——几个无知少年敲诈未遂后杀死了刘汉香。小说设置汉香的死，并不仅为了传达乡村在城市化过程中被金钱污染的焦虑，抑或个人声音的微弱，更体现

① 李佩甫：《城的灯》，长江文艺出版社，2003年，第207页。

出作者对留守者角色的肯定。无疑，作者对刘汉香投注了大量情感：在冯家昌弃乡入城之后，刘汉香身上呈现出刘巧珍身上的传统美德；在随后率乡入城的过程中，她更像一个光明使者，一个乡村的启蒙者与代言人。随后的设置便是一个问题：如果刘汉香进城之后融入现代文化，则传统的美好被遗失；如果她仍旧固守传统文化，则与她乡村启蒙者的形象不符，也难免有不识时务之嫌。死亡似乎是乡村“留守者”最好的选择，作者同时宣告了最后一位“留守者”的死亡。被立碑成为清洗乡村灵魂者化身的刘汉香，体现的是传统文化中的亲切与友善，在乡村走向城市的过程中，传统文化难以逃脱被逐渐淡漠的命运，刘汉香的死却再次证明了“留守者”与传统文化的永在。

从《人生》到《浮躁》再到《城的灯》，农民顺利地完成了由乡村向城市的进发。从巧珍的被弃与嫁人，到小水的再婚，再到刘汉香的由乡建镇，留守者在乡村现代化进程中最终失去了留守的形象，之后，乡村女性开始了自己进城的历史。由于乡村社会的单系继承方式，女性既无经济地位亦无家庭地位，父母爱的表现便是给女儿找个好婆家。巧珍、小水与汉香都追求自由恋爱，她们看中对方的知识与才能，正是这些使男性们远离乡村，她们也成为“留守者”。知识农民对她们的愧疚是对土地的愧疚，对她们的留恋是对传统文化的依恋。

“农裔作家”的“留守者”书写凸显了他们对乡村文化的眷恋与思考。改革开放以来，城市现代性逐渐向乡村渗透，影响了乡村传统文化的发展，进城意识被激发、乡村意识被制约，“城里的乡下人”由与传统文化共处的姿态走向告别传统，在城市感受现代性之后，又在不经意间回眸土地，却无法出城，乡村及其精神成为一再回望的主题。或许是早年挣扎进城的痛苦记忆，两种文化总是以冲突姿态出现，写作者在两种文化间逗留，选择任何一种都无法完全定位自我。这正如同20世纪的学者们一直在思考中国的强国与立国问题，乡村的富强需要现代文明，接受现代文明又或多或少造成对传统文化记忆的丧失，乡村写作者的情感也在乡村致富与独立间挣扎。失去乡村情感不忍，乡村不变亦不可能，留守者是乡村出走者永远的精神慰藉，当守望之地失却之后，出走者与留守者之间也进行了一次清醒亦沉痛的挥手告别。

原载《理论与创作》2005年第5期

城市“异乡人”的现代性认同与传统回归

对于20世纪50年代出生的“农裔”作家来说，“挣扎进城”的深刻记忆是他们无法忽视的存在，一方面，乡村传统文化是自我得以确立的根本；另一方面，城市是远远优越于“自我”存在的“他者”，挣扎之举带来的是面对城市复杂难言的心态：自卑、艳羡抑或对城市的怨怼。因出生于乡村，他们的根在乡村，却居住于城市；因远离乡村多时，他们与农民早已不同。他们是农民眼中的城里人，市民眼中的乡下人，无论对于乡村还是城市，他们都是“他者”。我们界定这一代“农裔”作家为城市“异乡人”。

最早提出“异乡人”概念的是西美尔，他认为“异乡人”“不是今天来和明天走的漫游者，而是指今天来和明天留下来的漫游者——可以说潜在的流浪人，他虽然没有继续游移，但是没有完全克服来和去的脱离”[①]。西美尔从社会的空间秩序角度进行阐释，认为“异乡人”是精神流浪者。精神流浪者的出现是与现代社会结构相关联的，前现代社会时间与空间融合，并以空间来计算时间；而在现代社会，时空的分离导致空间的“虚化”。空间从根本上讲不过是心灵的一种活动，空间距离也因而成为心理距离，因此，西美尔所谓的“异乡人”对家园的怀念总在精神层面。关于“异乡人”，鲍曼也曾从矛盾性入手，认为它是“不可决断者

① 盖奥尔格·西美尔：《社会学——关于社会化形态的研究》，林荣远译，华夏出版社，2002年，第512页。

（undecidable）家族中的一个成员”，“既非朋友也非敌人”，“因为它们什么都不是，所以它们有可能什么都是”。[①]“不可决断”又译作“不可判定”，体现出不确定性与矛盾性，“物理上的邻近性”与“精神上的疏远性”让本土深感威胁，于是采取“去疏离化”或“驯化”同化“异乡人”。这使“异乡人”面临尴尬，认同本土文化意味着肯定自身生活方式的低劣与不合道德标准，但承认自我的低劣显然又是一个痛苦的过程。这导致了异乡人面对本土的双重姿态：一方面，拒绝离去“渐渐会将他的临时寓所改变成一个家园——正像他的其他的即‘原初的’家园退回到过去，或者完全消失一样。然而，另一方面，他保留着（要是只在理论上就好了）离去的自由，因而能够以本地人很难具有的平静之心来察看本地状态”[②]。

“异乡人”理论为我们提供了阐释的理论支点，但在“农裔”作家与城市关系上，有一点是不容忽视的，乡村与城市即异乡与本土间的等级差别是先在的，城市不仅远远优越于乡村，且与乡村呈对立姿态。“进城者”早已自觉认同城市现代性，他们惊羡于城市的物质富裕与精神自由（指启蒙现代性），求学在城市，自我价值实现的场所在城市，因此，他们的困惑不在于是否融入城市现代性，而在于融入之后自我身份丧失的危机。“异乡人”清醒地意识到坚守自我的重要性，这种意识构成了他们与城市间既栖身于此又精神流浪的可能。借用西美尔的话：“他没有从根基上就为群体的某些个别的组成部分或者一些片面的倾向而被固定化，面对所有这一些，他都采取‘客观’的特殊的姿态，这种姿态并不意味着某种单纯的保持距离和不参与，而是一种由远和近、冷淡和关怀构成的、特殊的形态”[③]。对身为“异乡人”的写作者来说，写作是在身居城市后的回

① 齐格蒙特·鲍曼：《现代性与矛盾性》，邵迎生译，商务印书馆，2003年，第83—85页。

② 同上，第90—91页。

③ 盖奥尔格·西美尔：《社会学——关于社会化形态的研究》，林荣远译，华夏出版社，2002年，第513页。

忆中开展的，他们首先部分认同了城市现代性，而随后的城市生活给他们提供了一个不断认识的机会。综观这些作为城市“异乡人”的“农裔”作家对城市的观照姿态，我们发现其经历了由认同启蒙现代性到自我身份丧失的尴尬再到寻求自我身份的过程，不妨以路遥、贾平凹、张炜的写作对此做一阐释。

一

启蒙现代性的追求带来了知识农民进城的渴望，最先关注这一话题的是路遥，他笔下的高加林开了一代知识农民进城的先河。选择这一题材主要归因于作家的农民出身，他说：“作为一个农民的儿子，我对中国农村状况和农民命运的关注尤为深切。”[①]为了明确自己在城乡间的姿态，作者设置了现代性与传统性的截然对立，“突出贫与富、城与乡等的强烈反差，通过对比形成冲突”[②]，以无法回避的姿态凸显自己在传统文化与现代文化间的抉择。《人生》中的高加林在县中几年的学习生涯让他接触到城市，由于这种认识是在他深刻体悟乡村文化缺憾之后，城市现代性才以几近完美的面貌在构想中出现。在一次往井里撒漂白粉被误解之后，他越发坚定了“进城”的决心。“进城”对于高加林而言，既获得了城里人身份为自己“争口气”，更是认同城市现代性而自甘被同化，即便城市并未真正接纳他。在被城市的“公正法理”驱逐出城，丧失“城里人”身份后，高加林带着对城市的幻灭返乡，宣告了农民进城的失败，迎来的却是乡村的真诚接纳。驱逐与真诚、出乡与返乡的矛盾组合凸显了乡村的伟大。高加林渴望在感情上弥补巧珍，但巧珍的出嫁却把高加林永远定为传

① 路遥：《生活的大树万古长青》，见《路遥文集》第2卷，陕西人民出版社，1998年，第376页。

② 路遥：《答中央广播电视大学问》，见《路遥文集》第2卷，陕西人民出版社，1998年，第452页。

统文化的背叛者角色。这种安排并不偶然，出于被迫的返乡预示着对城市的渴望仍在，高加林再次寻找巧珍其实质并非自觉远离城市彻底回归乡村，而是城市失败者渴望在乡间寻求慰藉，以求摆脱负罪感。作者使浪子的愧疚永远无法消除，也使刘巧珍身上所体现的传统文化之美越发神圣与崇高，这是“我们这个国家、这个民族的一种传统美德，一种在生活中的牺牲精神”，“不管社会前进到怎样的地步，这种东西对我们永远是宝贵的”。[①]

这种设置并不意味着路遥要为传统文化立法，惩罚乡村逆子，有能力的高加林仅仅因为农民身份无法成为“公家人”，人物获得了本不可能有的同情，并以此突出农民进城的艰难以及对“户籍制度”的反思。这一点与路遥的初衷是吻合的，他说，“从感情上说，广大的‘农村人’就是我们的兄弟姐妹，我们也就能出自真心理解他们的处境和痛苦，而不是优越而痛快地只顾指责甚至嘲弄丑化他们”[②]。路遥对高加林给予的同情表明作者并不否定进城之举，农民进城的失败与其说是对传统文化的固守，毋宁说是出发前的拥抱，对传统文化张扬之后自然有了从乡村出走的可能。

因而，从某种意义上说《人生》是《平凡的世界》的基石，因为有了高加林的进城之举，才有孙少平做“公家人”的执意。换句话说，进城农民对乡村传统的愧疚在高加林身上已经结束，孙少平才能在不断坚持与支持下获取成功。[③]从高加林进城失败到孙少平进入煤矿的情节设置可见，路遥认同城市现代性的姿态逐渐明朗。路遥曾这样说：“当历史需要我们拔腿走向新生活的彼岸时，我们对生活过的老土地是珍惜地告别还是无情

---

① 路遥：《关于〈人生〉的对话》，见《路遥文集》第2卷，陕西人民出版社，1998年，第416页。

② 路遥：《早晨从中午开始——〈平凡的世界〉创作随笔》，见《路遥文集》第2卷》，陕西人民出版社，1998年，第67页。

③ 这里的“进城”是指摆脱农村户口，成为工人或者市民。

地斩断？”[①]对改革开放以来的乡村社会发展，他保持着理性姿态，乡村社会经历变革，老土地所承载的传统文化精神必然会逐渐消逝，对此，他选择了清醒而沉痛地告别，自觉认同现代文化且进入城市是他创作的主题。《平凡的世界》中的情节设置就体现了这一感情的制衡与对现代性的认同：少安与少平，一个留守农村实施农村体制改革，一个挣扎进城工作，不管成为农民抑或工人，他们都在自觉追求城市现代文明，这正是20世纪80年代初农民的普遍姿态。路遥所要做的，就是为这一批挣扎进城的农民代言，因为城市启蒙现代性相对前现代性的绝对优势，这是作者在深刻了解乡村社会内质的基础上，所进行的客观而理性的思考。

二

路遥站在农民立场书写乡村与农民，他的写作体现了20世纪80年代农民对城市现代性的想象姿态，表现为对启蒙现代性的认同，这一姿态不断出现在后来作家的创作中，只是随着现代性危险环境的逐渐暴露，前现代性的优势在“异乡人”心中不觉凸显；更甚的是，认同现代性造成被同化的后果无疑导致了自我身份的严重丧失，寻求自我身份与传统文化之举由此开始，这在文学上往往表现为对“返乡”的书写。事实上，任何一种寻求都并非易事，现代性与前现代性同样具有其安全环境与危险环境。对“农裔”作家来说，启蒙现代性的冲击与乡村的城市化进程导致传统文化面临危险，加上乡村的逐渐消失，严重阻碍了自我身份的确立，但受传统文化熏染的乡村之子深知传统文化之劣势。批判城市现代性有无意义以及归乡是否可能？他们在去与来之间陷入困境。

书写困惑最到位的是贾平凹，首先表现在他对自己的定位上。贾平凹曾坦然相告“我是农民”，一种城市“异乡人”欲弃城而去的口吻，他

① 路遥：《早晨从中午开始——〈平凡的世界〉创作随笔》，见《路遥文集》第2卷，陕西人民出版社，1998年，第66页。

说，“忧伤和烦恼在我离开棣花的那一时起就伴随我了，我没有摆脱掉苦难。人生的苦难是永远和生命相关的，而回想起在乡下的日子，日子变得是那么透明和快乐”，明明是告别的手势，却以背对的姿态。他又说，“当我已经不是农民，在西安这座城市里成为中产阶级已二十多年，我的农民性却并未彻底退去，心里明明白白地感到厌恶，但行为处事中沉渣不自觉泛起”。[①]以“我是农民”的定位获得否定农民文化心态的合法性，而“忧伤和烦恼”与“回想乡下”又是对昨天的留恋。这显然是两种面对城市与乡村的姿态，既认同亲和又理性批判。事实上，贾平凹从“我是农民”到“我是诗人”再到“我是西部作家”的多种界定也预示着“自我”定位抑或文化归属的艰难。

贾平凹早期的小说，如他自己说，“都是写商州山地的，又都是现阶段农村经济改革后的故事”[②]。改革的不仅是农村经济体制还有农民意识，城市现代文明一直作为参照标准，评审着乡村的一切，追求现代性表现在爱情的抉择上。《小月前本》中小月在离开传统农民才才，走向有现代意识的农民门门时，心里却在想，“要是门门和才才能合成一个人，那该是多好呢”。尽管“要是”的感慨并没有影响小月走向门门，无法忽视的却是出走间的“回眸”，认同现代性中又有对前现代性的不忍弃置，这种矛盾在《浮躁》中逐渐强化。金狗进州城，从农民身份上升到记者身份以及对英英的欲望均是与现代性同步的，而对小水的爱情是扎根于传统的。金狗在逐渐被现代性同化的过程中，惊恐于自我身份的丧失，由此萌发出寻求回归的渴望。小水成为他的精神支柱。若小说以金狗返回州城作结，充其量不过是《人生》的重演，所不同的是高加林为被迫返乡，而金狗是自觉之为。所幸故事并没有就此罢休，金狗的返乡开始了作者对传统文化的另一阐释。因福运的死成为寡妇的小水接受了金狗的爱，小水的形象由高不可攀走向亲和，传统文化的神圣光环也随之暗淡，小水的进城意

---

① 贾平凹：《我是农民》，陕西旅游出版社，2000年，第22页。

② 贾平凹：《腊月·正月》，十月文艺出版社，1985年，第419页。

味着对现代性的认同与对传统的疏离。可以说，金狗娶小水貌似回归传统文化，实质上是对传统文化的一个交代。归乡不是目的，带小水进城才是关键所在。 因而结尾处作家并没有让他笔下的人物以豪迈的姿态迈入城市，小水的“忧虑”为全文设置了迷障，预示着进城后的农民将面临新的忧虑。

随后才有了《废都》《白夜》与《土门》的出现。《废都》所废的不仅是城市，更是活动于城市的精神自我，庄之蝶在渐趋颓败的废都里肉体与灵魂均受到了重创，最后选择“出走”，但可悲的是，庄之蝶的出走是没有归宿的出走，这种出走并不意味着摆脱了困境，归宿的虚无使出走者面临着更大困境。因此在《白夜》中贾平凹选择了“隐性出走”，西京城里的夜郎无法融入城市，被伤害又不敢放弃。作者让人物为报复邪恶用非法手段与之斗争，“入狱”的结果似乎避免了庄之蝶“出走”的虚幻，以及何去何从的尴尬，但如此“出走”，似乎更是愤怒已久之痛发泄之后，又无法给城市一个交代的“权宜之计”。《土门》中，作者将“仁厚村”置于城市化进程的背景下，庄之蝶的“出走”之举在《土门》中只代以一句“从哪儿来就往哪儿去”的苍白感慨。乡村自身在消失，而选择离开或留守“城中村”两种方式中的任何一种都是对乡村的“背叛”，这均回避了进城者如何于现代性与传统之间进行选择的问题。从现代社会出走却并未回归传统，其反抗也只是因自我身份失落，充满着无力感与无奈感。应该说，“身份”意识一直盘桓于贾平凹的书写中。“进城”的渴望折磨了一代农民，他们认同了两种文化，“自我”实际上也归属于两种文化，摒弃传统意味背叛传统自我，固守传统则意味背叛现代自我，在“出走”已无归途的背景下，寻求精神归宿只是虚妄，能做的只有“追悼”传统。返乡正是这样一次尝试。《高老庄》中的子路面对两种文化的纠葛表现在他对西夏、菊娃的情感上，与西夏的结合指向现代，对菊娃的牵挂则指向传统。弃传统、过去于不顾，而情感不忍；兼顾过去，又愧对现在。这既是子路的苦愁，也是作者的苦愁。“返乡”原本是漂泊许久后的精神回归，庄里无知而蒙昧的人事让子路不禁怅然，面对人事纠纷，乡村“异乡人”西夏可以像法官般冷静客观，他却不能，高老庄本身就是自我认同的一部分，乡村纠纷越大，对自我的失望就越强烈。乡间的事态暴露传统的弊端，质疑传统性意味着返乡的荒诞。子路痛失乡村精神，撕毁笔记与“再也不回来”是弃传统的绝望感叹。子路可以做到，贾平凹却不能，他让西夏留了下来。这种安排极有意思，一个从省城来的女性西夏要行拯救高老庄之举（“收集”砖块及与子路的结合也可看作证据），西夏的“留”使作者对传统的毅然放弃姿态有了回旋的余地。

贾平凹的小说自始至终都在表现挣扎与徘徊的心态，这种心态也正体现他契合二者的努力，而事实上，当现代文化与传统文化以预设的对立形象出现时，这种努力可能是一种徒劳。在城市与乡村之间如何定位，这是贾平凹的困惑，实际上也是此时期大多数“农裔”作家的困惑。

三

贾平凹进城与回乡的两难预示着一代城市农民在实现自我与确立自我之间的困惑，当猛然清醒于自我身份丧失的危机时，两极矛盾越发尖锐，城市“异乡人”有无出路以及如何寻找出路成为亟待解决的难题，张炜面对城乡的书写姿态意义由此凸显。如果说，贾平凹返乡的失败正因为他的探亲姿态，永远给自己退路就永远在两难间徘徊而作茧自缚，那么，张炜不给自己返乡的退路，他的精神归宿正在破茧而出。

张炜曾大胆宣告“融入野地”，凸显他的审美现代性与城市反思姿态，他说，“城市是一片被肆意修饰过的野地，我最终将告别它。我想寻找一个原来，一个真实”①。从城市出发寻找一个存在于野地的“原来”与“真实”，确立了野地的书写意义与张炜的“归属”，他说，“我

① 张炜：《融入野地》，见《远行之嘱》，长江文艺出版社，1996年，第279页。

觉得，四十多年了，自己一直在奔向自己的莽野。我在这片莽野上跋涉了那么久，并且还要继续跋涉下去。我大概永远不能够从这片莽野中脱身”[①]。“融入野地”在张炜的小说中至少包含几层动作：从故土出发进入城市；从城市出走向莽原出发。它们共同勾画了张炜的城乡书写状态。相对于路遥与贾平凹，张炜从故土出发并无“农民进城”的挣扎，相反在出走时就企盼着回来。《远行之嘱》中这样写道：“真不想离开这张书桌，不想离开姐姐，去开始一个人的长途跋涉”；“林中小屋的儿子，将来会背叛吗？我紧紧咬住牙关，在心里呼喊：永不！永不！”[②]“永不”预示着出走的暂时与精神回归的永恒，并为张炜此后的书写确定了“归来”的基调。如果说，在《远行之嘱》中，“我”的出走证明城市现代性依然构成了吸引力，那么在《九月寓言》中则开始了对现代性的逃避。小说设置了从奔跑到停留再到奔跑的模式，鱼廷鲅村人由远方来到封闭的小村驻留，附近煤矿却带来与固有文化迥异的现代工业文化，小村在面对自身固有文化的堕落与毁灭时开始了再次奔跑。尽管在小说的结尾，作者并未给小村人一个明确的归宿地，事实上，归宿地并不重要，关键在于“奔跑”之为，即寻找不为现代文化侵扰的一方净土。

张炜把他的小说分为两大部分，一部分是对记忆中那片天空的描绘和怀念，另一部分则是对欲望和喧闹的外部世界的质疑。两部分的指向是一致的，即由对现世的苦闷与迷惘走向对记忆的怀念，因此对张炜来说，写作正是走向记忆中的“真实”与“原来”。《九月寓言》从村庄出发预示着寻找的开始。《海边的风》则为出走提供了归宿，海滨村庄人忙着致富而走出海滨，“老筋头”坚守着海岸——村里人出发的地方，并且坚信村里人终将回来，表现出追求现代性与固守乡土的较量，结尾以“好像所有的村庄都奔向大海”表明固守乡土的决心。《头发蓬乱的秘书》中作者借小说人物表明了这一渴望，“我生在这儿，也就喜欢这儿，牵挂这

① 张炜：《张炜王光东对话录》，苏州大学出版社，2003年，第205页。

② 张炜：《远行之嘱》，载《人民文学》1989年第7期。

儿。——每个地方都有自己的‘秘书’，这片平原由我来做也就正好”。此后，归乡成为主题。《柏慧》中以柏慧为潜在读者，以讲述的方式强化了归来的渴望。“我”原本“属于那片海滩、大海、稀稀疏疏的人流”，而“我的真正家园永远只能是这儿，我从此走出的每一步都算是游荡和流浪。我只有返回了故乡，才有依托般的安定和沉着，才有了独守什么的可能”。然而，海滩并非理想中的伊甸园，越来越严重的干旱使树木成片死去；煤矿开采与建筑群都在向“我”的归宿地逼近。对“故园也许有一天真的会不再存在”的忧虑使归乡者发出了“谁来拯救我的平原，我的河流”的呼声，显然张炜已清楚地意识到这一寻找的艰难。当故土已逐渐失去，对寻找的质疑则重申了贾平凹精神返乡的失落，但张炜并没有颓唐而去，《外省书》中史珂毅然决然进行“一个人的战争”是一例证。从京城返乡，因为后者是出生地，回来不仅意味着空间的邻近，还有传统生活方式的固守，住木屋，种农作物，拒绝现代性的家具设施，在现代性追求大潮下，史珂无疑是特行独立的。他所做的是一个深感“没有家”的游子执着地在乡村找回自我，从被现代性同化的危机中奋力突围而去。但悲哀的是，归宿地已不再静寂，河湾的开发带来了异化，毁灭了人间最后一块静谧之地。小说结尾处，史珂终于惊醒于返乡的失败，他开始写一本《外省书》，“不是为了留给未来，而只是为了呼应旧友”。“呼唤旧友”的表述似乎在告诉读者，作者已不再强求作为启蒙者，而只愿与感同身受者共勉；“外省”一词也颇有意思，它至少暗示了城市的中心地位。史珂关于故土的写作终究是针对中心城市的事实，他渴望呼应的似乎更是城市旧友。张炜的书写体现了一种低调的拼搏，史珂的归来并没有让他否定归来的意义，从寻找莽原到“筑起一道篱笆，一道心篱”，回归就此超越了地域的存在，进入了精神领域。

从城市归向海滩是向“出生地”回归，因为“出生地”提供了自我存在的根基与最初的身份，这一身份因乡村“城市化”进程与对现代性的认同逐渐丧失，寻找才如此必要。张炜笔下作为回归地的莽原显然与出发地城市相联系，事实上，城市与乡村既联系又对立的存在主导了他的写作，因此他说，“我的作品很少离开城市生活，因为这是我实际生活的一部分”[①]。“外省”的界定与“很少离开城市”预示了张炜写作面向城市，他的知识分子立场书写的意义正在于此。但他批判的并不是现代性本身，而是现代性的负面因素，换言之，正因为有对启蒙现代性的认可，才有对其弊端的忧虑。贾平凹的作品中也有归乡主题，但乡村传统文化的弊端主导了他的情绪，使他最终无奈地与之决裂；在张炜的写作中，我们很少发现对传统文化的具体阐释，而是换之以出生地与出身等概念。他所关注的并非传统文化本身，而是传统文化在现代文化冲击下的归属问题，或者说自我身份难题，因此寻求才相对执着。面对不断丧失的土地，张炜选择了筑“心篱”，做故土的精神守望者，城市“异乡人”的书写才真正上升到一个境界。

由路遥追求现代性到贾平凹挣扎徘徊再到张炜精神回归前现代性，其中凸显的绝不仅是城市“异乡人”的勇敢姿态，更是乡村消失的悲哀。现代社会在吞噬乡村与自然的同时，又在人为地建造大量的浪漫、田园与自然，这对现代性本身无异于一种反讽，它不仅需要“农裔”作家的反思，更需要全人类的关注，但由于“农裔”作家出身于正在消失的乡村，他们自我身份丧失的感怀书写才更有切肤之痛。

原载《太原理工大学学报》（社会科学版）2006年第1期

① 吴昱：《张炜的忧虑》，载《城乡建设》2004年第6期。

无望的“姐妹情谊”

——读《歇马山庄的两个女人》

“姐妹情谊”是女性文学一直钟情的主题，它表现为女性之间的相互关怀、支持，共同为理想未来奋斗的并带有“同性恋”嫌疑的情谊。女性把自身置于姐妹角色并非因为同性之情优于异性之爱，而是在异性之爱空缺（自愿放弃或被迫放弃）的境遇之下寻求的慰藉。女性主义理论者认为，女性是一个没有自己声音的群体，她们无法言说又羞于言说，当性别觉醒写进女性议事日程时，冲破男性叙事的藩篱才成为女性共同的事业。然而，女性的声音在若磐的遮蔽下终究微弱，她们需要同性的关爱，于此处汲取力量，在歧路徘徊中一次次挣扎且艰难挺进，直至突围，所以摩根说：“姐妹情谊就是力量。”

女人与城市的组合浑然天成，这取决于城市“现代性”的“张扬自我”给女性“凸显自身”以先在的罅隙，为女性的突围提供了可能，“女性情谊”因为这种可能而真实生动。但对那些居于乡村的女性，性别意识的张扬不仅要突破异性的“防线”，更要遭遇根深蒂固传统文化的干预，因此，孙惠芬在《歇马山庄的两个女人》中书写的，两个困于歇马山庄、各自等待自己男人的女人之间发生的“姐妹情谊”，既超越于男性之外又超越于传统文化之外。然而，小说以其沉重的结尾近似残酷地告诉我们：“姐妹情谊”的终结并非来自传统文化或男性的压力，而是女性内心的

"鬼"，即女性难以挣脱的自身局限性使情谊的终结带有必然性。

"看"

女性主义者认为，在传统的男性世界里，女性一直难逃"被看"的命运。"看"的人是男性，"看"是从男性立场出发，以男性社会制定的行为规范准则对女性的言行进行审视与规约。当女性意识觉醒后，女性才开始从自身立场出发，用迥异于男性的眼光看世界与女性自身，潘桃对李平的"看"就是采取这种目光，是一个女人对另一个女人的打量，暗中较劲，歇马山庄的"姐妹情谊"也是在"看"中萌芽的。

在传统观念看来，婚姻是女人由"自我"变成"他者"的开始。很明显的例子便是，已婚女性并无拥有自己名字的权力，她们普遍以某某媳妇或某某妈的附庸身份出现，女性属于丈夫，属于孩子，唯独不属于自己，李平不叫李平，嫁给成子就是成子媳妇。自小被宠坏的潘桃却是个有较强"自我意识"的女性，她认为婚姻只是女人一生的一个小转折，嫁了人并不意味就嫁掉了"自我"，潘桃依然是潘桃，她还管成子媳妇叫李平。当众多乡村女性渴望婚礼的"火爆"时，她却想到"火爆"之后女性的"下坡路"，所以在看成子媳妇的婚礼时，她的姿态是冷静而居高临下的，她看到的是千百年来女性一次次重蹈覆辙，这是女性难逃的宿命。她的"浅浅的笑"是对他人的否定，在否定中进一步肯定自己。只有她一个人旅游结婚，只有她一个人实实在在张扬了心中作为女性的自己。

在成子媳妇的婚礼上，潘桃是一个高高在上的"看客"，然而就是在"看"的过程中，她切实感受到来自成子媳妇的冲击力，后者以艳俗的包装充分展示着城里的洋气与城市气，同时又以温顺听话彰显出传统与合群，一时成为全村茶余饭后的谈资。潘桃原先认定"城市气"并不意味着华丽的包装，而是"自我"，是自己为自己活，并且这种观念也一直作为她傲视她人的资本，但如今“现代性”以如此铺张的物质形式在她人身上赤裸裸地展现出来，独占乡村鳌头，潘桃独有的窃喜一扫无遗，只剩下痛感与危机感。

相反，成子媳妇对潘桃的“看”是在有了“潘桃”这个概念之后，起因是她的婚礼。隆重的婚礼是成子媳妇彻底告别过去的仪式，她以青春为代价认识到城市的肮脏，与成子结婚结束浪漫，寻求现实生活，早年萌动过的城市向往开始淡漠。为自己操办的婚礼却无意中打败一个女人，这是成子媳妇未曾预料到的。潘桃在姑婆婆嘴里是山庄“呼声最高”又吃自己醋的女人，“吃醋”把成子媳妇推上了与潘桃“搏击”的擂台，但同时不免自得于自己的“魅力”，所以当自己“猪跑人撵”的狼狈样被潘桃看见后，她十分沮丧，渴望恢复结婚那天的风光。她穿上在城里买的那件“现代又古朴”的毛衣外套，既是穿给山庄女人们看的，更是穿给潘桃看的，她渴望再一次以“城市气”来光彩自己，让婚礼上的那个自己回来。从这里可以看出，尽管成子媳妇决定与城市告别，当她以“城市气”来树立或稳固自己的地位时，“城市”事实上并没有真正离她而去，只是惨败之后的心有余悸让她选择在距离上逃离，她清楚地认识到城市在乡村面前的“战无不胜”。这一点认识与潘桃不谋而合，两个女人由“看”转变为心照不宣的较量才有了可能。

一个从未真正走出乡村，对城市张扬女性自我无比渴望，一个由城市返乡自甘接受传统，又未真正走出城市；一个在另一个身上看见崇尚的未来，一个在另一个身上看见沉痛的过去。她们在较量中认识到彼此作为自身存在的不可或缺，才可能在逆境中成为朋友，在顺境中成为对手。“姐妹情谊”的开始是从苦难的降临——各自男人的离家开始的，男性的退出为女性自我展现提供了鲜活的舞台，这种“姐妹情谊”不是因拒绝异性之爱而相互汲取力量，而是在缺失“异性之爱”后，为打发空洞寂寞的日子而展开的。

“守”

对女性来说，“守”的意义首先是为男性的“留守”，女性是天生的“留守者”。《人生》中巧珍在失去高加林后依然无怨无悔，潘桃和李平为各自的男人“独守空房”。在饱尝没有男性爱的空白中，对另一种慰藉的渴望悄然生长。只有潘桃理解李平，也只有李平理解潘桃，在“看”中攀比的对手因相怜成为朋友。

如果说，最初交往的全部内容还是讲述各自的男人，那么后来她们关注的却是女人们自己婚前的美好回忆，这让成子媳妇回到了“李平”那个年代，虽然惨痛，但也重新找回了李平的感觉。她们各自找回了自我，像经历了一次女性意义上的新生，“姐妹情谊”在女性肌体内苏醒膨胀。“男女有别的界限，使中国传统的感情定向偏于向同性方面去发展。”[①]这里的“同性”可能是同龄人之间，也可能是两代人之间。当李平来到潘桃家，小说这样写：

> 被潘桃冷了多日的婆婆见了李平，会热情到什么程度是可想而知的，在媳妇都是人家的好，姑娘都是自己的好这铁的事实面前，整整有二十分钟是潘桃的婆婆跟李平说话，而潘桃只好一动不动站在一边。[②]

李平出于礼貌与潘桃的婆婆说了几十分钟话，把潘桃冷落了，两人的感情出现了一次波折。但这一插曲并不能真正毁灭情谊，她们因为对男性的“守”聚在一起，复苏了女性自我，自我的确立需要彼此存在才有可能，男性逐渐在她们的世界退到次要地位，两个女人成就了彼此。误会消除之后，留守的意义就成了女性彼此的“守候”，她们“好上了”，这种“好”既是身体的，又是心理的，正如李平说的“女人的世界其实没有多大，就

① 费孝通：《乡土中国生育制度》，北京大学出版社，1998年，第47页。

② 孙惠芬：《歇马山庄的两个女人》，群众出版社，2003年，第33页。

两个人”，她们相互眷恋、形影不离，用女性的关怀温暖着彼此。

一次感动之后，李平把自己婚前“失身”的事实告诉了潘桃，并痛斥城里的男人“没一个好东西”，她如愿以偿得到了女人的抚慰，潘桃攥住她的手，为自己姐妹受的苦而黯然，并安慰对方是“世界上最最干净的人”，两个女人在面对男人的“欺凌”时心与心走到了最近。自此，她们的交往又多了一层心照不宣的意味，并带有反抗某种既定现实的执着、倔强与感动。

她们囿于彼此精心搭建的世界，扮演着姐妹的角色，忘记了现实世界，但现实世界又是存在的，它不时给两个姐妹留守的世界一道阴影。当李平突然想起自己好久没有回娘家，提出想回去看看，住上三五天时，潘桃沉默了好久，才说回不回全是形式。现实中的女人无法逃离现实，无法逃离女人的责任。在这一刻，姐妹情谊的真诚不可否认，情谊产生的最初动力也同样真实醒目，但它终究只是女性缺失异性之爱后的一个替代品。当各自的丈夫快要回来时还要坚守“姐妹情谊”不免矫情。对丈夫的“盼望”唤醒了她们的身体，“姐妹情谊”在对男性回来的渴望中褪去。

> 盼望在她们做完了这一切之后，又由表及里地进入了她们身体，在夜深人静的时候，在她们分别从内心赶走对方，一个人在新房里默默地等待一个如胶似漆的拥抱的时候，一种刻骨铭心的身体里的饥渴竟山塌地陷般率先拥抱了她们。[1]

“离”

男性的加入使两个女人暂时退出了彼此共守的舞台。不管是李平还是潘桃，她们心甘情愿等待男人回来，且从他们一出发就开始了等待，所以

① 孙惠芬：《歇马山庄的两个女人》，群众出版社，2003年，第51页。

说，她们在男人们缺席时的彼此相守，实际是建构了一种充满理想的“乌托邦”世界。她们暂时忘记男性，而并没有真正走出男性的控制，她们的“姐妹情谊”也绝不会在触犯男性为女性制定的约束中成型。男人是她们的主心骨，是她们的世界得以完美的真正原因。无论潘桃还是李平，传统道德规范已深入骨髓，她们无法走出男性与传统，也无法走出自己，女性的自我张扬只是没有男性的女性偶尔的放肆罢了。

悲剧正源于此，男性的返回注定了姐妹情谊的危机，传统文化推波助澜，但毁灭的根源还在于女性内心那根脆弱、敏感又略显阴暗的神经。成子的回家填满了李平的空白，李平又成了成子媳妇，她的世界因为成子而完整。潘桃却孤独地停了下来，玉柱还没有回家。当潘桃重新回到对李平幸福的“看客”身份，当初“看”的经验回来了，婆婆出于劝说的言语只能强化这一经验，尤其当“风流”一词出现在两人的较量中时。婆婆此词的用意只为贬斥成子媳妇，从而为潘桃找平衡，但在渴望自我、张扬、城市气的潘桃看来，“风流”并不是一个贬义词，它意味着李平更早获得了男性的拥抱，她的心由此产生了一再挫败的痛感，复仇的火焰扑面而来。她出卖了李平，坦言对方在结婚以前，做过三陪，跟过好多男人。这一句话彻底毁了李平，在乡村传统社会里，女性的贞节比生命更重要。

应该说，潘桃知道自己话语的恶毒，但她并没有追悔，反而无比舒心：

> 多日来，那股气一直堵着她，在她的胸腔里肺腑里鼓胀，现在，这股气变成了一缕轻烟，消失在堂屋里，潘桃感到了从未有过的轻松。[①]

以近似卑劣的手段击垮对手体验到的却是畅快无比，这体现出女性自身的阴暗与丑陋，事实上，潘桃眼中的李平一直是她的假想敌。那场隆重的婚礼，李平是办给自己看的，那是她一次痛苦与骄傲的自我告别。她

---

① 孙惠芬：《歇马山庄的两个女人》，群众出版社，2003年，第56页。

尽力淡忘城市的生活，因潘桃而复苏，她没有丝毫的埋怨，反而认为是对自己的尊重。在与成子团聚以后，她也十分收敛，从未在潘桃面前张扬过什么，甚至为公公的单身郁郁不安。她只是要把日子过得像白开水一样，从平淡中满溢出幸福。这一切并没有与潘桃形成交锋，所谓的对手并不存在，只是潘桃内心的“鬼”作祟，是潘桃自己折磨自己。

诚然，潘桃并不想置李平于死地，“杀手锏”所杀的不是婆婆，也不是李平，而是自己的挫败感。在找到假想敌致命的弱点之后，她找到了心理平衡，战胜了假想敌，也战胜了自己。一句简单的事实却暗示出女性的内心如此不堪追问，不久前的情谊在妒忌与失败的恼怒中灰飞烟灭。但仅仅借此批判潘桃似乎也不足够，潘桃的话传到成子耳边经历了多人渲染，任何一个传播媒介失效，就可能蒙蔽成子，所以说，是整个乡村社会建立了一个道德法庭，李平受到传统社会的“审判”，即便不当行为是发生在她与成子认识之前，她也被成子赶出了家。“一个人之为女人，与其说是‘天生’的，不如说是‘形成’的。没有任何生理上、心理上或经济上的定命，能决断女人在社会中的地位，而是人类文化之整体，产生出这居于男性与无性中的所谓‘女性’。”[①]不仅是成子媳妇，任何人的媳妇，一旦被认为有失贞行为，其结局大抵如此，在她被“审判”时，不仅有男性的鄙视，还有其他女性的唾沫。在这个意义上，同为女人的潘桃与李平，并没有任何不同。成子媳妇被驱逐的结局并不是潘桃渴望的，玉柱的回来也没能拂去她眼神之间“难以掩饰的惆怅”，内疚无时无刻不在纠缠着她。小说最后，成子媳妇回来了，但李平没有回来，李平的“离”意味着“姐妹情谊”的出演无望落幕。

无论在浪漫抑或传统的女性之间，“姐妹情谊”如果只是男性远走后弥补感情空白的工具，而不是出于女性之间的关爱与抚慰，那么，她们最终要回到男人身边，告别“姐妹情谊”就是一种必然。潘桃与李平尽管

① 西蒙·波娃：《第二性——女人》，桑竹影、南珊译，湖南文艺出版社，1986年，第23页。

想显示出自己的与众不同，在从少女向少妇的成长过程中，她们无一例外都被迫回归现实生活，活成了自己未必愿意活的模样。女性姐妹情谊的无望，呈现出作者对女性内心的痛苦审视，也是一次清醒的警示。

原载《语文学刊》2006年第6期

格非的城市批判及其困境

20世纪90年代，现代性逐渐成为反思的对象，对城市的批判随即而来，这种批判多以与城市现代文化相对立的传统精神为标尺，对城市无限膨胀的欲望进行质疑与否定。这一否定在部分作家作品中表现为张扬精神的“返乡”、如贾平凹“为商州立碑”的写作、张炜“融入野地”的写作、阎连科逃离对城市社会“恐惧与厌恶”的写作。另一部分作家则直面城市现代性，表现出对抗的姿态。但在对抗的背后，又隐藏着无力的困惑。格非的城市写作就表现出这一“悖论”。

一

格非一直强调他与现实之间交流的障碍，这种障碍似乎由来已久，或许正因为此，写作——以另一种方式与世界交流的意义才得以凸显。格非曾说过：“对我来说，具有讽刺意味的是，交流或沟通是作为一种负担或障碍出现的。当我企图与外界沟通，建立联系的时候，我想我所能做的首先是逃避，它使我的注意力能够到一些静态的或无生命的事物上去。”[①]与现实交流的障碍使静态与无生命的事物成为格非关注的重点，但这一“重点”能否抵达真实反映存在？如果答案是可能，那这种表述又能为写

① 格非：《作家的局限和自由》，载《作家》1997年第7期。

作者提供多大的阐释空间？对格非来说，这是写作之初必须解决的问题。格非回忆自己早年的写作心态："1986年，当我开始写作的时候，有两种东西深深地吸引了我，同时也使我产生了疑虑和痛苦"，那就是"写作的自由"以及"语言和形式"。[①]其中，关涉的问题就是游离于群体经验之外的写作如何表述自我并反映现实存在。问题的解决应"归功于"博尔赫斯，其小说中的时间循环、迷宫设置等技巧触动了格非，使他发现了现实外表下的"存在"。在格非看来，"存在"是被社会现实隐藏的另一个现实，是一种潜在的存在，一种"可能性"的现实。他说，"现实来自群体经验的抽象，为群体经验所最终认可，而存在则是个人体验的产物，它几乎一直游离于群体经验之外"[②]，正是这一对"存在"的理解为格非的写作提供了理论依据，并成为他创作的起点与着力点。《追忆乌攸先生》《青黄》《傻瓜的诗篇》等就是以建构个体经验为主的成功实践。如果说，在张扬"主体性"的20世纪80年代，个体体验的叙述方式使格非的创作脱颖而出，那么在市场经济大潮涌动的90年代，道德失范成为知识分子分化的主导因素，人们开始感受与咀嚼自身现实困境，作家还一味在"请人猜谜"的世界徘徊，似乎就显得并不明智。这也是90年代初格非一度寂寞，直到1996年前后推出与此前风格迥异的、以关注当下城市生活为主的《欲望的旗帜》等一系列作品的原因所在。诚然，先锋作家都经历了转型。只是向何处转以及转得怎样，这与作家个体的文学经验与认知有关。如果把写作看作作家与现实关系的一种隐喻，那么，从编织"迷宫世界"走向剥落城市现实的外衣，格非的"存在"被包裹于"现实"之中，表现为对文化转型时期独特的思考与应对。

格非对城市的书写，注重对城市欲望的批判。这种批判从揭示城市现代性背景下爱情、婚姻与道德"异化"开始。爱情不再表现为超越物质与世俗之外的两情相悦；婚姻也不再以爱情为基础。《去罕达之路》中的

① 格非：《十年一日》，见《格非散文》，浙江文艺出版社，2001年，第23页。

② 格非：《小说叙事研究》，清华大学出版社，2002年，第15页。

“我”和妻子彼此感觉陌生，除了她的姓名，“我”对她的过去一无所知。但名字毕竟只是一个符号，在足以以假乱真的年代，简单的符号又能代表什么？格非并未认可这种婚姻。婚礼上，一个男人送了一束干花给妻子后，她终于愤然出走。她离去的事实，并未给“我”多少打击，“我”最后从花店买来一束鲜花，取代了干花。这里的“丢弃”并不是一个简单的动作，而是对那场荒诞婚姻的否定。婚姻破裂也并不再是道德堕落、背叛爱情、推卸责任那么简单，而是从来就不曾有过爱情与责任感的两人结合在一起，结合之后彼此戒备与防范，个体是永远的孤独者。因此，可怕的不仅在于“妻子”的出走，还有“我”对婚姻的“丢弃”，“我”已无意挽救行将破灭的婚姻。在“放弃”中隐含着格非对城市婚姻的不认同姿态。相似的书写出现在《镶嵌》中，张清与公公韦科长之间存在着一种紧张关系，瘫痪在床的韦科长是张清获得住房的障碍，因此她一心巴望着后者早日死去，以继承房产；后者却并不为前者的帮助而心存感激，只渴望自己日益衰竭的生命能延续下去。三名歹徒跟着韦利回家，并未因为张清的招待而放弃谋杀的念头；生死关头，丈夫弃妻子于不顾，仓皇出逃。

城市的婚姻是变幻的，充满着太多不确定性，它与急剧变化的城市社会形态相吻合。城市现代性观念中对理性、平等、自由的渴望，使每一个现代人失去了传统的感性、亲情、稳定与眷顾，个人在守护自我、追求自我存在的境界时，他人的存在对自我构成了威胁。正是感触于城市现代性的负面因素，格非从“迷宫”的建构走向了对城市的批判。他说：“我现在更多关注‘写什么’，而不是‘怎么写’。相对于你要表达的东西，复杂的技巧并不能总是保证作品的丰富性，而简约与朴实也不意味着苍白与单调。”[①]对于格非，“怎么写”的问题在80年代基本解决；90年代，社会、经济、文化转型加剧，写出怎样的城市是他需要思考的问题。

① 格非：《真实的写作》，载《黄河》2000年第2期。

二

生存的欲望超过了情感与道德，人类在张扬理性、否定神的存在的同时，也抛弃了精神信仰，失落精神操守的城市人更多依赖于本能感知社会，并选取一种生活方式。应该说，较之于乡村，城市的确有其优势，这不仅体现为物质的优越，也体现为精神世界的无限可能。但随着现代工具理性的不断扩张，以及后工业化时代的到来，现代社会在消除传统文化危机与风险环境的同时，逐渐暴露出自身的危机与风险。首先是物质的膨胀带来都市人“异化”的可能。马尔库塞曾用“异化”一词来概括现代人个性生存的孤独状况，并把工业社会看作一个极权主义社会，无论在政治、文化、思想与生活领域，社会都表现为同一的价值取向与评价尺度。造成这一存在的关键是技术的进步，发达工业社会通过各种传媒以及充分富裕的物质财富满足人的需要，实现对人的控制。 在马尔库塞看来，由于人们批判的、否定的、超越性的和创造性的内心向度的丧失，现代人成为单向度的存在。一方面，科学技术带来了人类征服自然、解放自我的可能，却又以过剩的物质成为钳制人的工具；另一方面，启蒙现代性带来了人类主体意识的解放，泛滥的物质又以不可阻挡之势进入人们的日常生活，引导与建构了人们的生活方式，消解人们的主体性。作为存在主体的“人”在泛滥的物质面前逐渐丧失了否定与判断的能力，变成了无法超越存在的“单向度”的人。

面对现代性，作为知识者同样无法超越这一现状。实际上，失落精神、追逐物质与欲望膨胀的残酷现实已开始向独守精神信仰的知识分子无限进逼，后者还能否坚守住安身立命的精神家园？探究这一现实是尴尬而残酷的，却又是必要的。精神贫乏包括思想贫乏与情感贫乏已经成为不争的事实，它使人与人之间的存在显露出永远的脆弱、矛盾与危机，这一残酷的现实正在不断吞噬着清醒的灵魂，直到后者束手就擒。正是在这个意义上，格非从对婚姻的“异化”的揭示走向对人的“异化”的揭示。《欲望的旗帜》的写作机缘正在于此。格非自己这样解释小说：“这部小说外表的讽喻特征也许掩盖了我写作时的基本动机，事实上，它只是一把刻度尺。我想用它来测量一下废墟的规模，看看它溃败到了什么程度，或者说，我们为了与之对抗而建筑的种种壁垒比如说爱情，是否能够进行有效的防御。”[①]格非把整个现代社会看作“废墟”，爱情则是所谓的精神信仰。对精神信仰的思考，格非把兴奋点投放到上海某著名高校的哲学系，审视人类生存终极意义的寻求者即哲学研究者们，以他们挣扎在理想与现实间的选择为一斑，来窥视整个社会的精神导向。小说的写作延续了格非早年先锋小说的创作经验，强调偶然性、不确定性甚至荒诞感。哲学研讨会召开之际，会议筹办人、德高望重的贾兰坡教授却离奇自杀；子衿处处留情，却在会议结束后精神分裂；曾山与张末渴望爱情，却终于分手。揭开或体面或灰暗的“遮羞布”，似乎每个人的现实生活都在精神与欲望、理智与情感的纠缠中千疮百孔。贾兰坡一面怒斥夫人“没有哲学，人与猪无异”，一面带着资料员去电影院放纵；张末有对爱情的冷漠，也有对邹元标放肆调情的迷恋。这一切都缘于人们内心有一个“不受意志支配”的精灵，被感性与本能左右，或许也曾萌生过寻找一个能够安妥自己躁动灵魂之所的冲动，但个人最终失去了抗争的能力，一边竖起了欲望的旗帜，并随着欲望的指引越陷越深，一边还要在精神寻求中越走越远。这是一个精神颓废的时代，人的同一性遭受破坏，生活本身充满着荒诞，哪种才是生活的真实面？

与20世纪80年代比，90年代中国社会的变化是剧烈的，颓败不仅表现为社会的精神发展趋势，知识分子群体同样经历着大滑坡。在这样一个精神大分化的年代，精神信仰的研究者们如何定位自身？萨特曾说过，人的存在是给予的存在，因为人无法选择自身被抛入人世间的处境和地位，同

① 格非：《序跋六种》，见《格非散文》，浙江文艺出版社，2001年，第224页。

样，人的自由不是自己给予自己的，而是被判定的，人已失去了把握自我的能力与勇气，只能无可选择地接受自由。无法把握自我的人类在“被抛入”的处境面前，其精神滑向现实无疑是最明智的选择，格非却偏要让他的人物在精神与现实层面上，进行一次不妥协的较量。正如张末寻找“我是你的，我的梦也是你的”如此超越世俗与物质的爱情，曾山在物质世界的无限冲击下仍在挣扎着向精神出逃。但在逃离之途，精神寻求者又分明感受到内心的空虚。这种空虚感不仅来自难以逃离之物欲世界的天罗地网，更是人类内心孤独与脆弱的本质。个人无法拥有他人的灵魂，相爱的彼此在面对对方——“为自我地狱的他者”时，同样无能为力，这是人类的悲哀，它预示着人类的精神与灵魂最终只有走向封闭自我的绝境，个体精神困境亦需要独自解决。更为痛苦的是，现实存在仍要考验个体精神自救的能力，在物欲横流的现实面前，缺乏群体力量的个体精神自救是艰难的。贾兰坡、宋子衿在寻求至上灵魂的过程中经受了自救的折磨，无一例外走向了肉体的堕落，向物质、向欲望投降。或许，接受物质世界、认可欲望的存在是作品中人物最好的解脱，但这是格非无法接受的，因为“解脱”将意味着对城市现代性的妥协。格非最终为人物设置了救助精神的出路：一个自杀，一个疯狂。此种自救对于精神反抗者而言是美好的意愿，却显然是一种虚妄，这一结局并没有现实指导意义。应该说，小说以对抗凸显了城市现代性之恶，也揭示了格非对抗的决然，然而以毁灭为结局的对抗终究非格非的出路，格非又将如何为自己陷入城市现代性的精神寻找出路？

三

物质向精神进逼成为城市精神溃败的根源，并带来现代性语境下人的“异化”。格非对这一现状表现出明确的质疑，质疑之后的姿态却举步维艰。格非将为此做出选择，是弃城而去寻求精神的皈依所，还是在无奈中与城市和解。与城市和解对于格非而言显然是无法想象的，它意味着作为学者、作为知识分子的格非将走向世俗，意味着“废墟”的全面溃败，以及人类精神的彻底“死亡”；而精神返乡又远非格非所认可的。其实，从创作开始，格非就没有给自己向乡村靠拢的机会，很显然，他早期的“迷宫”系列建构了一系列荒诞的乡村。暴力、迷信、神秘、封闭构成了他乡村世界的主色，《追忆乌攸先生》中是一个对“一切都无所谓”的无名乡村，几个异乡警察的到来也不曾改变村子的宁静；村里人对现代设备具有天然的免疫力，高频测谎仪在一个中年妇女身上第一次失效；甚至乌攸先生的医术也让人感到神秘；崇拜暴力，头领之所以成为头领，“是他具有一身强健的肌肉和宽阔的前额”；生命的卑微表现在：乌攸先生的含冤而死没有激起同情，在他的灵柩通向坟地的路上，远处迎亲的唢呐声正在响起。具有强烈活命意识的乡村对精神层次发自本能地漠视，没有任何关于生存意义的质疑与否定。乡村不再是精神田园，而是以一个封闭、愚昧、永世轮回的孤独地域形象出现。如此“落后”的乡村及其文化如何为对抗城市的格非提供出路？“往何处去”成为格非寻找精神归宿的难题。这种难题出现在《欲望的旗帜》中的曾山身上，现实与精神的对立使他陷入无助的困境，对爱情也无能为力，他所能做的只是在“十字街头”徘徊；出现在张末身上，她脑海中一直挥不去一条永远渴望却并不去获得的背带裤，以及想象中一个男人牵引她回家的画面。这些困境最终无法解决，包括贾兰坡与宋子衿的一死一疯，预示着堕落的肉体与渴望精神自救的对立，自我毁灭是不妥协之举，也是没有出路的明证。因此，从某种意义上说，《欲望的旗帜》讲述了一个“无结局”的故事。“无结局”是指格非未能为他笔下与城市现代性对抗的人物提供切实可行的出路，城市批判的困惑中透示出知识分子精神的无限困境，它终将使知识分子陷入一种虚无，是拥抱甚至沉溺于世俗生活之后无法自救的绝望的虚无感。

从格非城市批判的困境进入时代语境，自20世纪90年代起，社会形态经历了乡村“城市化”与城市“世俗化”的进程。乡村转变为城镇，追求城市现代文化，以城市文化为楷模。而在城市，大众文化以锐不可当之势进入日常生活，膨胀的物质欲望覆盖了精神追求。如果说，光明与充满梦想的20世纪80年代尚是一个大写的“人”的世界，那么90年代，“主体死亡”带来了反诗意化的“一地鸡毛”的现实生存状态，“活着就好”成为时代宣言。日常生活的世俗化是当下知识分子面临的一大困境，这不仅因为社会的日益商品化，也因为知识分子的日益平民化。是继续维持精英立场，还是走向平民？市场经济下，知识分子人文精神遭受了严峻的考验。作为一个传统知识分子，本应是“具有能力‘向（to）’以及‘为（for）’公众来代表、具现、表明讯息、观点、态度、哲学或意见的个人”[①]，他的职责在于无所畏惧地向公众有力地表述某种立场与观点，却走向令人尴尬且与之相悖的境地。事实上，知识分子很难单纯以批判型身份出场，超然于日常生活之外，并维护自身的独立人格，尤其是在应者寥寥之时。毕竟，反思现代性趋势下，或者走向理想主义，或者走向大众生活，成为审美现代性反思的几个维度。或因此，关注当下日常生活成为城市写作的主导倾向，表现为对日常生活的认同。一部分知识分子放弃了原先坚守的个人化标准，接受了公共生活准则，认同市民文化，在亦步亦趋中社会化与平民化了。以市民文化为自我文化，以大众认同为自我认同，这显然有悖于传统知识分子的规范。批判现代性又带来一个难题，即以何种精神为参照系。前现代性有其弊端，无法实现的理想终究只是理想，人类无法超越当下生存现状，因此，一些知识分子陷入身份定位的迷惘状态，反思乃至批判城市现代性由此乏力。事实上，城市批判的困境并非格非所独有。既无法超越现实困境，又无法漠视现实困境，是一代知识分子的普遍心态，它预示着知识分子在精神高地失却之后，将一步步陷入日常生活，同时面对随即而来的无奈与隐痛。

原载《当代文坛》2007年第4期

① 萨义德：《知识分子论》，单德兴译，生活·读书·新知三联书店，2002年，第16—17页。

本世纪初北村情爱小说繁盛的背后

20世纪90年代市场经济大潮下，物质、欲望成为主宰人的工具，爱情、理想、信仰在庸常、琐碎的日常生活的碰撞下逐渐被肢解，知识分子放弃人文关怀转而拥抱日常生活，竖起欲望与理性的大旗。“不谈爱情”是一代人迎合现实的一种方式，也有作家书写爱情，只不过将爱情作为欲望的对立面，人物在爱情与欲望之间游走，饱受世俗生活给精神世界带来的冲击。也有作家企图用纯粹的爱情铸就一个真空世界，避免其遭受欲望世界的侵袭，最终却因为人性之恶走向失败，例如北村。关注爱情的目的是思考人的精神世界与物质世界的相处方式，小说《玛卓的爱情》通过玛卓与刘仁由恋爱到结婚再到死亡的过程，反思现实世界的爱情。应该说，爱情本身毋庸置疑，爱情失败的根源并不在于外力的干涉，而在于人无爱的能力，纯粹的爱情在吃喝拉撒、生儿育女的日常生活中消磨殆尽。在北村看来，日常生活缺乏爱的土壤。这以后，北村对爱情的探讨告一段落。

21世纪初，北村又在执着地书写爱情。从2002年到2006年，短短五年间，北村出版了十余篇长篇小说，均不同程度涉及爱情，如《望着你》《鸟》《玻璃》《公路上的灵魂》《我和上帝有个约会》等作品探讨爱情与信仰。明明在质疑日常生活中的爱情，却仍要一遍遍书写爱情，这之间似乎跨越了太长的距离。在缺失浪漫、少谈爱情的今天，北村的执着意味着什么，爱情书写又体现出北村怎样的思考?

一、写作目的：寻找终极价值

或许回到昨天的北村，能让我们更好地了解今天的北村及其爱情小说。北村显露于文坛是以他写作技巧上的“先锋”。20世纪80年代引入的西方现代派吸引了一批年轻的作家，他们开始了写作形式上的探索实验，随即先锋小说占据文学主体地位。故此，不少60年代出生的作家称他们是“喝着狼奶长大的”。北村创作出《黑马群》、“者说”系列等小说后，有人称他为“真正的先锋派”，并不断阐释其小说的先锋形式，北村却不“买账”，他毫不掩饰地说：“一批批评家对我小说的形式先锋性津津乐道，他们无视我的心灵，这个事实令我心酸。”[①]“心酸”缘于对“花哨”形式的重视，忽视了作者创作的真实意图，对于北村，“为何写”远比“写什么”与“怎么写”更重要。

“为何写”即写作理由与目的，这个关乎北村的生存理由。他说：“为什么活着就是一种存在理由，作家只有回答了那个与这个世界凭借什么而相持的基本关系问题后，才获得了生存的权利，他便同时解决了为什么写作的问题，他的文本将是他与这个世界相持的基本方式，而之后写什么以及怎么写等技术层面的问题皆服从于上述命题。”[②]生存、现实、文学，成为一度纠缠北村的三个关键词。文学曾是北村的梦想，在他失落于现实之时，他找到了文学，文学承载了他与所逃离现实相抗衡的理想景象，是他得以与现实保持距离甚至对抗的资本，在创作中，他实现了对现实的反抗与逃亡。在与格非的通信中，他这样说：“艺术家作为一个人，他在实存的空间上感到一种彻底的无力性，这是他‘逃亡’的终点，在这个关键环节中，作家应该回答‘存在’这个问题，他的存在，存在的价值、意义和方式，也就是他的逃亡方式，从一个实有空间向艺术空间的逃

① 北村：《今时代神圣启示的来临》，载《作家》1996年第1期。

② 北村：《神格的获得与终极价值》，载《文学自由谈》1990年第2期。

亡，精神对原有价值观念的逃亡，由此确立他与世界的精神关系。”[①]现实与文学成为他生命的两极，对现实的反抗越强烈，对文学的期待就越强烈。他说，反抗“使我在现实面前获得了一个虚假的地位：脱离了对现实的黏附，就在梦想中构筑新的现实景象来代替”[②]，文学梦想体现为对文学可能实现之目的的梦想。文学世界的素材源于现实世界，同时，文学世界诞生于作者的精神世界，由于文学世界的勾连，现实世界与精神世界建立了关联。

文学世界的强大与否取决于精神世界，精神世界又受制于现实世界。纷繁复杂的现实世界搅扰了人的精神世界，让生存于现实的个体深感无奈与无力，也影响了文学世界的建构。北村再一次审视人与现实的关系。早年的他认为现实决定人，人在变动不居的现实面前丧失主体意识，当现实无法满足个体需要时，个体将弃现实而去；经历不断反抗之后，他认为人决定现实，个体在建构自己眼中的现实世界，并成为自我世界的主宰者。自我世界虽然不同于北村一度逃离的现实世界，却有着现实世界的影子，且与他者世界既有交集又彼此独立。如何在这个世界安妥精神，简言之，便是如何活着，成为一个问题。由此，要解决文学与现实的矛盾问题，先要解决存在与现实的关系问题。

于此，北村渴望实现身体与灵魂的分离，肉体归属于自我世界，灵魂则超出自我世界之外。他说：“我渴望找到一个根据，使人在现实面前能够分别为圣出来，生活在现实之中，又不属于这个现实世界。对于我的肉身而言，他是属世的；对于我的灵魂而言，它是属于天的。二者的分离，有利于人的存在趋向本质，而免受存在物的侵略，物质的人成为精神的人。”[③]此后，北村在卡夫卡、加缪、尼采等的思想中寻找精神归宿，因无果，北村陷入了迷惘，甚至一度想到自杀。在这一过程中，文学承载了

---

① 格非、北村：《格非与北村的通信》，载《文学角》1989年第2期。

② 北村：《今时代神圣启示的来临》，载《作家》1996年第1期。

③ 同上。

北村更多的期待。他说："小说创作作为一种终极的艺术行为，其精神和信仰的不在场预示着整个小说发展的荒原。"[①]文学如果一味强调技术形式而忽视终极价值，是对真相与历史的逃避，将空洞而无力。从这个意义上，我们能理解，北村为何认为脱离精神层面的技术问题不值得探讨，对人类生存原痛苦的敏感和对生命的终极体验使文学意义得以彰显。这一目的的实现，取决于作者的认知。

仅仅通过理性思考无法解决问题，唯有借助外来的力量，这种力量显然超越人类个体的能力。1992年3月，北村获得了宗教信仰。这一刻，他把自己交付了出去，并在充分领悟宗教教义的基础上重新思考存在的问题。基督教的"三元论"观点认为，人包含灵、魂与体三部分。身体为物质层面；"魂"即人与动物所共有的心理成分，包括情感、欲望、理性等；"灵"则是神造的不朽的精神成分，人通过它与上帝建立亲密关系。情感与理性等"魂"依附于肉体存在，肉体寄居于尘世，"灵"则使属世的个体超越世俗。"灵"为北村提供了强大的精神支柱，给了他面对现实的力量。在这一过程中，现实被消解与被重构，现实世界本身并未改变，北村也并未向现实妥协，而是有了终极价值后，心态更为平和，有了看待现实世界的新视角，有了与世界相处的新方式，早年自我与现实间的紧张关系逐渐淡化。此后，他的人生有了终极目标。

"为什么活着"的问题解决了，由于有了精神的皈依地，文学从最初现实的逃亡地变为一种职业。但极其关注人类心灵的北村显然未把文学作为谋生的手段，他不少作品中的人物都在执着地书写自己的心灵，哪怕没有读者。可以说，北村是一位严肃而真诚的作家，他的创作中折射出个人丰富而曲折的心路历程，从逃离俗世到寻求归宿再到精神皈依。当他选择不断讲述某一话题，说明这一话题与他的精神之路相契合，爱情便是其中之一。

① 北村：《神格的获得与终极价值》，载《文学自由谈》1990年第2期。

二、逃离世俗与人之爱

北村小说中的爱情通常超越了烟火气，成为世俗生活的对立面，情不知所起，一往而深，情爱双方在面对现实节节败退之后，均选择了爱情作为最后的精神栖息地。在俗世生活的挤压下爱情逐渐消失，人物放纵于欲望之中，同时又厌恶肉欲的自己，“死”成为无法与现实生活和解的人物的结局。但北村并不否定爱情本身，爱情属于精神领域，爱情的问题体现的是精神世界的困境。

北村最早创作的是一些具有实验性的作品，当研究者关注它们的先锋性时，北村却在经受现实的无奈、存在的荒谬，甚至道德准则的崩溃以及漫无目的的茫然无措。“者说”系列中的人物始终在寻找，却一无所获。与许多走出乡村的作家选择以故乡为精神栖息地不同，北村较早就否定了乡村承载精神负累的作用。《归乡者说》中遭受城市道德准则评判的犯人刘义渴望寻找精神归宿，在与城市之间互相否定之后，幼年灵肉栖息之所——故乡以一幅绚烂的图景凸显出来，成为独特的存在。他感受到故乡的“召唤”，彻夜难眠终于返乡。记忆中的故乡是美好的，但眼中现实的村庄却弥漫着废弃与死亡的气息，坟墓横亘于荒草之间，老屋尘封在寂寞之中，被刘义看作母亲的故乡，把他当作陌生人。这样一个生灵的荒冢，尚不能为归乡者刘义提供肉体的栖息之所，更何谈精神归宿？回乡于刘义毫无意义，“死刑”的结局为他提供了灵肉皆毁的“超越”，也意味着北村对精神返乡的否定。《还乡》中再次强调这一命题，“幻想”的破灭比前者更甚。小说分两条线索：一是“我”回家乡杜村看弟弟海娃，后者自幼把唱歌看作自己生命的一部分，因为唱歌海娃获得了远远超越肉体的精神享受，父亲却以此作为挣钱的工具，强迫他为钱而歌，在歌唱的生命欲望遭受挫折时，年幼的海娃没有妥协，而是以死来捍卫自己的灵魂；二是宋代回到杜村的小木屋，这里曾是一批年轻人开始艺术追求与精神漫步的起点，但在诗歌堕落、一切价值理想都已溃败的年代，精神让位于物质，艺术让位于生存，艺术追求者们不约而同放弃了神圣的追求。小说中的“乡村”包含两层含义：一是物质形态的乡村；一是精神与浪漫之所。现代文化冲击传统文化的语境下，乡村早已喑哑了田园牧歌，代之以凋敝破败、散发着死亡气息而又躁动不安的物欲世界，纯洁善良的农民形象在“父亲”身上结束了，孕育于乡村精神的艺术也消失了。精神返乡的失败意味着乡村不可能是北村的精神栖息地，海娃与宋代的死重申了对精神返乡的否定。

失去乡村，城市也无法成为精神栖息地。北村笔下的城市是这样的：

> 城市在上午八点的时候进入了喧嚣，它俨如一部巨大而破旧的机器在那个时候渐渐被一只手开动，先是由灰黑的住宅楼吐出一群又一群的人，他们迅速集拢到为数不多的街道向前流动，陈林就夹在其间；然后厂区被震耳欲聋的机器声惊醒，从马路上骑车而来的无数工人像尘埃一样分散，陈林也在其中。①

在现代化城市，机器大生产导致了人的“异化”。劳动本应是自由的生命表现，是生活的乐趣，当劳动的目的是满足生存需要，人就成为劳动的奴仆。他们“在这种异化中感到自己是被毁灭的，并在其中看到自己的无力和非人的生存的现实”②。人之所以深陷异化劳动中无力自拔，缘于货币这个被人创造出来的等价物反过来统治了人类，人类向它膜拜。如此混乱、肮脏而冷漠的城市却正在成为人类肉体乃至精神的栖息之所，这一事实令北村痛苦，对城市生存状态的思考也由此强烈。他通过人物陈林在乡村亲戚“城市原来是这个样子啊”的惊恐中审视城市：没有阳光的天空、浑浊的空气、随时可能发生的交通阻塞与失业危机、带着仇恨的恋人的眼神，现代文明在为人类提供超越于前现代文化的信任环境的同时，风

---

① 北村：《芦苇陈林》，载《山花》1998年第10期。

② 《马克思恩格斯列宁斯大林论人性异化人道主义》，清华大学出版社，1983年，第188页。

险环境不可避免。无限膨胀的物质袭击且整合着人类的生活，遮蔽了个人及其精神的价值，居住在城市的人们面临困境。

摆脱困境的方法有两种：一是沉溺于世俗与生活和解，一是坚持独立人格与生活对抗。与生活和解意味着向现实妥协，接受生活提供的一切可能。对这一出路的尝试曾出现在北村的书写中。

《公民凯恩》通过对普通公民陈凯恩向生活全方位妥协及其后果的考察，揭示其隐含的现实意义。为了顺应现代社会，凯恩无条件接受社会风俗与既定的生存法则，为挣钱放弃自己的理想，在装修中讨价还价，在工作中忍气吞声，在情人与爱人之间周旋。他以无条件、彻底顺从的姿态融入社会，表达个人与生活和解的决心。在和解的过程中，凯恩接触到社会各阶层，并逐渐认识到生活的污浊面：吃喝嫖赌、敲诈勒索无处不在，物质、金钱主宰了人类的肉体与精神，妥协的结果就是人沦为物质的奴仆，彻底放弃了自我、尊严乃至一切精神追求。这种生活状态显然不是作者所渴望的，他无法让人物进一步堕落。陷入困境的凯恩由对现实生活的质疑走向了对生存意义的质疑，他开始了对人类真正生存目的的最后寻找。在寻找过程中却遭遇了更多的困惑，他发现有人寻求精神超越却只能拥有匮乏的物质，有人身居世外过着清贫的生活，却仍不忘俗世之事，这一切都在表明物质与精神的矛盾对立。是沉沦于现实还是寻求精神自救？面对两难境地，北村选择了后者，人类需要摆脱现有的生存状态，需要自救。自救之举的第一步，便是与城市对抗。北村曾预设了人物对抗城市的结果，即小说《消水的东西》中的一句：不是我走，就是死在这个城市。“走”却并不现实，《东张的心情》中的东张远离喧嚣尘世，进入深山，寻求宁静，却终于逃不过武斗的惊扰，无处可走后，“死亡”便成为唯一的选择。

在《消失的人类》中，北村把出身于农民家庭的孔丘置于生存困境，在成为大老板满足肉体生存的欲望之后，孔丘开始对活着的意义本身产生困惑。很显然，活着不是为了吃，是为了寻求精神自我，但现实生活经验告诉他，许多人活着就是为了吃，即使寻求精神追求的艺术家，也把艺术看作活命的手段，强烈的“活命”意识淡化了精神追求。孔丘深感生命的庸俗与无望，万念俱灰之下选择了死亡，以避免精神的堕落。死亡是“逃避”的结果，是精神自救的主要方式，一度也是北村笔下人物主要的逃亡方式。人类为何永远难以摆脱生存困境？北村找到了问题的症结，这就是人性的卑微。如果说，沉重肉身的拯救需要精神，当精神自身开始堕落，如何拯救肉体？爱情在这一语境下，成为抚慰灵魂的精神良药，也是人物与现实较量的筹码。《孔成的生活》中通篇写着孔成与城市霍童的紧张关系。孔成是建筑学院的高才生，却因目睹一件饥饿事件看透人生困难而困惑于现世生活，在随后不断的失意与落拓中远离了尘世。孔成放弃了城市，选择了杜村。当唐松重建的霍童改变了以教堂为中心的格局，商业充满这座城市。小说中的“杜村”并没有确定的对应物，朱必圣教授认为是霍童的早期市名，前警察童角说是空教堂，“我”看到的是在寂静山坡上孔成自己盖的一座没有屋顶的房子。每个人都有自己心中的“杜村”，这一点与格非的《青黄》有相似之处，概念的不确定带来内涵的丰富性。杜村“没有屋顶”的建筑经验源于樟坂圆形的土楼，以戏台为中心，构成了圆形的天空。孔成认为，土楼表现出对天空的包容，预示着客家人在迁徙过程中与天达成和解的自然观念。“天”代表高于世俗的另一个境界，古人将“天”看成世界的主宰者，显然孔成也渴望将“天”视为灵魂皈依之所，只是由于精神信仰的缺失，孔成仍挣扎在苦难的人间且因心无居所而经受折磨，在这一过程中，王弟的爱情是他栖息的港湾，确保他能偏离世俗生活。

爱情一度给了北村笔下人物面对生活的勇气，他们对爱情寄托了无限的期待，如《伤逝》中的超尘与李东烟、《玛卓的爱情》中的玛卓与刘仁、《强暴》中的美娴与刘敦煌、《周渔的喊叫》中的陈清与周渔等。他们普遍缺失迎合生活的能力，视爱情为甘露，当爱情遭受生活暴击时，终于内心无法坚守，精神彻底崩溃。《玛卓的爱情》中玛卓与刘仁的爱情在婚姻的柴米油盐中逐渐消失，彼此又在小心翼翼营造虚幻的爱，并深感负累，当刘仁终于解决了物质问题——破坏两人爱情的“元凶”时，玛卓却因无法面对无爱还必须苦心营造爱情假象的婚姻而选择自杀。《周渔的喊叫》中的陈清在妻子周渔面前是模范丈夫、谦谦君子，在情人李兰面前却展示了人性的丑陋部分。他坦言更爱周渔，也渴望个人达到理想状态，却无法忽略现实的自己。人性之恶是爱情的悲哀，也是人的悲哀。北村用一系列失败的爱情告知读者，爱情无法拯救深陷于尘世泥淖的人们，假如人性之恶不消除，人之爱便无法超越世俗。

浪漫爱情与世俗生活间的矛盾是文学作品中人物经常面对的矛盾状态，早在20世纪初，鲁迅就提出了这一问题，《伤逝》中涓生与子君的悲剧就在揭示爱情面临生存的难题。北村用爱情悲剧否定了世俗生活中的爱情，留存了一个问题，即什么才是爱情的正确打开方式。对生存意义有了深刻理解的北村依然选择爱情这一话题，述说他的爱的哲学，一种有别于早期的爱情体验出现在21世纪初北村的小说中。

三、信仰对情爱的超越

爱情与信仰关联源于北村个人的精神信仰。北村从生活的迷雾中挣脱出来，多年漂泊的精神终于栖息下来，沉重的肉身获得拯救，存在也有了合理性。拥有了精神信仰，内心获得了前所未有的平静，有了观照世界的新视角，爱情也显示出不同的内涵。

早在20世纪90年代，北村就探讨了二者之间的关系，爱情缺失，信仰登场。《孙权的故事》中自甘堕落的孙权误杀好友被关进监狱，坚持不以病为借口逃避责任的行为证明孙权尚未缺失良知，同时他也不眷恋精神无所依的生活。在监狱里，他突然怀念与小丽之间的他曾经并不珍视的爱情，失去了爱情，便失去了精神依托。经历恐惧与无助之后，他终于在信仰中得到解脱，追寻精神的永恒，放手世间万物，他便能平静面对“背叛”的爱情。《张生的婚姻》中同样强调了这一主题，无视金钱、地位与名誉的张生在爱情遭受失败后，对生活产生了恨意，他放纵肉体，甚至企图自杀。这个专门研究生命意义的人，因为生活的一个小挫折便对生命意义产生了怀疑。肉体只是一个空壳，精神才是本质，精神死亡，肉体存在毫无意义；肉体死亡，精神则无所依托。在张生几近绝望之际，信仰作为良药把他从精神苦难中解救出来，清洗他污浊的灵魂，平静他的心灵世界，使他获得了宁静与新生。

但这两部小说并没有解决生活与爱情的矛盾，只是因为北村主要考虑的是信仰问题。21世纪初的北村继续探讨世俗之爱的可能，他不仅探讨问题，也尝试给出解决方案。爱情仍是超越世俗、超越欲望的纯粹的崇高精神境界，《望着你》中的五环与维林就是一对面临生存困境的恋人，大学毕业后为了挣钱结婚而忽略了对彼此的爱，分手后两人各自有过家庭生活，却都没有找到爱情。几年之后两人终于走到了一起，在失而复得的甜蜜与争吵的痛苦中，他们感悟到，将男女之爱与众生之爱联系在一起，爱情便得到永生。在施舍的过程中，他们助人，也助己。正如小说中所说：

> 爱情这东西必然跟高尚的事情联在一起，不会跟自私和卑琐的东西联在一起，那样的爱情不长久。①

小说的结局并不好，相爱的两个人，一个染上了肝炎将不久于人世，一个因煤气中毒而死。北村却在小说结尾说，维林和五环的结局是好的。在我们看来，“好”的结局应该是他们经受一番苦难后终于幸福地生活在一起。维林与五环的爱情看似有向生的希望，更多却是向死的沉静。“好”的意义其实就在这个沉静里了，他们的精神得到了洗礼，人虽死亡，爱却实现了永生。从小说中不难看出北村对爱情的理解，即爱超越了苦难与世俗，才有了归宿。这一点在北村的《我希望》中得到呼应，他希望有一个爱人，“愿意和我离开繁华都市，每日面对田野而不觉寂寞”，她“有一个人类最重要的优点：深明大义，然后有一颗温柔的心”，“即使她有病， 甚至坐在轮椅上，脸色很苍白”。②爱情与超越苦难的精神追

① 北村：《望着你》，东方出版社，2003年，第176页。

② 北村：《我希望》，载《文苑》2006年第11期。

求，是不计回报的倾力付出，前提则是具有共同的信仰。缺乏信仰，就缺失爱情，如《施洗的河》中的刘浪深爱天如，后者却因参加前线福音医院的护理队离开了。当他浪荡一生皈依宗教，如迷途知返的羔羊阅读《圣经》时，他感觉到天如这个他一辈子的梦中情人来到身边。此外，《玻璃》中的李和达特这对精神伴侣，因缺乏共同信仰，终于走散。

如果说人有原罪，爱的付出便是赎罪的过程，带着忏悔意识。《我和上帝有个约》中的陈步森的罪源为原生家庭，家庭爱的缺失使他在罪恶里越陷越深，直至参与一件杀人事件。陈步森因为恐惧和愧疚有意与被害者家属交往，却得到不明真相的家属的感激与认可，人类之情触动了他麻木的心灵，并促使他非理性地不断向“好”，甚至不惜暴露自己也要把被害者的妻子冷薇从精神病状态中“唤醒”。陈步森治好了冷薇的精神疾病，冷薇则治好了陈步森的心理疾病。在这一过程中，二人之间产生了一种超越世俗情爱、彼此相依的复杂情感。陈步森彻底认识到自己的罪孽并谅解了遭遇的一切不公，冷薇接受了陈步森捐献的肝脏，两人均获得了新生。

信仰使人能平静面对生活中所有的苦难，面包与爱情的矛盾便不再是矛盾。在遭受苦难过程中，并非所有人都有平等地位，正如爱是相互的，但爱这一行为包括爱与被爱的关系。施者不计回报的付出得到了精神满足，也可能，尊严的缺失使受者备受折磨，如坐在轮椅上“脸色很苍白”的爱人痛恨自己残疾的双腿。实际上，《望着你》与《我和上帝有个约》中均不同程度地存在给予与获取的不平等关系。或许受者本身也在施予，才可能坦然接受。从这一点上说，爱情双方不仅有相互碰撞的灵魂，也有相近的精神信仰高度，在苦难中施与受，因饱含更多情感，其高度则可能被模糊与淡化。

很有意思的是，北村小说中的不少人物拥有了精神信仰之后，便无暇顾及爱情，如《玻璃》中的李芊与陈春、《我和上帝有个约》中的周玲与苏云起。不仅如此，生活中似乎更多的是无结局的爱，如《公路上的灵魂》中的“我”与罕便是有情人未成眷属。更多的却是爱的无望，是爱的付出与获取的错位，如伊利亚对卡尔、张成功对张理蕙、阿尔伯特对伊利亚，前者对后者都付出了真爱，却并未得到回报。可见，爱的错位是生活的常态。同时，有过热烈爱情的婚姻未必快乐，如伊利亚与铁山；有了基督教信仰的男女结合的婚姻却和谐美满，如张里蕙与阿尔伯特、伊利亚与马克。人类的欲望之爱被消解，神之爱让人之爱走得更远。对于北村，爱就是信仰，他在信仰中思考爱情，爱情不再是早年他笔下的两情相悦，而是在信仰上达成一致后的精神相守，是在神之爱包裹下的人之爱。他在现实中检验爱情，却并未为神圣的爱找到生存空间。或者说，爱情的蓝图在北村看来似乎更是一幅静止的画面、一种状态，而不是某一个完整的过程、一个前因后果。北村对世俗与人性的探讨是逼近灵魂的，他的爱情书写让我们看到人性中温柔的光芒。用信仰解决爱情问题，这是北村的办法。但仍有读者或许愿意看到在缺乏信仰的基础上，人之爱如何面对庸常的日常生活且得以永恒。

从情爱小说的大量书写中，我们看到了北村纯洁人类灵魂的努力，他在用自己对爱的理解感染大家。此外，从北村对人物婚姻失败的设置中我们同样看到了他的困境：有理想图景却无法实现的清醒的痛。谈到北村小说的重要性，南帆曾说："重要作家往往在他们的时代更为显目。这些作家未必拥有大师的精湛和成熟，他们的意义首先体现为——劈面与这个时代一批最为重要的问题相遇。他们的作品常常能够牵动这一批问题，使之得到一个环绕的核心，或者有机会浮出地表。换言之，人们可以通过他们的作品谈论一个时代。"[①]21世纪北村的情爱书写，折射出一个时代知识分子的精神归宿问题，同时提供一种解决方式，这是北村爱情小说的现实意义。

原载《山东文学》（下半月）2008年第10期

① 南帆：《先锋的皈依——论北村的小说》，载《当代作家评论》1995年第4期。

救救我们的良知

——读王祥夫的《尖叫》

在农村传统社会中，由于家庭财产的男性单系继承制，女性地位普遍卑微。即便在改革开放之后的农村，男女仍不平等。加上女性在力量上处于弱势，部分竟遭受丈夫家暴。对此，女性作家更能感同身受，从对女性的同情中萌发对男性的失望与反抗，这种情绪体现在文学创作中，便是复仇女神形象的出现，如李昂的《杀夫》、方方的《奔跑的火光》中的林市与英芝遭受百般蹂躏之后，终于奋起反抗将丈夫杀死。王祥夫的《尖叫》也关注这一话题，男性同样被杀死，但作者在处理这一情节时，给了女性太多的不舍与迟疑。其中有男性作者对传统女性美好形象的构想，也有对复仇情绪的淡化，强化了小说对底层生存状态、对人性的反思。

《尖叫》中，米香因不堪丈夫培绍对家人的威胁终于买凶杀夫最后被依法逮捕。悲剧的发生涉及米香娘家、朋友以及基层干部等多个人物，因此，这一悲剧已超越个人乃至家庭，进入社会层面。一些评论者在谈及这一悲剧时，多从米香本身的奴性卑躬或麻木愚钝出发，所谓麻木是指米香一次次遭受暴力，却不时对施暴者表示同情，亦不懂自保，最后酿成悲剧。但这并非作者关注的重点。作者一次次切入米香的内心世界，极力展示她面对暴力的愤怒与愧疚，是为了说明她底层的善良。生活如何把一个极其善良的人逼到极点，最后变为“杀人犯”？仅仅批判个人并不能解决问题，米香代表的绝不是“这一个”，而是“这一类”。事实上，王祥夫从家庭暴力起步，触及的却是一个尖锐的问题，即我们社会现存的良知问题。

一、善的极致——米香

将米香这一形象视为善的极致并不过分。小说一开篇就把米香置于困境之中，即挨丈夫的暴打，逃回娘家。对一个已婚女性来说，遭受丈夫欺凌后，只有娘家能提供避风港，但米香却是静默的，她无法向家人诉说委屈以博取同情，哪怕是再一次诉说。与此同时，对丈夫培绍的非人折磨，米香也未大加痛斥，而是极度恐惧。

由于家暴，米香对娘家人充满歉意。对于米香来说：

> 没有钱，没有衣穿都可以对付，天天暴打的日子实在是难挨，更加可怕的是让家人也跟着受罪。[①]

衣食住行是生存最基本的需要，哪怕这些均已丧失，米香都可以忍受，但由于个人原因祸及娘家，米香便无法容忍。作为一个深受传统文化熏陶的女性，米香是缺失自我人格的。米香这朵花盛开得最灿烂的时候是她与培绍的新婚期，从此那段美好的回忆便跟定了米香。她并无意关注夫妻双方的平等、自由与独立，最初的爱情给了培绍，在情感上，米香便跟定了培绍。美好的回忆使她无法接受培绍由原来的温柔转变为今天的凶残，对培绍，米香的爱与恨交织着。她给了培绍无数次机会，她在等待培绍变好。

米香由害怕培绍到杀死培绍经历了一系列绝望的事。因被培绍剪断手指被月华拉去派出所报案，面对培绍时又变卦；当大弟弟要雇人杀死培绍时，米香犹豫了，竟然觉得自己心窝在隐隐作痛，仍要跑到法院做无谓

① 王祥夫：《尖叫》，载《中国作家》（小说版）2006年第6期。

的挣扎。无论被动去派出所还是主动去法院，米香都是情非得已，最后也不免遭受火冒三丈的培绍的毒打。在雇疤头杀人后，小说展示了米香对培绍的爱恨交织，恨时要杀了培绍，冷静下来又想到培绍的好，米香犹豫不决，不仅因为爱，还因为这是一条人命。家人是米香的底线，在培绍说出对侄子不利的话后，米香下了决心。

在米香与培绍之间，培绍步步紧逼，米香步步退让。处于弱势的米香却在努力地拯救他人，一个是她的娘家人主要是侄子这个家族承继人，培绍活着侄子可能就有生命危险，要保住侄子的命只能让培绍死，为了拯救侄子，她选择买凶。但她又想要拯救培绍，因此她不断反悔，仍关注培绍的状况，将培绍的恶归因于镇上赌博的风气，还会回想培绍曾经的好。在确认培绍还活着时，她竟然找二弟借钱以帮培绍摆脱目前的窘况。被拯救者的对立关系使米香左右为难。

从表面看，小说的主要矛盾存在于米香与丈夫之间，实质是丈夫与侄子之间。侄子尚未自立，作为监护人的大弟承担起保护侄子的责任，但大弟又把这一切推给了米香，最终仍是米香与培绍的矛盾。米香是联系丈夫与娘家人的纽带，她所有的努力就是在消除培绍与侄子之间的矛盾，培绍的闹事方式决定了米香的态度。当这一矛盾无法协商解决时，只能选择恶的手段。米香的复仇是被迫的，当她解决了侄子的安全隐患后，她开始承受良心的折磨。在不断的噩梦与恐慌中，她终于等来了警察。培绍成了植物人且被截肢，这种结局并非米香渴望的，她发出了绝望的叫声。

弱者以一己之力保护家人，阻止悲剧发生。米香被亲情与爱情左右，委曲求全。当培绍不来娘家纠缠，米香就希望培绍变好；当培绍对家人乃至侄子构成威胁，米香又恨培绍入骨。她憎恨恶行，却怜悯恶者，渴望对方迷途知返，即便她被迫做出了法律意义上的恶行，道德上却无罪无恶，达到至善。

二、恶的极致——培绍

在培绍的性格发展方面，小说中留下了一个空白，即培绍如何从当年的温情变为今天的凶残。并非作者不能虚构转变的原因，或许在他看来，转变本身并不重要，重要的是培绍今天已经作为恶的极致存在。细读作品，不难发现蛛丝马迹。

小说中多次提及米香的生育问题。不少人将此作为缓解夫妻关系的良药，因此，母亲叮嘱米香继续求医，法院调解员详细询问米香的不孕问题，米香均无言以对。不孕源于培绍无生育能力，夫妻俩曾四处求医未果。在传统乡村社会，婚姻的目的是繁衍后代。费孝通认为，婚姻的意义在于建立社会结构的基本三角，夫妻关系依靠子女的存在得以固定，孩子出生是夫妻合作关系的开始，而为了“共同抚育儿子，两性间需要有能持久的感情关联”[①]。

对繁衍后代的重视必然导致对生育能力的崇拜，加上社会男性单系继承原则，生育儿子的能力通常成为评价男性的重要标准。因此新婚夫妇的生育问题通常成为社会关注的话题，一旦不孕不育，家庭为了保住男性尊严，通常将责任推卸到女性身上，这也是培绍不许米香说出他丧失生育能力的原因。没有子嗣就失去了家族传承，但对于培绍，领养与过继意味着对外宣告无法生育的事实。无法正视事实，说明培绍在精神上是个弱者，他的怯懦转变为对更弱者米香的凶残，生育问题无可追责，金钱便成为挑起事端的由头。

培绍曾与岳父一同收塑料，岳父去世后，小舅子们先后发达，培绍却日渐落魄，加上膝下无子，在嫉妒与仇恨的心理阴影下猖狂闹事，他甚至扬言要杀死无辜的侄子——这是米香娘家人最在意的。可见，没有儿子是

① 费孝通：《乡土中国 生育制度》，北京大学出版社，1998年，第120页。

培绍心里永远的痛。在外人面前，他只是个无赖，在米香面前，他是个恶棍。轻则打骂，重则致残。一张十万元的空头借条成为他要挟的借口，他以惨无人道地欺凌一个手无寸铁的弱女子为能事，随意践踏对方的宽容与爱。在外人面前，他还在维持最基本的体面，面对米香则撕下了面具，把米香的爱揍得千疮百孔。

培绍对米香的伤害不止在肉体上，也在精神上。仅仅是鞭打，米香咬咬牙能坚持下去，精神上的折磨让米香的坚持变得毫无意义。对培绍彻底失望是在米香为他担惊受怕了几天之后，培绍突然出现在丈母娘家闹事，企图榨取一些钱财，在此之前米香还在幻想他会变好。米香握着伤残的手指，在疼痛中认清了培绍无赖的本质，她流泪了，流泪是与这段感情、与过去告别的姿态，是带着切肤之痛却毅然前行的姿态。

因丧失生育能力，培绍有值得同情的地方，但对此他却采取遮蔽的态度，变本加厉将愤怒发泄到米香身上，毒打对方并拒绝离婚。生育能力问题无解，除非他自己内心变得强大且接受事实，否则内心的怨恨无法消除，对米香的折磨也就永无止境。本应相互慰藉，自私、自卑的他却与米香站到了对立面，成为恶的极致。

三、当“至善”面对“至恶”时

女性由于体力与地位上均处于弱势，直接对抗男性有些自不量力，要想寻求合理解决方案，只有借助于外力，亲戚、朋友或者公共权力。亲戚、朋友的援助均为民间力量，不具备权威性，亦无法制约其他公民个体，仅靠道德评判更无威慑力，公共权力机构代表国家权力，能够从法律层面做出正确裁决。

公共权力机构中与底层联系最密切的是派出所与法院。面对培绍的折磨，米香并非没有利用公共力量反抗过，米香去过多少次派出所与法院，她自己都记不清了，每次都被劝回来了。对此，小说这样写：

前不久派出所那边又说今年上边连一个离婚指标都没给，所以大家谁也不要想闹离婚，倒是派出所那边反过来劝米香，要她回家和培绍好好过日子，要维护模范镇这块牌子，还说谁家的夫妻不打打闹闹，未必一吵闹大家就要离婚，要是那样，派出所还不变成个离婚所，还不被镇子里的人骂死。①

在求助公共权力机关这一点上，米香几乎绝望。诚然，每个办事员并非没有同情心，无论是李民警还是许小桥，他们都不忍面对米香伤残的手指，都痛斥培绍的残忍。只是在没有离婚指标且维护模范镇的办事原则下，教育培绍、调解夫妻矛盾是他们的工作目标。他们温和而耐心，尽力把事情做好，对此也极为自信，却始终无法满足米香的诉求。当个人利益与集体利益发生冲突，放弃个人利益无可厚非，但集体利益的确立需要充分尊重个人利益。“调解”不是息事宁人，劝走了当事人事情未必结束，受害者一次次的诉求中必然有着太多的艰难。执法者不换位思考，便永远无法理解对方的言行，当米香被捕时，一个警察仍义正词严地指责米香不该买凶杀人，而不求助于法院。试想，米香第一次进派出所或法院，一定充满期待，当办事员本着调解原则处理问题时，软弱的米香自然不敢坚持，回到家的牢笼，必然受到培绍报复性的暴力。当事情被不断重复之后，米香抗争的勇气与信心备受打击。因为女友月花的强拉硬拽进了派出所，因为担心大弟使用极端手段冲动之下跑进了法院，米香对结果依然没有信心，如果抗争的结果是再次回到培绍身边，妥协也就成了最好的方式，这也能够理解米香在派出所、法院的反悔。因此，米香的进出派出所与法院显得多么无奈、无助而滑稽。

与公共权力机关一样，米香的娘家人同样也想息事宁人。软弱的母亲除了伤心爱莫能助，甚至不敢让米香留宿；身为政协委员的二弟忙于自己的公务，顾不上生命困顿的姐姐；只有大弟担心牵连到侄子才参与了与培

① 王祥夫：《尖叫》，载《中国作家》（小说版）2006年第6期。

绍的斗争，他可以出钱买凶，却不愿自己出面，这意味着他把一切的责任都推卸给了米香。对于娘家人，他们宁肯给些钱让培绍去赌，也不愿意培绍把家里闹得鸡犬不宁，只要金额不超过承受能力。正是公共权力机关与娘家人的一味妥协助长了培绍的肆无忌惮。

米香也曾求助于朋友。女友月花对米香是同情的，是她拽着米香进派出所，带米香到城里做工，在米香需要援助的时候，她能够伸出援手助米香一臂之力，却无法解救米香走出生存困境与精神困境。同学疤头，这个曾被米香看作救星的人在米香遭受困境时，盘算的是从中牟利。对杀人这件事，疤头毫不动容，且反复强调是米香雇他杀人。他带着同情的口吻面对米香，却不动声色挣了三万。身为老板的同学刘家正面对被捕的米香，他只感叹，模范镇的牌子要挂到别处去了，米香为何不求助于法院。在一系列遭遇中，米香一定深刻感受到每个人都是孤独的个体的深刻内涵。因此，面对培绍的暴力，米香踽踽独行。

“至善”面对“至恶”，结果是至善者采取了至恶者的方式。在情感上我们早已原谅了米香，但法律并不容姑息。但我们无法放纵情感无视法律的到场，米香“啊啊啊”的叫声诉说的别样的悲哀，让我们难以释怀。王祥夫的“手术刀”是力透纸背的，很显然，他把人物逼进生存的绝境，尽情展示其挣扎沉浮的悲惨，由此再回头思考人物如何进入绝境。在这场悲剧中，真正受伤的是米香夫妻，一个成了植物人，一个成了杀人犯。应该说，米香的悲剧不是个人造成的，培绍是这场悲剧的罪魁祸首，他执拗地为米香铺就了一条悲剧之路，权力机关的工作人员“好心”地切断了回头路，娘家人哭着叹着陪她前行，同学疤头则“助”她走到了尽头。

在米香的悲剧中，我们看到了社会良知的失却。如果培绍有良知，他应该面对米香肉体的疼痛与精神的折磨忏悔；如果工作人员有良知，“模范”镇的荣誉称号一定无法超过镇里居民的幸福；如果娘家人有良知，保护米香的渴望一定比对培绍的恐惧更强烈；如果疤头有良知，解救米香就不需要金钱亦不需要培绍的性命。在这样一个丧失良知的小镇里，王祥夫却塑造了一个至善者米香，是她让我们看到美好人性的光辉闪烁，但仅有米香是不够的。如果整个社会有良知，米香的悲剧就一定不会发生。

原载《山东文学》（下半月）2008年第11期

近年来女性农民工文学形象考察

“农民工”是随着中国改革开放出现的一个新群体，我国农村原本人多地少，农业收益低，城镇的经济发展又侵占了大量耕地，土地的减少导致农村剩余劳动力的问题较为尖锐，向非农产业转移成了农民生存的必然选择。此外，城市经济发展也需要大量的劳动力，这些因素影响并加速了农民工群体由农村向城镇第二、第三产业流动。这一劳动力流动从20世纪80年代中期开始，90年代出现了“民工潮”现象，到21世纪，城市农民工人数逐渐增加。与通过上学、当兵等方式获取城市户口的农民不同，农民工的户口仍在乡村，由于经济资源与文化资源的缺乏，争取城市户口的目的已经被挣钱取代，现代文化知识的缺乏与外来者身份使他们成为弱势群体。

作为城里的外来者，农民工从农村拥入城市，干着城里人不愿干的脏、乱、差的工作，但城市对他们并不欢迎，其中原因不仅有就业机会的抢占，还有他们给城市生活与文化带来的影响。王安忆就说过：“我们这座城市里，四处都是民工。空气中挟裹着他们的汗气和异乡的口音。他们在劳作中练成的着地扎实的步态；穿行在车流之间，肆无忌惮又惊恐的身型；还有大街小巷墙根下小便的背影，改变了这个城市布尔乔亚的风韵，变得粗粝起来。”①

① 王安忆：《遍地民工》，见《街灯底下》，山东画报出版社，2005年，第10页。

文学作品中的进城农民最初多为男性，如《人生》中的高加林、《平凡的世界》中的孙少平、《浮躁》中的金狗。处于农村底层的女性农民则多为留守者，如《人生》中的刘巧珍、《浮躁》中的小水、《城的灯》中的刘汉香。事实上，在20世纪80年代初期，女性农民也开始“进城”，大多数是通过婚姻的方式。相较于男性农民的挣扎，她们的进城之路更加顺利，同时，“农裔城籍”作家多为男性，基于自身进城体验，他们多以男性农民为写作对象。20世纪90年代初，随着女性进城打工者的增多，文学作品中开始出现“打工妹”形象，这些女性多为保姆、蓝领工人。21世纪以来，一批不同于传统“打工妹”的女性农民工形象出现在文学作品中，她们融入城市，但不再从事传统的职业，有的主动或被迫从事一种有悖于传统道德的服务行业，如发廊妹、酒吧女等。这一“另类”女性农民工形象，是新世纪文学作品对乡村女性生存现状的独特思考。

一、坚守者与堕落者

与男性农民一样，女性农民带着对城市的渴望进城。在乡村，因受“嫁出去的女，泼出去的水”这一不平等性别观念的影响，女性地位更低。进入城市后，她们与男性一样成为务工人员。城市既提供了需要男性从事的重体力劳动，还有需要女性从事的工作。女性进城的初衷是通过辛勤的劳动实现自我价值，某种程度上，城市给她们提供了更多展现自我的自由空间。

基于已有的纯美的乡村女性创作经验，新世纪文学作品中出现了纯美的女性农民工。这种“美”主要体现在她们对传统道德观念的坚守，并通过自食其力实现自我价值。陈武《换一个地方》中的于红红，有着姣好的外貌，明知道在发廊可以挣钱，却甘守清贫，执着于正当而卑微的职业——在街边售卖茶叶蛋和水煮花生，只希望挣的每一分钱都光明正大。当蔡小菜与朱老板告诉她欺骗顾客挣钱的伎俩，她依然保持诚信。但城市并非理想之地，甚至无法确保勤劳者能够致富，于红红用辛苦劳动换取生存的资本，在挣扎过程中，她还不断遭受来自城市的冲击，包括城管的市容检查、表姐夫与朱老板的强暴、美容中心小姐及蔡小菜的诱惑等。在男性的暴力面前，她怀着恐惧默默忍受，甚至不敢叫喊，表现出懦弱的一面；在活命方式上，她却表现出对自食其力的坚持，仍苦苦守住精神上的贞洁，渴望用自己的劳动与清白获得城市的认可。

这是一个坚守传统道德标准的女性，即便如此，她并未被城市接纳，一次次逃离，居无定所，在恐慌中熬着日子。男性农民在城市活命本就不易，缺乏力气又无现代文化知识的女性农民在城市立足，且要维护自己的纯洁谈何容易！于红红之所以能在各种诱惑与压力下勇敢地坚守自己的心灵净土，缘于她对表姐的信心——表姐在海南如果过得好会来接自己。表姐成为她面对苦难的救命稻草，给了她活下去的勇气与盼头。正当她无法坚守时，表姐出现了，后者竟成为水帘洞大酒店这个色情场所的老板。于红红的绝望是可想而知的，这意味着她将彻底失去精神依靠且需要独自坚守。表姐深知这是一条不归路，她一再要求红红回去卖茶叶蛋。作为精神依靠的表姐都无法坚守，于红红又如何做到？

城市并未给女性农民工提供足以实现自我价值的空间，她们挣扎到最后通常由失望走向绝望；同时，城市的诱惑又在不断挑战她们的底线。进城是为了挣钱，为了在城市落脚，为了活得更好，在用正当手段无法获取金钱时，部分女性选择出卖肉体。这些女孩一旦接受了堕落行为，便能坦然面对欲望，如陈武《换一个地方》与李肇正《姐妹》中的许多发廊妹。但她们依靠身体挣钱也会遭遇“趁火打劫”，《姐妹》中的舒小妹接待完一位客人，对方自称警察，不但不给钱，还掏出手铐带走了小妹。接客被抓，也能讨价还价，只要罚的金额满意，卖淫行为就“合法”了。在城市漂泊的外来妹也有对未来归宿的想象，只需要面包，顾不了爱情。李肇正《永远不说再见》中有过客观的概括：

坐台小姐有的会被款爷包起来，有的会充当公职人员的第三者，更多的就像她（坐台女高玉铃——引者注）那样，也不图明天，就想今天有个男人疼她。外来妹可以找个大龄未婚的城市人，从而改变乡下人的身份；但这样的城市人大都有缺陷。[①]

尤凤伟《替妹妹柳枝报仇》中来自大窑的打工妹因做鞋太累、工资低且威胁系数高，出于生存本能考虑，甘愿做“小三”；李肇正《姐妹》中的宁德珍为养活儿子出卖肉体，在接客过程中获得常先生的爱，但妓女与嫖客又能有怎样美妙的故事？前途茫然的她最后嫁给了同性恋者。相较而言，李肇正《傻女香香》中的香香更为幸运。为了住上城市的房子，她凭着年轻貌美“勾引”丧偶且年长的刘德民，对方出于自私考虑愿娶她为妻。成为城市居民应该是“外来妹”最好的归宿。失去故乡的打工妹既要扛住城市生存的压力，又要面对城市的物质诱惑，还要招架随时可能的强暴，守住底线就变得极为艰难，放弃传统道德观念的约束，名声会一败涂地，但生活可能面临坦途，这是传统道德坚守者变成城市堕落者的根源。

“外来妹”经历了对城市的期待与失望，守住道德底线的，物质极度匮乏，在城市生存举步维艰；放弃道德底线的，享受物质满足，却要面对外界的指责谩骂。“融不进的城市，回不去的故乡”，无论依靠力气或身体活命，未来都很渺茫。她们普遍遭遇了比留守农民更为艰苦的生存困境，终于学会戴上面具，在一次次失望中走向冷漠与麻木。

二、拯救者与消费者

乡村“城镇化”进程中，金钱至上的观念不仅影响了城市农民工，也冲击了乡村农民。金钱观改变了乡村的生存方式与道德观念，金钱的占有成为评判个人成功与否的重要标准，决定个人的社会地位，甚至悄悄改变了社会权力结构。金钱不仅成为炫富的资本，也成为拥有话语权的筹码，

① 李肇正：《永远不说再见》，见《城市生活》，上海文艺出版社，2005年，第235页。

个人欲望的张扬与金钱的占有密切关联。

20世纪80年代，改革开放背景下部分农民开启发家致富道路，男性是主力。随着城市的不断发展，城乡差距逐渐增加，城市占有越来越多的资源，进城务工成为绝大部分农民的就业方式，但血汗钱终究微薄。在拜金主义观念引导下，快速轻松挣钱的方式吸引了大家艳羡的目光。哪怕这钱是在死亡的威胁中挣来的、用肉体换来的。挣钱不仅为进城者带来荣耀，还能为留守乡村的家长挣足面子。孙惠芬的《天河洗浴》中，美貌的堂姐吉美被老板“宠幸”，相貌平平的堂妹吉佳挣着辛苦钱，但过年回家，“衣锦返乡”的吉美立刻成为村民的焦点，寒酸的吉佳却遭人嫌弃。让一向自卑的吉佳得以坚守贞节的是传统道德标准，更是想象中父母对自己的期待。当面对母亲感慨吉美为摇钱树时的复杂心态以及两妯娌之间攀比时母亲黯然的神色，她才恍惚于自己坚守的意义。许是同为女性，作者不愿天使如此堕落，小说结尾处，吉美感慨自己不想再回城，但是母亲不同意，被迫成为摇钱树的吉美内心有着太多的辛酸与无奈。

金钱在挑战人的传统道德观念，许多乡村女性竟在金钱的诱惑下完全背叛了传统道德。李肇正《傻女香香》中的乡村女孩玲玲被母亲逼迫以每晚五元的价格在村里卖淫，香香因母亲效仿玲玲母亲的做法从家里偷跑到城市。这些女孩的卖淫行为得以实施，缘于男性甚至传统乡村道德的维护者对此漠视甚至容忍，传统乡村道德在金钱的冲击下面临崩溃。对于物资匮乏的乡村，挣足够的钱是解救苦难乡村的唯一方法。如果城市只能依靠体力挣钱，男性农民工比女性农民工更具优势，但城市“容忍”了一种有别于按劳取酬的分配原则，即通过为异性提供身体服务获取报酬，这为女性“堕落”提供了便利。 因为特殊职业，有了足够的收入，她们便成为贫困乡村的拯救者。吴玄的《发廊》中的一段叙述令人深思：

> 发廊改变了我妹妹的命运，乃至全村所有女性的命运。通过发廊，女人可以赚钱，而且比男人赚得多。我妹妹一个月寄回家的钱，就比我父亲一年劳作赚得还多。后来，村里凡有女儿的，

日子过得大多不错。从此，村里人再也没有理由重男轻女，反而是不重生男重生女了。[①]

贾平凹的《高兴》中的孟夷纯也是一个外来妹，为了攒钱给公安作为路费，去抓捕杀害她哥哥的前男友，被迫成为发廊妹。她在拯救破碎的家庭，或因此，作者有意把她写成“佛妓”，有佛的圣洁与妓的放荡之两面性，但妓女身份终究有违道德规范。文学作品对“拯救者”形象塑造不仅体现在她们提升亲人的物质生活水平，还体现在养活挣扎于城市的乡村男性，后一种阐释更能凸显“拯救者”的某种无奈。

中国传统家庭模式是“男耕女织”，男性出门挣钱，女性操持家务。但农民工家庭却相反，男性农民工在城市用苦力挣钱无法养活家庭，于是女性承担了养家任务，男性退化成寄生虫。吴玄《发廊》中的方圆与丈夫李培林来城里开发廊，丈夫好赌，无心顾及发廊，最后只能靠妻子挣钱生活。在被地痞毒打致残后，妻子则成为他的依靠。没有知识文化的农民无法在城市立足，尚可理解，部分知识农民也依赖坐台小姐维持生活。李肇正的《永远不说再见》中的中文系大学生胡藻英毕业后找不到体制内工作，不想回县城的他决心做一个自由职业者，在“不夜城”租了一间小房子，梦想依靠写作获得城市的认可，结识了同样拥有作家梦的师兄李劲，后者依靠乡村姑娘高玉铃坐台维持生计。李劲出车祸后，胡藻英步其后尘，他一边做着作家梦，一边接受高玉铃的馈赠，精神生活与物质生活再一次发生冲突。胡藻英终于绝望于文学之后，离开了“不夜城”，开启了新的生活。大学毕业的乡村男性尚且依靠坐台女来生活，女性农民工又能怎样?

女性农民用身体取悦男性，以此获得在城市生存所需要的金钱，并成为农村人眼中的“拯救者”。从职业上，她们是男性们的消费品，身体与金钱能够进行等价交换；但从另一个角度看，她们也是男性的消费者，

① 吴玄：《发廊》，载《花城》2002年第5期。

这一点在《永远不说再见》中的高玉铃身上表现得较为明显。坐台是她的职业，下班后她还需要爱情，只是爱的对象并不唯一，先是李哥，随后胡哥，再是刘哥。她养着这些男人，每一段感情都付出，但又能随时抽身而出，投入下一段情感。她感性又清醒，深知这些男性都无法养活自己，结婚也极为渺茫，他们只是她生命的过客，但她的生活中需要男性伴侣，于是有了投入的热情与疏离的淡漠。顾及当下生活，不念过往，无所谓责任与承诺，城市社会的消费者意识到现代社会互相消费的本质，把这种消费发挥到淋漓尽致，不谈爱情，拒绝婚姻，所有的都是出卖、成交。挣钱能够让她们与城里人一样随心所欲地进行物质消费，她们是城市男性的消费品，也是乡下男人的消费者。

对于女性农民工来说，获取物质的欲望超过了一切，这种欲望的满足是通过城市男性对她们的消费实现的。从某种意义上来说，男性是她们的拯救者。物质意义上的被“拯救”给了她们在城市立足的资本，通过交易她们获得了金钱，赢得了家乡的认可，成为乡村的拯救者。同时，她们又通过金钱，消费生活无着落的男性农民。这是极富嘲讽意味的。

三、弱者与抗争者

社会学家区分社会阶层通常从经济资源占有、文化知识水平以及社会地位几个方面考量，农民通常被看成底层。而在农民这一群体中，女性农民可视为最底层，她们扮演的角色通常是繁衍后代的责任人、男性发泄欲望的对象、操持家务者。“女子无才便是德”“嫁出去的女，泼出去的水”等落后观念剥夺了女性接受教育的权利，不读书进一步限制了女性的话语权与社会地位。

弱者地位并不意味着她们就必然成为“懦弱者”，男性农民能够进城务工，女性农民亦不甘落后。在城市，她们无奈接受了卑微者身份，被消费者身份决定了她们作为男性玩赏的对象，身体是她们唯一的资本，她们就用这唯一的资本做赌注，期待城市的接纳。在放弃一切包括尊严、灵魂之后，当她们发现自己只不过是一个筹码时，弱女子也开始了对城市现代文化、对男性的反抗。阿宁《米粒儿的城市》中的米粒儿从进城当保姆到成为银行行长的情人，内心从渴望融入城市走向报复城市。当保姆时，男主人曹老师的搂抱让她有了爱的渴望，错把曹家当自家，曹老师的情欲被道德制约，米粒儿意识到自己只是外人；在发廊给人理发时，她受到大款三哥的照顾，逐渐爱上了对方，后者为了获得贷款，把她当作礼物送给了银行行长。蒙在鼓里的米粒儿傍上行长后，一直愧对三哥，当她终于得知真相后，猛然从美梦中惊醒，发觉自己不过是别人棋盘上的棋子，也深刻感受到城市的龌龊。这些男人都觊觎米粒儿的身体，能点到为止的并非道德感多强烈，只是处理放纵情欲带来的后果太过麻烦。小说多次强调米粒儿的单纯，米粒儿的单纯并非表现为她的守身如玉，而是她始终在城市寻找真爱，她不愿意成为勾引男性的坏女人；也正因为单纯，她无法接受欺骗与玩弄，对城市的反抗由此开始。米粒儿告了行长，结果却是一位无辜的职员被撞断了一条腿。小说结尾，米粒儿从农村回城后带了一包毒鼠强。乡村女性对城市男性复仇的决心已然明显，一个乡村弱女子能否实行报复尚未可知，即便得逞，她也难逃法律的追究，这种鱼死网破的复仇是否值得也值得思考。相似的书写出现在邵丽的《明惠的圣诞》中，明惠没考上大学，不堪母亲的冷言冷语，然而同村一直不如自己的桃子进城打工后竟然出息了，她便也进城打工，找了一家洗浴中心，做按摩小姐。后认识了辞去公职丢了妻子的李羊群，被其包养。即便两人如此亲热，明惠发现自己永远融入不了这个城市，甚至融不进城市男人李羊群的生活，她只属于他私人的世界。绝望于城市生活的她最后选择自杀，这是乡村女性对城市唯一可行的反抗方式。

新世纪这些“另类”的女性农民工有一个共同的特点，那就是对身体贞洁的普遍漠视。这与改革开放以来中国的性观念逐渐开放不无关系，也是社会对70后、80后所谓叛逆一代文学层面的概括。乡村女性由20世纪80

年代的至美者形象走向今天的不洁者，究其根源，主要是社会道德标准的失范以及乡村社会传统道德监督者的缺席。现代文化冲突下，乡村传统文化精神自身已然变质，崇尚金钱与物质，并逐渐放弃精神与自我。而更深的根源应来自城乡两种社会形态的等级差别导致农民的进城难。“建国以来我国采取的是城乡分治政策，农民便面临着一种户籍制度的歧视。既不是依靠个人的才能，也不是根据个人的选择，仅仅是依靠出身，农民就被固定在土地上，成为最下等的一种人，如果不是有其他的特殊机缘，摆脱这种身份的可能性微乎其微。”[①]男性农民尚有入伍、考学、招工等方式可以尝试，乡村女性多被剥夺读书权力，与女兵更是无缘，进城务工给她们带来了希望。在乡村的熟人社会，邻里亲朋作为信息传播者的约束力，以及个体对彼岸世界的敬畏，“家中的牌位，路口的坟墓，不时传阅和续写的族谱，大大扩充了一个多元化的监控联盟”[②]，这些构成了乡村女性显在与潜在的道德监督人；进入城市陌生化环境，使用匿名身份，装扮出另一副面孔示人，道德监控的缺位易于造成心理约束力的缺失，加上道德失范者的群体效应，她们很容易在城市纷乱生活中迷失自我，为了眼前的私利弃尊严、未来于不顾。在城市女性逐渐强调自我价值、灵魂、精神的同时，乡村女性表现出对物质的膜拜以及放弃尊严，成为城市男性的消费品，强化了整个城市的肉欲。她们随意挥霍青春，践踏身体，享受物质充裕带来的快感，但随着年华流逝，人世沧桑感逐渐增强，还有对未来归宿不确定的忧虑，她们开始对年幼时的率性与短视表现出悔恨，在迷失中清醒，在清醒中疼痛，却无法回头，这是令人痛惜的。

20世纪80年代，受“作家死亡”、作者退场理论影响，新写实小说创作强调零度叙事；90年代知识分子人文精神滑坡，学者从广场退居书斋。21世纪以来，部分作家关注社会最弱势群体，写出她们在城市生活中的堕

① 姚晓雷：《阎连科论》，载《钟山》2003年第4期。

② 韩少功：《中国式礼拜》，见《孤独中有无尽繁华》，百花洲文艺出版社，2016年，第76页。

落与坚守、妥协与反抗，表现出作家的底层立场及对底层的人文关怀，这是知识分子重新关切社会现实问题的一种方式。这些作品通过女性农民工的生存状态折射时代的信仰缺失所造成的精神困境，呼吁社会对底层给予更多的宽容与援助，创作手法上延续了现实主义的美学风格，直面生活的肮脏、丑陋与卑微，同时，在同情中挖掘出人性的温情与善意，其中包含写作者强烈的精神焦虑与文化焦虑。从这些作品中可以看出创作主体自我意识的强化，也可见知识分子从书斋走向广场的尝试与努力。

原载《福建论坛》（社科教育版）2008年第12期

向何处寻找风景

——当下陕西女作家散文思考

现代女作家散文发展史可以从冰心写起，到21世纪初风风雨雨，经历几个发展阶段：从“五四”时期知识青年走上街头呼吁男女平等、婚姻自主与个性解放，到30年代“民族救亡”语境下走向战场、为民族解放呐喊，当代“十七年”时期进入工厂农村歌颂新社会，20世纪80年代伴随批判“文革”、文化反思到文化寻根，再到90年代个性化写作旗帜下关注隐秘的内心世界，女作家散文创作依附于时代。早在20世纪20年代周作人就倡导散文的“言志”，20世纪80年代之前，女作家散文都在言他人之志。感应于80年代中期女性主义理论的引入，女作家散文开始寻求自我与个性。由于女性敏感细腻，散文创作也日益表现出对日常琐碎生活的感性关怀，由于书写对象与情感太过细腻与琐碎，不少女作家散文被称为“小女人散文”，“小”字本身带有一种价值判断。作为一种创作现象，女作家散文至少寄托了一个时代女性共有的思想情感；同时，由于散文求“真”，能够折射一个时代的社会风貌。

陕西当下女作家队伍庞大，可谓代代有人，均有散文创作经验，如40年代出生的李天芳、叶广芩，50年代出生的冷梦、张虹、王芳闻、夏坚德，60年代出生的陈毓、杜文娟、杨莹，70年代出生的周瑄璞、吴文莉，80年代出生的杨则纬，等等。其中，部分作家因散文创作崛起于文坛，也有部分作家将更多精力投放于小说创作上，以散文创作为副业，散文是其文学版图中的配色。综观当下陕西女作家散文写作现状，主要表现为三个少。

一是少大家。陕西当代女作家中有两位散文大家：李天芳、李佩芝。她们均获得过国内散文大奖，在20世纪八九十年代成为国内较有影响力的散文作家。李天芳1964年二十三岁就在《人民文学》发表了散文处女作《枣》，代表作《种一片太阳花》《打碗碗花》《先生朱宝昌》均创作于20世纪，前两篇因对真、善与美的寻求为人称道，入选多种语文教材；李佩芝心无旁骛耕耘于散文这块园地，出版了《今晚入梦》《别是滋味》等散文集。其他的女性作家中，冷梦的报告文学、叶广芩的小说均为人称道，散文创作成就平平。可以说，陕西女作家散文创作因李天芳与李佩芝在20世纪90年代达到高峰，21世纪以来，却面临青黄不接、后续乏人的困境。如果把陕西女作家散文看作一个群体，真正能代表这个群体实力的散文界新秀尚未成长起来。

二是少精品。散文的特点是形散神不散，因为“形散”所以门槛低，因为“神不散”所以难以写好。散文主情也主理，好的散文可以以情动人，质朴如《背影》中父亲胖胖的身子爬过栅栏给儿子买橘子；可以以语言取胜，像《荷塘月色》中“亭亭的舞女的裙”；可以平淡冲和地回忆往事，如《初恋》；也可以点燃思想的火花，如余秋雨的《文化苦旅》。陕西女作家的散文可谓琳琅满目，真正称为精品的极少，如李天芳的《千里——晚年王汶石》（首发于《延河》2005年第6期）。这是一篇回忆性散文，以怀人记事为主，文章借用小说塑造人物形象的方法，通过细节描写与情节设置，在小故事中突出王汶石的细心、严肃与正直，感情真挚，语言幽默，不避讳，读来亲切动人。缺点是王汶石的个性特点尚不够鲜明。写杜鹏程与玉杲时寥寥几笔，人物特点却已跃然纸上。诚然，这与书写对象自身的性格特点不无关系。文章写到20世纪80年代对王汶石不利的传言不攻自破时，强调了他的以静制动、以无为化解无稽，如对特定时代语境做一回顾能突出其史料价值，对特定时代文化心理进一步深入剖析也能强化文章的深刻性。

三是少特色。作家应该有自己写作的兴奋点，形成独特的风格，散文创作也不例外。20世纪80年代以来，不少因散文创作享誉文坛的作家，都形成了自己的风格，如余秋雨的热烈与深刻、贾平凹的灵气与智性、三毛的洒脱与率真、林清玄的禅意与恬淡、余光中的诗意与雅致等。陕西女作家中，李天芳与李佩芝的散文均形成自身的特点，前者含蓄清新，后者细腻深情。当下陕西女作家散文创作实绩不容乐观。部分女性创作散文，习惯于书写女性隐秘情感，并由此宣扬女性意识。这一点，小说是“前车之鉴”：林白告别了女性的《一个人的战争》，用男性视角创作《万物花开》；陈染早已说过“与生活和解”，事实上，建构两性和谐的世界成为女作家创作的目标。就地域特色而言，基于西安地理位置的尴尬，虽不是地域上的西部，却一度是行政上的西部。十三朝古都的地位、中华人民共和国成立初期作为西北局的中心城市，以及较多的高校都意味着西安至少可以成为中西部地区的文化中心与人才培养中心。一方面，已有一定的实力，却要向经济资源丰富的东部地区靠拢；另一方面，无法否定中心对它的边缘定位。作家创作上，写都市情感难写过北、上、广、深，写西部苦难自然关联到宗教，西藏、青海更有优势，异域风情又是云南、新疆近水楼台。陕西女作家散文创作并没有找到自己独特的风景。

相比于小说，散文的最大优势是形式短小、表达直接，形式短小使散文的传播渠道更为广泛，表达情与理的直接利于读者从中寻找情感抚慰与精神共鸣。读图时代故事为王，当下散文写作乃至散文研究成果并不容乐观。又因其门槛较低，创作者、读者以及刊发的作品也多，缘于都市节奏之快以及人们精神的普遍空虚，能即刻发挥抚慰作用的“心灵鸡汤”类的散文获得青睐，但这类作品却无法给读者留下深刻印象。可以说，貌似热闹的散文其实位居边缘地位。巴金把散文当作遗嘱写；余光中说散文是穿泳装的文体，无所依傍，只有凭自己的本色取胜。可见，散文的写作需要面对心灵、拷问灵魂。以此思考陕西女作家的散文写作，其中的不足也极为明显。

一是琐碎于言说——缺乏精神定位。就中国现代散文的诞生，厨川白村《苦闷的象征》的启蒙之功不可忽视。作者一方面强调散文的闲适，说散文是“啜苦茗，随随便便，和好友任心闲话”，一方面强调散文的个性，这个个性“绝不是作家的小我，也不是小主观”。[①]一种理论衍生了两种散文创作风格：周作人的“言志”派与鲁迅的“语丝体”。一个强调散文的个人性；一个强调散文的社会性。这其实涉及散文一个复杂的话题，即散文的个人性与公共性的问题。现代观念主导下，散文毫无疑问是个人的，但如果写散文只是为了表达自我情感，日记完全可以承担这一功效。只要发表就进入了公共领域，就必须承担起社会作用，思想与精神是不可或缺的。现代散文是自言自语的艺术，自言自语却并非散文。琐碎的语言一旦离开了思想，散文就成为一堆杂乱的碎片。

陕西的女作家整体喜欢怀旧，多写回忆性散文。念叨过往，追忆流年，这是人之常情。由今昔之别生出人生感慨，自然莫过于回忆性散文。但回忆性散文因其以讲述为主很难提升情感，思想就更应该是关键，好的例证可以选择鲁迅《朝花夕拾》，说是“谈闲天”的“闲话风”，却是鲁迅掏出心窝子，真诚袒露自己的胸怀，是他《野草》“绝望”之后又一次直面自己、直面历史，其中的痛与忧深刻慑人。这方面李天芳20世纪90年代发表于《延河》的《先生朱宝昌》堪称佳作，文章通过或浓或淡的笔墨，以小故事写出朱宝昌先生的“怪”“直”的特征，实质是心无旁骛耕耘于学问的真性情与文人的铮铮铁骨；文中触及历史时，有对历史的感慨、对文化的深刻反思以及浓郁的思辨色彩，尤其在叙述朱宝昌先生关于“变”的理解时提升了文章的境界。

散文求“真”，即内容与情感真实可信，还包括性情真与思想真。散文因其相对短小，情与理的表达更加集中，最能暴露一个人真实的精神

① 厨川白村：《苦闷的象征》，鲁迅译，百花文艺出版社，2000年，第93、28页。

状态，提升散文质量其实质需要修炼自身精神境界。也有人以周作人为例说明人品不等于文品。周作人说在我们心中住着两个鬼，即“绅士鬼”与“流氓鬼”，他从最初宣扬文学革命到“十字街头”徘徊后成为忤逆文人，经历了文化心理历变的过程。“大革命”退潮之后，从革命走向保守是一批曾经倡导新文化运动的革命者的共性，心路历程在他的散文中得以呈现。且在1937年之前，他的散文已经形成冲和平淡的特色。

二是缺乏个性。从陕西女作家的散文创作看，尽管也不乏好作品，总体上缺乏个性。写生活体验，多“生活”少“体验”；写都市情感，常多“情”少都市之“感”；怀人忆事，重在“人”与“事”而非“怀”与“忆”。抒情与说理最能体现个性，而个性的缺乏实际上缘于散文观念的缺乏。纵观中国现代散文发展史，“个性”被一再强调，这既是为了反对传统文学的“文以载道”功能而提出文学的新“任务”，即服从于个人的内心世界，也意味着散文应该有自己的特色。

事实上，散文乃至所有文学创作都需要有个性，缺乏个性的散文也缺乏辨识度。散文的个性可以通过几个方面表现，一是散文的语言，二是散文的视角，三是散文的思想。谈到语言，20世纪的散文理论能给我们一些启示，“须用自己的文句与思想”①，这里的文句是指语言；胡梦华则强调絮叨的语言，是“家人絮语”“低声絮语”“茶余饭后的闲谈”②；也有提倡散文语言的诗意美，如“把散文当诗写”的杨朔。散文的视角即散文的选材，选取怎样的观照对象在某种程度上决定了散文成败。有特定观照对象的写作在陕西并不少见，贾平凹有商州世界，叶广芩有周至老县城，陈忠实有白鹿原。作家选择某个观照对象，因为那里有自己独特的体验。散文的思想有两个方面，一是情感姿态，二是哲学思考。散文写作需要情感更需要情感姿态，散文写作是一个延续性的工作，情感不应该属于某一时间段，更应该有其发展过程。这方面可以借鉴的作家有张承志，他

① 周作人：《美文》，见《谈虎集》，北新书局，1936年，第42页。

② 胡梦华、吴淑贞：《表现的鉴赏》，现代书局，1928年，第43页。

早年在其散文中竖起人文知识分子的“精神大旗”，有充满英雄气概的《绿风土》，后感慨于英雄时代的终结，又有《荒芜英雄路》。散文的情感与思考不是人云亦云，散文的写作是个人的，它的情感与思想是为了碰撞出火花，它的佳境是在平淡的情感中有深入骨髓的思考。

散文创作主情主理，或者情感打动人，或者哲思震慑人。作家的个性是作家的标签，凭此区别于其他作家，同时，标签也会限制作家的发展。因此创作之初，要逐渐形成自己的特色，在创作过程中，又要避免画地为牢。以朱自清散文为例，既有意境优美、语言雅致的抒情散文，如《荷塘月色》；又有情感真挚的叙事散文，如《背影》；还有富含哲理与思辨的政论散文，如《生命的价值——七毛钱》。这一系列散文奠定了朱自清在散文史上无法撼动的地位。

无论如何，在文学渐至边缘之际，陕西仍有一批女性在面对内心世界，书写或浓或淡深或浅的体验与思考，这是令人欣喜与感动的。陕西女作家的散文写作已经在路上，但文学发展不会停下脚步等待，或许陕西女作家要做的，只能是奋力追赶，为散文写作寻找一片亮丽的风景。对于散文创作而言，文笔极为重要，如何采用美妙的语言或设置精巧的结构准确又深刻地表达自己，使读者获得审美感受的同时享受语言的魅力，洗练躁动的灵魂。这需要努力，也需要天赋。此外，我以为，可以从以下几个方面用力。

一是立足本土，彰显地域特色。鲁迅先生曾说过，只有民族的才是世界的。在全球化时代，或许可以说只有地域的才是世界的。这就意味着，写作者建构一个承载心灵的独特世界，这个世界基于某个地域而形成。毋庸赘言，地域的重要性早已为写作者关注。陕西并非一个文化资源贫瘠的省份，相反文化资源极为丰富。至少有这么几种：一是西北文化，包括黄河文化、黄土文化；二是三秦文化，具体说是陕西本土文化，包括秦岭文化、关中文化、陕北草原文化（陕南相对复杂，有商洛的秦楚文化、汉中与安康的秦巴文化）；三是都城文化，也可以说是秦汉唐文化，以西安为主。这些文化原始、野性、厚重、质朴，这些文化孕育出的人性人情，如淳朴、厚土、亲情、保守、率真、自然、苦难意识等都是让人感动的内容。也有女作家在做着这方面工作。如杜晓英的《陕北的树》《风中的红碱淖》书写陕北人的生存，既歌颂陕北人的坚强、执着，又为陕北人渺茫大漠的生存环境而感到苦痛。这些作品在传达一种声音，即一些女性作家在超越性别写作，在寻找个人文学存活的空间。

二是把握生活，感应时代脉搏。散文的写作重在描述情境。境是指人们日常生活中的人、事、景、物、理的具象，而散文的情则是接触了具象之后激发出来的独特体验与情感。文学来源于生活，散文更是如此。林语堂在《人世间》发刊词中这样写："盖小品文，可以发挥议论，可以畅泄衷情，可以摹绘人情，可以形容世故，可以札记琐屑，可以谈天说地"，"宇宙之大，苍蝇之微，皆可取材"。[①]散文不是生活的流水账，要在有限的篇幅中触动读者的心灵，需要有对生活本身的感悟力。有的作家以知识性取胜，有的倾向于趣味性，也有的偏重思想性。通常，女性比男性更敏感，更易捕捉到生活中细微的变化，在家长里短、柴米油盐中思考生活，提供有别于男性的创作经验。一方面，可以将对日常生活的把握放置于陕西本地文化的结构下，思考这一文化孕育的生活习俗、民族风情、思维习惯、性格胆识等，抓住其中的特点，于日常生活中寻找这些文化及习俗的呈现。就西安而言，它不是现代化程度走在前列的都市，由于秦汉唐文化的影响力，尚不能忽视其传统的一面。钱穆先生就曾说过，与西方城市比，中国城市皆趋山林化，求静。"静"与"动"可以作为西安城市日常生活的特点之一。另一方面，城市现代化进程以及西部大开发并未越过陕西，西安同样有大路、高楼、高桥、建设中的地铁，同样经历了现代文化进入后不同文化之间的冲突。文化冲突下的市民，尤其是女性的喜怒哀乐、爱恨情仇，传统文化的中心地位与现代文化的边缘地位之间的身份置

① 林语堂：《发刊〈人世间〉意见书》，见周红莉编《中国现代散文理论经典》，苏州大学出版社，2008年，第169—170页。

换在普通人身上留下的印迹等，都是值得思考的话题。

三是关注苦难，张扬人文关怀。缘于大西北这一独特的地域环境，苦难的确成为西北地区的标签之一。苦难与痛感、与力度、与历史沧桑感相关联，它要求写作者具有敏锐的觉察与感受、独立的怀疑与思考以及承担苦难的勇气与胆识。如果在某个特定的时代需要选择一个体裁来书写苦难的话，莫过于散文。巴金写《随想录》时是用刀子在心上刻写历史，他说："我写作，也就是在挖掘，挖掘自己的灵魂。必须挖得更深，才能理解更多，看得更加清楚。但是越往深挖，就越痛，也越困难。"[①]首先，关注底层所面临的物质贫困与精神苦痛，这一点，由于女性家庭角色的重要性，散文内容涉猎应该更广；其次，对底层持有悲悯情怀、疼痛感源于对苦难的感同身受，在文字中闪现人性之光；第三，对权力文化、人性等负面因素的批判力度，这就需要作者有直面现实甚至触及某些尖锐话题，不断地拷问灵魂、追问历史的勇气，这需要作者有精神栖息之所，有海纳百川的胸怀，确保散文的深刻与厚重。

女性文学从出发那一刻就是戴着镣铐的舞蹈，从缺失话语权到拥有话语权，从汇入合唱再到自我言说，百余年来，女性创作从无到有再到繁盛，即便存在不少微词，走到今天实属不易。女作家的散文创作也是一路坎坷。或者说，今天陕西女性作家的散文创作尚处在瓶颈期，一旦突围，必将走向广阔的天地。

原载《电影评介》2008年第24期

① 巴金：《〈随想录〉日译本序》，见《随想录》，生活·读书·新知三联书店，1987年，第430页。

陕西当代乡土小说的书写方式

陕西当代乡土文学发展与中国乡村现代化进程几乎是同步的。中国自觉走现代化道路始于新中国成立，乡村社会经历了巨大变革，一系列乡村社会发展相关政策改变了乡村社会结构。20世纪50年代，中国提出了“农村现代化”的社会主义农村建设目标，由于当时乡村生产力水平低，乡村建设的主要任务是农业合作化与人民公社建设；改革开放以后，家庭联产承包责任制推行，乡村经济得以大力发展；随后“三农问题”被不断提出，城市开始反哺乡村，“城镇化”建设被提出；中共十六届五中全会提出了社会主义新农村建设口号，倡导将乡村建设成美丽家园。从农业合作化运动、农村经济体制改革、“城镇化”到新农村建设，由农业支持工业，到城市反哺农村，乡村社会物质条件迅速改善。陕西当代乡土小说创作与乡村社会发展相契合，伴随农业合作化运动、农村经济体制改革、农村“城镇化”与新农村建设等进程，陕西乡土小说表现为乡村革命书写、乡村改革书写、乡村历史书写以及“废乡”书写四种类型。

一、乡村革命书写

社会主义建设时期，作为彻底摧毁封建主义、走社会主义道路、实现农业现代化的一种策略，农村土地改革被大力提倡，农业合作化运动全面铺开，某种程度上，是否投入土改与投入程度大小被视为是否真正与封建思想决裂、走社会主义道路的判断标准。这场由中国共产党领导的土改是为农民服务的，因此，对土改以及农民思想矛盾的思考往往上升为对中国共产党的歌颂及对其指导思想的肯定。许多作家深入农村生活，关注农业合作化运动，书写乡村社会主义革命，严格按照毛泽东关于农民、农村的相关理论著作设置主题、情节与人物，批判小农意识，讴歌在合作化运动中出现的社会主义新人。

当代“十七年”时期的陕西乡土小说作家代表为柳青与王汶石，他们都是在《在延安文艺座谈会上的讲话》指导下成长起来的“党的作家”和“人民的作家”，他们的乡村写作也打上了当代“十七年”的时代烙印，即肯定社会主义新人，歌颂共产党的领导，批判小农意识，乡村革命书写也表现为歌颂与批判两种方式。

歌颂的对象是农村革命新人以及共产党的领导，这里的“新人”是指接受了共产党的思想教育、忠于社会主义革命事业的农村新人。柳青小说中的农民为理想农民，如《创业史》中的梁生宝，这是一个在社会主义事业中涌现出来的在思想上几近完美的英雄，是贫雇农眼中的依靠，是共产党眼中的积极分子，是女性眼中的英俊后生。他代表思想进步的一代青年农民，积极投入党的革命事业，“梁生宝买稻种”“进山割竹子”这些片段最能体现他对革命事业的热情、公而忘私的精神。这样的英雄首先是一个受阶级压迫的农民，有反抗精神，后受到共产党的教育。梁生宝是一个有共产主义信仰、有理想的先进农民，在他的引导下，旧式农民最终在思想上进步，继而跟共产党走合作化之路。王汶石小说中的普通新人，是身上有光点的小人物，以女性新人最为令人称道。新中国妇女获得了与男性平等的地位后，投入轰轰烈烈的社会主义建设事业，大干革命，促进生产。《新结识的伙伴》中不仅塑造了一个“女汉子”形象，即“闯将”张腊月，还塑造了转变中的时代新人——吴淑兰，这是个符合传统规范的“好女人”，丈夫忙于工作，无暇顾及家庭，她从没有抱怨过。当丈夫要求她参加妇女学习组，她没有一点兴趣，丈夫因此不满，她却觉得很困惑。“大跃进”时期，吴淑兰被卷进运动中，开始紧跟形势，她的生活与思想才发生了神奇的变化，在思想上与身为共产党员、基层干部的丈夫靠得更近。《黑凤》中的黑凤面对背矿石这种超负荷的重复性体力劳动并不畏惧，相反与男性拼体力，最终赢得了男性的尊重。她们是接受了党的教育、具有革命思想的农村新女性，抛弃传统观念的束缚，忽略生理条件与性别差异，是男性化的女性英雄。女性之所以能够投入革命与新中国女性获得地位是相关的，对新人的歌颂，其目的正是歌颂中国共产党的领导。

批判的对象是农民的小农意识。农民因缺乏现代文化知识，受封建传统思想的影响，现实、世故，他们生活的目的与意义更多的是解决衣食住行这些最基本的生存需要。作为以个体经济为主的小私有者，农民渴望土地也积极劳动，没有感受到互助合作的优越性时，“农民单干思想还占优势，不少中农和其他农民还处于徘徊怀疑状态”[①]。柳青的小说主要批判旧式农民不愿意或拒绝加入互助组，《创业史》中这样写道：

> 庄稼人啊！庄稼人啊！他们把土地、牲口、房屋、粮食，以至于一根扁担、一条麻绳、一个犁杖上的小套环，看得多么重啊！有些人甚至于害怕损失一抱柴禾，他们对于历史的一切变革，都是战战兢兢的。[②]

《创业史》中的王二杆子不愿意加入互助组，但是，合作存在利益，他也不拒绝，愿意让儿子拴拴加入梁生宝的互助组，进山拉竹子；梁三老汉做梦都想当上“三合头瓦房院的长者”，儿孙满堂，因为梁生宝过分投入合作化运动而与后者闹矛盾。活命文化对于农民是重要的，他们渴望有自己的田地、自己的房子，有耕地的牲畜，有丰收的粮食，儿孙满堂，不愁吃穿，他们“务实”，太过专注现实，普遍缺乏理想，只顾眼前利益，习惯为个人着想，这是几千年封建社会制度影响下农民的文化心理。王汶

---

① 潘自力：《在陕西省第一次农业互助合作会议上的总结报告（节录）》，见《陕西省农业合作重要文献选编》（上），陕西人民出版社，1993年，第281页。

② 柳青：《创业史》第一部，中国青年出版社，1960年，第467页。

石的小说主要批判公社化时期的“大锅饭”平均主义以及个别农民的消极怠工状态，但这些人物最终经历了转变。如《井下》中的老八很精明，拈轻怕重，斤斤计较，因此没人愿意跟他合作，无奈加入亚来的组，一开始表现积极，发现井下工作太累而牢骚满腹，领工钱时也毫不退让，争取最大的工分，后被宽容的亚来感动了，开始反省自己并积极投入工作；与老八相似的还有《春夜》中的王青选，他虚报积肥担数，队长北顺没有当面指出来，而是私下通过谈话让王青选意识到自己的错误，从而改过自新。

歌颂与批判是当代“十七年”乡村革命书写的主要模式，对小农意识的批判与毛泽东对农民思想觉悟的认识是有关的，他曾提到农民为小私有者身份的保守性，这种保守性是可以说服而且加以改变的，因此要“帮助、教育他们，领导他们在社会主义建设和社会主义改造过程中进行自我改造”[①]。领导与教育旧式农民的是党以及代表党的农村先进分子，自然也有了对先进人物、对党的领导以及对新中国的歌颂。

二、乡村改革书写

改革开放之前的中国社会是一个被计划体制分割的二元社会。依托乡村资源加强工业积累，造成了城乡壁垒和发展差距，“使得旧体制下的中国社会在城乡各自结构部分内具有高度同质性，而在社会结构的整体上又呈现出极大异质性，造成了中国社会在整体层次上的高度不整合”[②]，城乡之间存在巨大差距和矛盾。党的十一届三中全会提出经济体制改革首先从乡村开始，农民成为独立自主的生产者和经营者，有了生产的积极主动性，农业生产力得到大力发展。与此同时，由于包产到户、包干到户解放了生产力，乡村剩余劳动力增加，城市地区的工业发展存在严重的劳动力

① 毛泽东：《建国以来毛泽东文稿》第7册，中央文献出版社，1992年，第414页。

② 郑杭生等：《当代中国社会结构和社会关系研究》，首都师范大学出版社，1997年，第102页。

短缺问题，国家对农民进城的限制有所放松，农民开始涌入城市。随着乡村改革的不断发展，文学中也出现了乡村改革叙事。陕西书写乡村改革的作家以路遥、贾平凹为代表，他们均出生于乡村，在城里接受过教育，渴望进入城市，但又依恋乡土，他们的乡土改革书写主要包括“恋土”与农民“进城”两种类型。

在路遥与贾平凹的乡土小说中，对乡土的依恋主要通过塑造彰显乡土精神的人物来实现。路遥作品中具有乡土精神的人物多为女性，她们真诚、纯洁，如《人生》中的刘巧珍、《姐姐》中的姐姐、《平凡的世界》中的兰花等。《人生》中的刘巧珍忘我地爱着高加林，即便被高加林“抛弃”也不怨恨对方，得知高加林被遣送回乡，仍极力推荐高加林当民办教师。《平凡的世界》中的兰花嫁给“逛鬼”王满银后，对他死心塌地，就因为他唤醒了她沉睡的少女的情感，哪怕王满银逃脱了身为丈夫、身为父亲的责任，让她独守空房、操持家务，甚至移情别恋，兰花也丝毫未削减对他的爱意。她们身上有着“我们这个国家、这个民族的一种传统美德，一种在生活中的牺牲精神”，“不管社会前进到怎样的地步，这种东西对我们永远是宝贵的”。[①]在贾平凹笔下，体现传统美德的多为男性，如《天狗》中“招夫养夫”的天狗是善良的代表；《人极》中不乘人之危的光子是正义的代表；《五魁》中拯救少奶奶的驮夫五魁是“忠”的代表。农民身上的传统美德是“农裔”作家极力歌颂的，在歌颂中抒发了写作者的恋土情结。

20世纪80年代农民进城多通过当兵、招工、上大学等方法获取城市户口这一城市通行证，得到城市的认可。对进城的艰难，“农裔”作家有深切的体会。路遥、贾平凹的作品中就一再书写农民进城的故事，人物的进城方式各不相同，对城市现代文化的渴望却是相同的。

农民“进城”有两种方式，一是农民接受现代观念，在农村创办乡

① 路遥：《关于〈人生〉的对话》，见《路遥文集》第2卷，陕西人民出版社，1998年，第416页。

镇企业。由于国家政策允许乡村社会经济结构多元化，许多农民不愿意依赖传统生存方式，而选择其他经营方式。如陈忠实《四妹子》中的四妹子办了家庭养鸡场，养鸡失败后，又谋划承包果园，其丈夫建峰开了一个电器修理店；路遥《平凡的世界》中的孙少安用机器办起了砖瓦窑，书记田福堂在原西城里当起了包工头，副书记金俊山买了十几只奶山羊，大队支委田海民挖塘养鱼；贾平凹《天狗》中的天狗养蝎致富；《腊月·正月》中的王才办了食品加工厂；《小月前本》中的门门、《鸡窝洼人家》中的禾禾都不愿过传统农民的生活，而是热衷于零敲碎打做些小本生意。二是知识农民进城。农民产生了对城市现代文化的渴望，脱离自身所属阶层、脱离土地、进城做“公家人”成为他们中大部分人的奋斗目标，如《人生》中的高加林、《平凡的世界》中的孙少平、《浮躁》中的金狗等。实际上，对城市的渴望并非知识农民独有，普通农民也有。返乡知识农民被农村看作文化人，成为大家艳羡的对象，其中包含乡村对知识与城市的艳羡。《人生》中没有知识的刘巧珍爱高加林主要还在他的本事：吹拉弹唱、会安电灯、会开拖拉机、会给报纸上写文章、爱讲卫生、穿得干干净净，浑身的香皂味！这些“本事”显然为知识农民所有，他们代表了乡村所崇尚的现代文明，实际上，刘巧珍刷牙、向井里投漂白粉液也不完全出于对高加林的爱，还有对城市及其现代文化的向往。男性对进城的渴望更为强烈，高加林为了扎根城里不惜牺牲亲情与爱情；《平凡的世界》中的孙少平为了脱离农村，不惜进入随时都有人被活埋的大亚湾煤矿，当了一名挖煤工。不是他的能力比别人差，而是他进城的渴望太过强烈。

农民的进城，总要付出极大的代价。抛弃乡村并不意味着他们厌倦了土地，乡村传统文化早已深入骨髓，只是因为城市及其生活对农民的诱惑过大，他们才选择放弃乡村。恋土与进城看似矛盾，恋土是对过去的告别，进城是对未来的渴望，在恋土与进城之间体现了“农裔”作家“珍惜地告别”。为了摆脱土地，知识农民经历了精神负累、被拒返乡再到“曲线进城”，这一切又归因于户籍制度。在所有奔向致富路的农民中，他们占比不高，却仍然引起陕西当代作家的不断关注。这与作家们多为来自乡村的知识农民不无关联，他们感同身受，对这类人自然会给予更多的情感与善意，也触及城乡社会发展中户籍制度这一较为尖锐的问题。

三、乡村历史书写

20世纪80年代中后期，后现代思潮涌入中国，冲击了人们的既有观念，为后现代系统之一的新历史主义理论带来了新的历史观念，促使人们重新阐释历史。20世纪90年代中国文坛出现了对乡村历史的再阐释。陕西文坛致力于重写乡村历史的作家有陈忠实、高建群、冯积岐、叶广芩等，他们的创作呈现出两种倾向：一是以陈忠实为代表的，对传统文化心理发展史的再阐释；一是以叶广芩为代表的，对个体生存史的再阐释。

对乡村文化史的再阐释是陈忠实乡村写作的主题，陈忠实以陕西西安东郊为立足点，呈现20世纪农民文化心理发展史。他选择了民国时期、阶级斗争年代与改革开放时期三个阶段，尤以阶级斗争年代乡村书写实现对历史文化的反思。阶级斗争年代，“阶级论”成为区别人的理论，“阶级斗争为纲”时期农民心理被扭曲。《蓝袍先生》中的徐慎行本是一个礼仪之乡的私塾教书先生，身上的“蓝袍”与精神上的“蓝袍”让他修身养性、克己守心。新中国成立后强调新学，他去了师范学校进修，开始脱掉身上的“蓝袍”，摆脱精神上的“蓝袍”。阶级斗争年代他被打成“右派”，不断遭受批判，后终于平反，然而他精神上的“蓝袍”已无法脱下，人性奇怪地偏离了正常的轨道而出现了异化。《梆子老太》中的梆子老太勤快、孝顺，但不能生孩子、不会针线活、不会做饭，因不符合传统社会好女人的标准而受到鄙视。原本一个弱者，为了寻求心理平衡，却要将遭遇的“鄙视”变成对其他媳妇过分的“关注”，一次次失望后，她成为他人口中的“盼人穷”。时势却将她打造成一个极具报复心态的强者。其时，乡村生活较为贫困，物质条件成为她关注的对象。王木匠家吃饺子，因为她的“告密”，对方没有领到救济粮；胡振汉开荒种粮丰收后盖新瓦房，她揭发了这个“暴发户”；胡学文用公家的纸笔写文章拿稿费，她称其在写反动文章。这些荒唐的行为却成为她阶级觉悟高的证据，助她成为梆子井大队贫下中农协会主任。她以捕风捉影作为事实依据，不加调查轻易做出判断，在需要确切的信息时，又表示查无证据。“不正常”的思维在阶级斗争年代大行其道，可见阶级斗争年代“不正常”的政治生活。陈忠实谈到梆子老太，深有感悟，他说梆子老太“不健康的心理，正好造成不正常的政治能够得以疯狂起来的温床，也最容易被不正常的生活所扭曲为一种畸形的灵魂，这种畸形的心灵又会以令人难以理解的方式再去扭曲别的任何人和整个社会”[①]。从错误政治路线对人的精神扭曲，到精神扭曲的个人可能进一步加剧错误政治路线与思想对他人的扭曲，突出错误政治路线的危害，实现对阶级斗争的批判。

与陈忠实关注农民文化心理不同，叶广芩更重视呈现个体生存史。小说《青木川》以青木川这个地处三省交界偏远城镇的“土匪”魏辅唐等为原型，思考个人历史的真伪问题。小说选择人物冯小羽到青木川采访的方式，曲折展现了魏富堂一生的诸方面：出身、婚姻、爱情、家庭、女人、土匪生涯、子孙后代、对青木川的贡献、被斗、被枪决等，勾画了不同人眼中不同的魏富堂形象。在老革命者冯明眼中，魏富堂相貌丑陋，为人既狠又愚，人称活阎王；地区敌伪档案里文字记载的魏富堂是土匪，总体评价不高；青木川人说他相貌堂堂，对青木川有贡献。三种并不相同的形象，究竟哪一种最接近魏富堂本人？魏富堂三种不同的形象之所以产生缘于历史讲述者或历史记录者的不同立场，敌伪档案馆的记录者站在正规军的立场突出魏富堂的“土匪”身份；冯明作为青木川工作组的领导者，阶级觉悟高，把魏富堂看作阶级敌人；青木川人对魏老爷还多少有崇拜心理。应该说，任何讲述都是有立场有目的的，难免带有主观性。《青木

① 陈忠实：《〈梆子老太〉后话》，见《陈忠实文集》伍，广州出版社，2004年，第447页。

川》中几个外来者进入青木川，目的是寻找自己感兴趣的一段历史，历史学家钟一山为了寻找杨贵妃东渡的历史，作家冯小羽为了还原程立雪的历史，革命家冯明为了走进革命史及林岚的历史。不同人物带着不同目的在青木川寻求历史，如果从人物的身份来说，则分别涉及史学家眼中的历史、作家眼中的历史、革命者眼中的历史。这些历史或彼此冲突，或相安无事，使历史真相一度扑朔迷离。

陈忠实与叶广芩切入历史的方式不同，陈忠实站在平民立场观照农民文化心理发展，叶广芩站在外来者立场观照陕南魏辅唐的个体生存史，他们均强调重返“真实”，同时大力虚构，虚拟历史的来路，表达个人对历史的理解与阐释。在对历史的讲述中，思考人性与权力，体现出写作者强烈的人文关怀。

四、“废乡”书写

农业剩余劳动力的转移，即由农业向非农业部门的转移，是中国乡村城镇化的基础。随着城乡隔离制度的松动，农民由城市候鸟逐渐转变为乡村候鸟，告别乡村成为他们的选择。乡村劳动力大量流失，耕地被荒废，城市扩张征用了大量耕地，乡村的发展也在开发利用土地，农民可耕的地越来越少。此外，农民传统道德观念也在发生变化。传统社会以儒家思想为核心，目的是维护社会、家庭秩序，强调牺牲个人利益以维护集体利益。在市场经济条件下，“以‘等价交换’为实质内容和以个体为本位、功利性的实用主义为原则的价值取向，正在深入影响农村社会和农民的伦理价值观念，浸润着农民的传统人际交往原则，对个体利益的追求开始推动农村传统交往关系发生着变化”[①]。血缘关系被“业缘”“友缘”关系取代，个人利益被推崇，血缘、亲情关系淡漠，传统人际关系逐渐趋向物

① 程贵铭、朱启臻主编：《当代中国农民社会心理研究》，首都师范大学出版社，2000年，第200页。

质化与实用化。与此同时，陕西乡土文学中出现了“废乡”主题，代表作家为贾平凹，返乡二部曲《高老庄》《秦腔》是典型的“废乡”之作，既书写乡村传统精神之废，又书写土地之废。

乡村传统精神之废在贾平凹的作品中表现为传统文化与观念的丧失。之一是秦腔的衰败。《秦腔》中县剧团解散，剧团演员们下乡演出却遭冷落，秦腔演员开始了卖唱生涯。之二是贞节观念的匮乏。昔日被文学作品塑造为乡村传统精神象征的女性开始堕落：《秦腔》中有夫之妇黑娥公然与金玉通奸；白娥为了钱与三踅发生关系，与三踅分手后又诱惑引生失去了“童子身”，后因为钱与马大中粘在一起。在许多乡土作家笔下，乡村女性是作为传统美德的化身来塑造的，黑娥与白娥两姐妹则是纵欲者，她们的堕落预示了乡村传统道德失范。之三是亲情友情的丧失。《秦腔》中为了夏天义夫妇的后事，五个儿子、儿媳闹得不可开交。之四是乡村秩序的缺失。主要表现为在集体中，平时善良的村民表现出放纵与凶残，如《秦腔》中村民们抢鱼塘、抢油罐车的油，再如《高老庄》中村民疯狂砍伐集体的树木。更让人震惊的是，面对受凌辱的弱势群体，村民们不但不阻止，反而成为帮凶。蔡老黑煽动农民去地板厂闹事，丧失理智的农民们打、砸、抢、烧，不顾后果。当苏红几乎赤裸着上身被蔡老黑拖了十多米，无数只混乱的手都摸向了苏红，趁火打劫、金钱至上的观念本是城市文化的糟粕，它冲破了传统道德的网，俘虏了一大批农民，致使农民把金钱与利益作为衡量一切的标准，并不惜为此付出血的代价。

土地之废一方面表现为耕地面积的大量流失。《秦腔》中的312国道、农特产贸易市场、万宝酒楼，这些代表现代文化的东西大量侵占农田。乡村在走市场化道路，贸易市场建立后，清风街人放弃了果园、土地，经商致富，偌大的七里沟也不过一个老人、一个哑巴、一个疯子在卖力气。土地之废另一方面表现为农民的流失，农民开始嫌弃在土地上讨生活的苦日子，许多人放弃了土地进城打工，渴望在城市改变命运，“再也不回去”。《秦腔》中农民进城还只是少数，到了《高兴》中则已是大势所趋。贾平凹在《高兴》后记中提到，一次与一个拾破烂的年轻人聊天，说到被同伴谋财致死的人，那个年轻人却说他想不通受害人拾了十年破烂积攒了10万元为什么不在西安买房，如果是他自己肯定要买房，买不了大的买小的，买不了新的买旧的，买不了有房产证的买没房产证的，他出来就在村口的碾盘前发了血誓，再也不回去了！[①]对被废的乡村，作者在作品中也在尝试拯救。《高老庄》中的子路返乡前对乡村有所期待，却不断失望于高老庄，终于感叹“不再回来”；《秦腔》中的夏风通过离婚的方式彻底割断了与乡村的关系。

近六十年来陕西乡土书写方式不仅反映了乡村社会变迁，也折射出知识分子对乡村的观照姿态。乡村革命书写中有改造乡村的渴望；改革书写中有对乡村的不舍；历史书写中有对乡村文化的反思；废乡书写中有对乡村的失落。简言之，乡土书写对乡村的未来从理想与憧憬走向了失望与放弃，叙事立场从共性化走向了个人化，从反映时代话语走向了表达自我。一方面，“废乡”书写预示着未来乡土小说写作进入瓶颈；另一方面叙事本身也更为多元。“瓶颈”与“多元”的矛盾也预示了未来乡土小说发展的不确定性。

原载《苏州大学学报》（哲学社会科学版）2010年第5期

① 贾平凹：《高兴》，作家出版社，2007年，第449页。

“城裔城籍”作家城市书写的暧昧心态

——以王朔、邱华栋、朱文为例

“城裔城籍”作家指出生在城市并在城市度过童年的作家，这些作家熟悉城市生活，相对缺乏乡村经验，在写作时倾向于把城市生活作为观照对象。“文革”结束后，一批五六十年代后出生的“城裔城籍”作家逐渐崛起于文坛，他们大胆书写城市生活，却以对城市传统文化发难的姿态彰显自身。如刘索拉的《你别无选择》就写了音乐学院的学生们渴望从传统教育体制中出走，却无法为自己选择切实可行的未来，人物莫可名状的情绪体现出他们渴望放逐又无处放逐的矛盾，既反叛城市，又迎合城市。反叛与迎合的矛盾与暧昧心态在许多“城裔城籍”作家身上常见，在王朔、邱华栋、朱文的城市书写中表现得尤为明显。

一

新时期致力于城市写作的“城裔城籍”作家首推王朔，20世纪80年代中期崛起于文坛的王朔对城市的批判是通过解构城市传统文化实现的。他的大部分作品都在批判禁忌与传统，调侃崇高与神圣，无视责任与承诺，把生活工作当作游戏，在戏仿与嬉笑中解构一切，如《浮出海面》中对道德的解构，《谁比谁傻多少》中对知识分子的解构，《我是流氓我怕谁》

中对正经人的嘲弄，《一点正经没有》中对作家、理想与革命文化等的解构。

王朔的城市传统文化批判主要从革命文化与精英文化两个角度进行。作为“文革”留守者，他的童年与少年时代都是在“革命”文化语境下度过的。王岳川先生曾这样分析王朔的创作心态：作为在高干“大后院”成长起来的一代人，他们“很明确‘文化大革命’中腐化的成分，所以才以一种彻底反叛和调侃价值的形式出现”[①]。在《动物凶猛》《浮出海面》《看上去很美》中，王朔通过塑造一批骚动不安的少年懵懂地越轨，并因越轨得逞而激动，来重新阐释革命话语，表现出对革命文化的反叛。《动物凶猛》中写了这样一个情节：“我”请米兰到家里玩，父亲回来了，他用尽了华丽的辞藻对“我”进行了循循善诱的教育，让“我”将来做革命事业的接班人。“我”只是“假惺惺地掉了几滴泪”之后设想了一番战争场面与凯旋场面，不为所动，因为这些话没有一点说服力。与此相反的是，当“我”渴望与于北蓓发生关系时，于北蓓认为“我”还小，不懂得感情，对不起将来的妻子，“我”却认为这是“我”上过的最生动的一堂思想政治课。面对不同教育方式表现出截然不同的态度，以叛逆的姿态表达对父辈革命教育的否定，认可过来人真诚的劝说，表明作者的立场。革命话语已经失去了吸引力，相反，生活经验总结的道理深得人心，对革命的反思由此深刻。

在批判革命文化的同时，王朔对精英文化即知识分子文化也表现出质疑。古代传统文化中“士”作为道德的承担者，是以自己内在的道德修养来做“道”的保证，因此道德、责任是知识分子安身立命之所在，王朔对精英文化的批判就从对道德与责任感的否定开始。如《浮出海面》中“没有和女孩睡觉不是有什么禁忌，而是我没有爱上谁”的宣言；《谁比谁傻多少》中以一个OBM公司的机器来揭示文化人的虚伪与虚荣，否定道德与责任感；《一点正经没有》中认为“无本事的人才去写作”的方言被一

① 王岳川：《中国镜像》，中央编译出版社，2001年，第93页。

群大学生拉去谈文学，他说自己要为工农兵玩文学，台下的人就起哄，说他挺真诚的，方言竟然回答道，自己要是不真诚，早跟大家谈理想了。“为工农兵玩文学”被看作真诚的行为，相反“谈理想”被看作不真诚的行为，这种理解显然有别于“文革”时期既定的观念。这里有对作家的讽刺，也有对知识理想的解构，还有对革命文学的解构。

王朔的城市书写表现了“文革”年代成长起来的“嬉皮一代”，因成长期没有特别有根基的生活方式而形成叛逆姿态，他用无所禁忌地反叛既定价值来解构既定的文化模式，从而实现对城市传统文化的批判。但如果由此认定王朔是一个彻底的城市传统文化批判者，就有些武断了。在写出“痞子文学”的许多年后，王朔这样解释当年的自己：“他的反文化反精英的姿态是被迫的，你想，他确实是没念过几年书，至今看罗素还要打瞌睡，要他做知识分子那就是赶着黄花鱼登陆，猴子尾巴立刻露出来，一天也混不下去”，但“未必一开始真想和知识分子闹翻”，只是为“扮演一个淘气的孩子，引人注目”。[①]王朔界定自己为知识分子，并以知识分子身份与知识分子为“敌”，看似荒谬，这其中自嘲的解释有边缘者进入中心的艰难、尴尬与牢骚；“并不想闹翻”与“被迫”一词又清楚地宣告了对知识分子文化的妥协姿态。

身为作家的王朔应该算作一个知识分子，只不过这一知识分子并不寻求与政治的共谋。他说：“不管知识分子对我多么排斥，强调我的知识结构、人品德行以至来历去向和他们的云泥之别，但是，对不起，我还是你们中的一员，至多是比较糟糕的那一种。”[②]王朔以对传统知识分子的批判确立另一种知识分子的到场，进入知识分子行列的渴望预示着城市批判本身的暧昧姿态，原因可以在《动物凶猛》中找到，即他“把这个城市认作故乡”。对于一个久居于城市的人，其所熟悉、所恋、所恨都在这个城

① 王朔：《我看王朔》，见《随笔集》，云南人民出版社，2004年，第115—116页。

② 王朔：《我看大众文化港台文化及其他》，见《无知者无畏》，春风文艺出版社，2000年，第7页。

市，况且身为“文革”留守者，无疑应是城市最为活跃的一族，但城市已“改观”，加上不断涌入的外来者在逐渐“占领”城市，现实中的城市与故乡城市并不能等同，这是另一种意义上的遗失故乡，城市“主人”身份早已不再，他浅图以另一种方式引领潮流，写作只不过是王朔以反叛的方式获得被认同的一种策略。

二

与王朔的对城市传统文化的批判不同，90年代崛起于文坛的邱华栋站在后现代立场批判城市现代文化，他选择了城市病理学视角，由对城市环境造成的人类生存困境出发，走向对整个城市现代性的反思，表现在作品中便是对城市“系列人”的观照。他说：“我发现城市多多少少都有一些病，这当然是现代性病症，我开始关注城市病理学，我发现城市人可以加上很多定语：平面人、广告人、直销人、公关人、钟表人、电话人、电视人、化学人、持证人……于是我写了一系列的‘人’等系列小说，从城市病理学入手，由城市地理学转而进入了城市病理学讲述。”①

《时装人》中展示被包装的人，千篇一律，缺乏真正的个性与灵魂；《持证人》中表明证件远比人自身更重要；《钟表人》中人及其生活被钟表化了；《公关人》中的人被面具化；《直销人》中公众信息吞噬了人的生活及个性。在邱华栋的作品中，城市病主要表现为城市人的“病”，人由自我主宰转变为被物质主宰，现代社会、工业革命带来了前现代社会所未有的物质文明，从精神层面上，由对自然、上帝等信仰的彼岸世界走向“我是上帝”的此岸世界，张扬个性与自由，同时也带来了隐患，即无限膨胀的物质欲望导致人的“异化”，逐渐吞噬了生命个体的意义。马尔库塞曾说：“在这一社会中，生产装备趋向于变成极权性的，它不仅决定着

---

① 邱华栋：《我的城市地理学和城市病理学以及其他》，载《南方文坛》1997年第5期。

社会需要的职业、技术和态度，而且还决定这个人的需要和愿望。因此，它消除了私人与公众之间、个人需要与社会需要之间的对立。对现存制度来说，技术成了社会控制和社会团结的新的、更有效的、更令人愉快的形式。”[①]过度的生产和消费压倒了一切，生产技术以其不合理的“合理性”渗透到人们的日常生活中，机械的无限复制造成了单向度的城市环境与思维，以及单向度的个体。

《音乐工厂》中的音乐工厂购买了一种只要人咳嗽一声就能将其制成一首歌的音乐合成机器，在机器看来，谁是歌者不再重要，人不过是一个符号。在制作与包装过程中，人的主体性被消解，人的本质附着于物质之上，个体的人被彻底异化。由对概念化城市的揭示走向对概念化人的揭示，突现生命个体在物质面前怎样丧失存在的意义，渴望逃离城市又并无抵达之所，如《鼹鼠人》中韩非人对充满欲望的城市已绝望，城市现代化毁灭了他生存的城市故乡，韩非人最后以非理性的方式对抗理性，并逐渐走向灭亡。

城市遭受着欲望的冲击，生命个体在挣扎沉沦，由沉沦而新生。在批判作为城市书写的普遍姿态时，邱华栋从“病理学”角度凸显自身，以中产阶级的生活为观照对象，以环境对人的影响批判城市，这包括城市的电气化与信息化、摩天大楼。如果我们以乡村为参照物来看城市，不难发现这些其实都是城市文明的标志，邱华栋对此却一概否定，这是因过分彰显城市文明病而表现的“偏见”，这种“偏见”与现代性的反思品格却是吻合的，即对现代性带来的破碎、平面化、机械复制、工业暴利、生态威胁以及自我丧失的批判。城市被看作现代性的标志与象征，由现代性反思到消费社会的城市批判，邱华栋就是这样将城市批判纳入整个现代性的反思中，在理性观念指导下进入城市现代性的反思。

然而邱华栋对城市的态度同样是复杂的。城市是“恶之花”，他对

① 马尔库塞：《单向度的人》，上海译文社，1989年，第7页。

其“恶”产生憎恶感，对“花”却是渴望的，这似乎预示着批判之外，进入城市的毫不犹豫。正如《午夜狂欢的人》中所说的，尽管城市冷漠、华丽、高大而又令人惊羡，但“他们就在其中生活着，是城市肠胃中的蛔虫，分享着城市肚腹中的油脂，因而他们都既爱它又恨它”。

身为作家的邱华栋理性地反思城市现代性，但身为新城市人的邱华栋又自觉融入城市，这与他从边缘进入中心的“外来者”身份是分不开的。简单说，城市“外来者”与城市的关系至少有这样几种：崇拜城市物质；参与城市利益分配；审视抑或批判城市精神。物质崇拜者丧失自我；利益参与者自觉投入城市；城市审判者则带有否定姿态。作为作家的邱华栋显然选择了后两种身份。“否定”表现了一代知识分子面对物欲城市的自救意识，但“投入”姿态又弱化了否定的意义，没有记忆、历史、精神与信仰的异乡人怀揣梦想进入城市，因为后者创造了无数可能，他们唯有以青春热血为赌注投入城市，即使输个精光也不忍离去，因为一旦离去意味着他将是“最大的输家”。城市新一代虽然一再表现为放弃姿态，但是并不可能有真正的出走者，身为城市的一员，他们最终无处可去。因此，《鼹鼠人》中的韩非人只有死，《直销人》中渴望离开城市的“我”的呼喊也没有一点声音。

三

应该说，邱华栋对城市现代文化的反思经历了从尝试建构到否定再到解构的过程，这一点可以从《环境戏剧人》中看出来：“我”曾经非常喜欢张承志，因此“我”要去大坂和金牧场把剩下的东西捡回来，那些东西是张承志曾呼唤的为许多人丢弃的人文精神，但“我”在大阪只看见一堆易拉罐，“我”才发现自己这一代与张承志有许多不同的想法，由此对寻找的意义产生了怀疑。与邱华栋相比，朱文的城市批判要直接得多，他带着以怀疑、解构为中心的姿态书写城市。他的主人公无一例外并不富裕，甚至可以说穷，如小丁、《弟弟的演奏》与《我爱美元》中的“我”，但他们对这个社会的现存体制与传统观念却充满着仇恨，用放纵“性欲”来调侃崇高与神圣。这种性欲被宣泄到泛滥的程度，以至于主人公碰见一个女人就立刻动手把她往床上搬，如果不成，就立刻调头，绝不拖泥带水，因为时间有限。

在《弟弟的演奏》中，朱文塑造了一个性意识觉醒的年代，全民的性意识觉醒，性欲望高涨。“我”是一个秘密的病菌携带者，这个病菌指的是一种叛逆的、带有腐蚀性的难以抵抗的观念。其实在大学校园的许多学生充满性欲，叙述人“我”一个学期曾天天潜入女生宿舍过夜；老五因强奸罪被送入监狱；同宿舍的其他同学也为找到一个女孩子而东蹿西跳。但“性”是被压抑的，因此叙述者“我”与小初的性冒险只能接受处分，为招引女孩子的诗刊也被保卫科加以禁止，性欲的发泄最后都以失败告终。教授、优等生在“我”看来都是不正经的，“他们成功地把性幻想变成了远大的理想，成功地把致命的女人变成了可为之抛头颅洒热血的人民，成功地把狭隘的床笫变成了广阔的祖国大地”。换句话说，他们从不正视自己的欲望，只是用别的方式来宣泄。在张扬性欲的同时，朱文对与性欲对立的神圣、崇高等传统道德与正统体制进行了批判。

《我爱美元》表现得较为直白，小说通过父子俩对“性”的不同理解揭示性本身的日常性。父亲发现“我”与老女人王晴发生关系并不干涉，“我”也不感到羞涩。“我”跟父亲说话没有一点正经，“我”始终认为父亲是性欲“旺盛”的人，只是在特定年代，他的性欲转变为理想或者追求。“我”想看到父亲正经的外表下充满着欲望的内心，于是在找弟弟的过程中，“我”在餐厅、电影院、夜总会通过各种方式“纵容”父亲的性欲，父亲对“我”感到焦虑，“我”也企图说服父亲，用平常心对待“性”。经过一次次的诱惑，父亲终于不再掩饰自己的性欲，在夜总会我们带回来两个女人，父亲默认了此事。事实上，父亲并非没有欲望，不过这种欲望总被随父亲身份而来的责任感压制着。在“逻各斯”中心主义者看来，“父亲”是一个至高的称谓，它代表着权力、中心、理性等，而在此处父亲的神圣形象被彻底推翻，怀疑父亲实则是怀疑以“逻各斯”中心主义为理论核心的现代文化。

《我爱美元》中宣扬性欲与金钱，《弟弟的演奏》中揭示性欲的存在，一再书写“性欲”，缘于怀疑一切严肃、崇高、理性、意义，目的是揭示一切被遮蔽的丑陋真实。但奇怪的是，朱文笔下的人物在性欲的发泄中沉沦，最终走向的不是获得了满足感，而是坠入极大的虚无感。在《如果你注定潦倒至死》中，程军在强烈的肉体欲望主宰下，感到“什么都不重要”了，“无所谓”了，人生只剩下冲动了；在《什么是垃圾 什么是爱》中，小丁最终对“性”也产生了一种厌恶感。他怀疑的不仅是外在世界，还有怀疑者本身。

由真实走向虚无，朱文笔下的人物用身体而不是理性感受生活，用身体的欲望反抗压抑欲望的道德，以一种无所忌讳寻求真实的狂热批判一切虚伪。朱文把后现代主义的“怀疑论”作为小说的关键词，选择了一种消极、游戏、断裂的写作姿态，他的城市批判从邱华栋的病理学层面走向了城市日常生活，目的是消除现代性的中心、权力话语，抵达后现代语境。他以一群没有话语权的普通大众甚至身份卑微者的到场预示着“沉默”的大多数人开始发出自己的声音，超越一切禁忌，实现后现代的狂欢。

仅从作品中看，朱文的城市批判是较为强烈的，“游荡”“对抗”是他小说的关键词，但他与城市的关系似乎没有那么简单，先看看《弟弟的演奏》，小说中并没有弟弟，也没有任何人演奏，却取了这样一个题目。不妨做多种假设：“演奏”体现出弟弟对音乐的爱好，而音乐艺术通常为浪漫、理想的象征，弟弟的演奏可以设想为小说的背景，在如此浪漫的音乐背景中上演一场宣泄欲望的故事，有讽刺理想与浪漫的意味；演奏的弟弟还在渴望寻找理想，但他已经退到幕后，也有嘲讽理想与浪漫的意味；如果弟弟只在演奏时才想着浪漫，结束后一样沉浸在这个性欲勃发的世界，那将是对这个世界莫大的嘲讽了。但“我”也曾经是“弟弟”，“我”是不是也曾经有过和弟弟一样的对音乐或者文学的迷恋，或对理想的渴望？而在《我爱美元》中弟弟的形象出现了，“我”并没有对他做任何评价，即便他一直认为“我”堕落了。他的手指细长而富有魔力，他想做一个流行音乐家，想退学，“我”其实是支持他的。在小说中，弟弟和“我”实际上是两个完全不同的人物，按理说，“我”这种认为“性欲”是天下头等大事的人应该会嘲笑他的“守节”，但“我”并没有。“我”和父亲一直找不见他，但在我们因为钱不够被小姐“甩”了之后回到家里，他却出现了。他的出现让父亲猛然苍老而疲惫。试想，如果父亲和“我”把女孩带进家里，遇到弟弟，小说该如何发展？一定是弟弟绝望。让绝望的弟弟最后放弃理想，沉溺于欲望，那一定要天下大乱，但或许也能更好地实现“众神狂欢”了。弟弟却出场了，很显然，在此处弟弟是道德的监视者、无言的法官。或者说，弟弟的出场与否其本身并不重要，因为道德法官实际上就在我们自己的心中。这样看来，朱文的批判与怀疑并没有走到底，在他眼里还有一个纯洁的东西，那就是“弟弟”，我们内心都有一个“弟弟”，我们也曾经都是“弟弟”。事实上，不仅我们需要纯洁的弟弟，弟弟还需要一个体面的没有污点的父亲，我们眼下还仍然需要一个体面的令人尊敬的父亲。如果我们并不把“弟弟”“父亲”看作现实生活中具体的人，而是说弟弟代表着明天、未来，父亲代表着昨天、历史，那么如此设置人物至少可以表达作者这样的思考：今天的罪恶与糜烂就在今天结束，我们还需要一个好的记忆与好的希望。这样，再看小丁们的虚无，我们能找到原因，因为纯洁的弟弟是人生中辉煌的部分，纵欲的小丁就必然面临苦闷与虚无，所以朱文作品中的人物一次次出轨，必将一步步走向绝望。

从王朔、邱华栋与朱文的城市书写看，他们对城市的批判姿态是明显的，但批判的同时他们竟无一例外都在迎合城市，批判与迎合的矛盾心理与身为“作家”及身为“市民”的二重身份是相关的。身为“作家”，他对城市现代文化有知识分子呈现的批判姿态；身为“市民”，他陷于日常生活无法自拔，无法斩断与城市的关联，他离开城市亦别无去处。“作家”与“市民”的双重身份使他们在城市批判时左顾右盼、犹豫不决，批判也表现出无奈与无力感，这是他们城市批判以及自我精神世界的困境。值得肯定的是，他们直面城市生活的态度，体现出20世纪80年代以来知识分子独立人格的复苏，折射出一代人的情感诉求与城市体验，他们的城市书写丰富了现有的城市文学创作经验。

原载《求索》2011年第1期

乡土的颓废与知识分子的精神困惑

——读方英文的《后花园》

《后花园》是陕西当代文学史上少有的集中表现精神“颓废”之作，即知识分子人文精神与乡土精神的颓废。方英文的小说创作从讽刺与调侃起步，语言犀利幽默。早年的《落红》就是一部表达知识分子精神颓废之作。小说塑造了一个仕途上随波逐流，一心念着有夫之妇，求而不得，渴望放纵欲望，关键时刻仍文质彬彬的、儒雅有才气的有妇之夫。欲望有意放逐，精神强力救赎，人物唐子羽无奈之下最终回归家庭。《后花园》同样塑造了一个以追求真实为名渴望放纵自我且被称为“少妇用品”的大学教授。宋隐乔淡漠事业，用“放纵”表明人生态度；同时，真实善良，与这个扭曲的社会保持适当的距离，在堕落中寻找爱情，在追求爱情中寻求精神归宿。与《落红》不同的是，《后花园》的堕落从城市扩展到乡村，从一个人的堕落走向了一群人的堕落。

乡土精神的颓废主要通过乡村女性传统文化精神的堕落表现出来，“留守者”珍子就是一个。“留守”一方面体现为肉体的独守空房；另一方面体现为精神的思恋，意味着身为留守者在丈夫离开这段日子的寂寞与忍耐。“留守”对女性是不公平的，但道德越轨的行为并不会因此被谅解，事实是当下的乡村女性留守者在男性的监督撤离之后，在经历一次贞洁观念的突围，珍子对宋隐乔产生欲望便是如此。

宋隐乔在乡村最先遇到的是珍子。在珍子眼里，“表哥”宋隐乔是城市知识者的一个象征，是所有城市男性的某一个。吸引她的，不仅是表哥的外表，还有表哥的身份——实则是背后的城市。城市对于乡村女性而言具有无限的魅力。一见面，两人就以表哥表妹相称，相谈甚欢，且后者主动投怀送抱。从这一点看，女性比男性更为放纵。除了珍子，还有胡葵花。小说对她写得比较隐晦，在西安当了洗脚女，有“坐台女”的嫌疑，这辈子可能不会嫁人了。她与大学生刘包谷之间的感情，与其说是爱情，不如说是两个异乡人的相互取暖，毕竟从好感到发生性关系的时间太短。虽然他一再强调毕业之后就结婚，身份的悬殊让一切变得不可预测，胡葵花对此很淡漠。因刘包谷意外死亡，她才决定把孩子生下来。所以，无论珍子还是胡葵花都不是传统意义上纯洁的乡村女性。

事实上，自20世纪90年代起文学作品中的乡村女性形象就开始转变：一方面，进城后接受了城市现代文明的“洗礼”，她们原有的传统观念被冲击；另一方面，城市现代文化对乡村传统文化的冲击也在打破乡村固有的观念，乡村女性的道德观念发生了变化。从刘巧珍的留守与被弃到小水的失而复得再到今天留守女人珍子的越轨，短短二十几年，乡村女性的道德沦丧已变化太大。更重要的是乡村传统文化精神象征者——乡村女性的堕落体现了乡村传统文化精神的堕落。女人是男人的后花园，乡村是城市的后花园，如今这样的后花园正在经历质变，这是让人痛心的。

但作者似乎并不想彻底破坏乡村女性的美好形象，关键是他还想拯救放纵的知识分子宋隐乔，于是剧情出现了反转。当宋隐乔与珍子两人相拥而卧，原本想做些出格的事，在水到渠成时，珍子突然问出一句“煞风景”的话来，自己的丈夫在西安是否找女人，随后分析他的收入否定了这一点，才决定“忍”。“忍”至少说明两层意思：一是丈夫的越轨珍子能接受；二是她的“忍”带有“回报”的意思，与其说是夫妻之间的相互坚守，不如说隐含着一种你仁我义、投桃报李的哥们义气。两人的放纵到此戛然而止。这种设置当然是不现实的，但正是这种“不现实”使珍子和宋隐乔均“得救了”。作者并不忍心他的人物放逐自我，“放”只是虚晃一枪，“收”还是主旨，顺利地“收”则是因为这里没有爱情，在收放之间体现出方英文创作的冷幽默。

宋隐乔离开珍子后遇到了胡葵花。如果将胡葵花设置为有夫之妇，宋隐乔对她有欲望就是道德问题，但实际上，宋隐乔并非真正冲破一切禁忌与道德。作者仍在欲擒故纵，他没有完全去除宋隐乔越轨的机会：胡葵花的丈夫死了，她一个人带孩子，这对于一个“少妇用品”来说自然是绝好的机会。同样作者依然制造了一个障碍，即老板娘的儿子。期望用一个小孩来拯救大人的道德终究有些奢望，这样的书写在当代文学史上也出现过，陈村的《鲜花和》就做过此种尝试。应该说，小孩对大人不可能有监督作用，他只能一时唤醒放逐者的良知，一个小孩能拯救的大人其本质上并不如何堕落。

可见，小说对乡村传统文化堕落的批判与对知识分子人文精神的反思是相关联的，且通过知识分子在乡村自由宣泄欲望的描写来实现。作者安排宋隐乔先后遇到的两位乡村女子都喜欢他，这并非作者对人物的偏爱，也不应该就此追问艺术真实性的问题。作者如此设置，是为知识分子的精神放纵提供条件，便于考察后者在无所禁忌、无所障碍与规范面前其人文精神的堕落究竟会到何种地步，与小说开篇对宋隐乔的道德设定相呼应。从一跳下火车起他就开始放逐自己，他并不曾想过要用所谓的道德规范约束自己，爱情、婚姻、革命、神圣、道德这些字眼在他看来极其虚伪。他用真实与神圣、道德抗衡，在真实的镜鉴下，许多表面看来神圣的东西不堪一击，蠢蠢欲动披上了光彩照人的外衣。“欲望”这一在传统道德字典里被驱除出局的字眼是否真的在人的精神世界里消失？又有谁有在太阳下晾晒自己隐秘世界的勇气？从这个意义上说，宋隐乔的肉欲放纵就带有了某种批判与质疑，其力度是大的。

但如果把《后花园》界定为并无精神寻求的颓废之作，显然是不恰当的。放纵与批判其实只是小说前半段的事，自宋隐乔偶遇罗云衣，宋隐乔就在悄然改变自己，或者说这个人物开始产生困惑，源于他对罗云衣的爱情，而爱情又是作者“挽救”宋隐乔的方式。“爱情”这个词对于未见到罗云衣之前的宋隐乔而言无异于一种嘲讽，“少妇用品”的称号意味着是性而不是爱在主宰他的精神世界，并由此延伸到男女关系。但这个被读者认为“不可救药”的单身大学教师在偶遇有几分姿色的罗云衣之后稀里糊涂地陷入了爱的罗网，且感觉到在爱情面前一贯渴望的性已无足轻重。宋隐乔在爱情中脱胎换骨，此后开始拾起他当初抛弃的东西，比如爱情、婚姻与真情。关于宋隐乔的“脱胎换骨”，不妨做一假设：一是放荡只是他的表象，严肃才是他的本质，所谓的脱胎换骨也是“日久见人心”罢了，但这一假设与他和珍子之间的暧昧终究有些出入；一是宋隐乔真的转变了，那么这种“转变”就依赖了一个条件，即好女人的爱情。“好”的意义不仅在于聪明、美丽，更在于高尚。把自己一双不穿的皮鞋捐出去也并不算是值得歌颂的事，要谈做公益事业还有些远，罗云衣真正动人之处是在接到自己曾捐助过的尹小兰的信后，开始集资捐助贫困学生。女性用自己的善良、崇高挽救了男性，后者也加入了资助行列，并且反省自己精神境界不高，这是让人始料不及的，这种反省似乎在暗示知识分子宋隐乔在有意无意走向崇高。如果人物就此走向崇高，我们则可以说作者在拯救他笔下的人物——宋隐乔痛改前非。这段浪漫的爱情发生在乡村，从这一点看，似乎乡村是孕育爱情的温床，这一点与珍子、胡葵花的设置显得矛盾。乡村精神本身在堕落，城市的后花园也已经不能孕育真正的爱情了，由此，爱情的失败成了必然，在作品中的表现便是罗云衣的丈夫突然回国，并且罗云衣并没有提到离婚。

罗云衣是否在两者之间做出选择并不重要，需要探讨的是在精神大厦倾倒之后宋隐乔的抉择，因为他的抉择能够体现他的精神思考。可以设想几种选择：第一种是幡然醒悟，被罗云衣耍了，更不相信爱情。这种方式非常适合此前的宋隐乔，原本在理论上就不相信爱情、婚姻等一切神圣、严肃的东西，此次不过是现实中的验证。第二种是坚持要和罗云衣在一起，做第三者。这种方式适合人物对爱的决心，但这样做的结果有两个，一是第三者身份让宋隐乔的道德品质仍有污点；一是伤害罗云衣，最后伤害他们神圣的爱情。第三种方式就是怀揣爱情远离罗云衣。这种选择本不应是宋隐乔做的，它意味着宋隐乔多少对爱情、理想与苦难有认同，自然也有对崇高、神圣的认同，但作者偏偏让他选择了第三种方式。可以说，确认自己的第三者身份后宋隐乔并未曾怀疑过这段爱情本身，选择逃离也是因为自己内心深处还有一个不曾也不想被触及的空间，这是他要坚守的。

与罗云衣有了爱情之后，性就可以容忍了。如果就此也要做一道德上的批判的话，可以说，宋隐乔的真正放纵是在与有妇之夫罗云衣相爱之后，并且他的爱也是在他并不知道后者已婚的前提下，因此，接受道德评判的应该是罗云衣。宋隐乔因爱情而渴望婚姻，在得知对方已有夫婿且不可能得到对方后，选择了离开，是爱情的失败让他失望于这座城市。尽管罗云衣一直重申她的爱，离开了宋隐乔的怀抱她依然能得到丈夫的爱，该检讨的又应该是罗云衣。因此说，宋隐乔的放逐是理性的放逐，是带有一定原则与标准的放逐。由此再回到他的“情爱史”，小说一开始就强调他身体的欲望、他与女人的关系，让读者产生宋隐乔丧失伦理道德的感觉，细想之下又似乎有失公允，毕竟从他与珍子、葵花、罗云衣的交往看，人物并未真正越轨。

从纵欲到坠入爱河，从第三者身份的承担到放弃，人物性格上的矛盾设置预示着作者自身的矛盾，即如何处理道德与情感、理性与欲望、金钱与尊严、爱情与贞操关系的困惑。欲望是客观存在的，道德评判能否因为欲望的“客观存在”大开绿灯？贞节与爱情同样重要，当爱情与贞节相冲突时又如何协调两者？从对宋隐乔的设置上我们似乎可以说爱情世界里贞操观念已经不重要了，但人物最后的远离又似在告诉读者，贞操、爱情还要放在整个道德体系中来评判。说到此，还有一个人物值得一提，即刘包谷，这个从乡村来到城市的大学在读生为了谋生当了某县长儿子的家教，与洗脚女胡葵花发生关系并承诺毕业后就结婚，在胡葵花怀孕要去打胎前的某一个晚上刘包谷被杀死了。设想一下，如果刘包谷没有死，他要娶胡葵花，那刘包谷这个人物就崇高神圣了，这显然违背了作者“宣扬”精神颓废的本意；不娶，这人又太卑鄙。“死”让一切问题迎刃而解。实际上，刘包谷的“死”与宋隐乔的“出走”不过是一个问题的两种表述，是作者面对复杂情景为人物选择的逃离方式，是困境之中的出路，是没有选择的选择。“也许不回来了，也许还要回来”模棱两可的表述在宋隐乔是一种困惑，在作者又何尝不是?

20世纪90年代以来，消费文化席卷都市，知识分子人文精神整体滑坡，人们的道德观念、价值标准等发生了根本变化，对人自身的理解也迥异于80年代，“人的本质不再是一些抽象的形式原则，而是充满肉体欲望和现代感受的‘生命’”[①]。在道德整体失范、乡土精神颓废的年代，对生命个体如何确立自身生存方式的思考就显得有必要了，是固守精神与信仰还是无限张扬肉体的欲望，是注重道德修养还是物质利益？在日益关注“活着”这一命题的现实世界，爱情、理想、道德乃至贞节这些字眼已失去意义，生存意义的迷失和价值标准的失落影响了人们对生存与生命的判断与思考，这是现代人面临的生存焦虑与时代焦虑。由此看小说的坚守也好反叛也好，体现的却是知识分子欲去还留的困惑，是难以妥协的二元对立，既有怀疑与批判的勇气，也有无奈的痛苦与挣扎。

人物设置的矛盾性以及不确定性体现出作者个人的文化焦虑与精神焦虑。对现存传统文化的眷恋与反思，对现代文化的迎合与拒斥，情感在两种文化间纠缠徘徊，表现出强烈的文化焦虑；难以接受转型过程中的现实乡村之变，既不忍离去，又无法返回，乡村的消失带来了精神家园消失的失落感，“我是谁”的身份定位使作者在现实与理想之间表现出情感归宿的焦虑。正是这种焦虑使作者在设置情节、塑造人物形象时表现出不确

① 王岳川：《中国镜像90年代文化研究》，中央编译出版社，2001年，第46页。

定性与矛盾性。小说的叙述语言，有强烈的倾诉意识，内心戏过多，没有给人物更多表现机会，情节被遮蔽在叙述中，书写当下，也花了大量的笔墨回忆历史。还有一点值得提及，就是结构本身存在瑕疵，由一个男人的游历串联起几个小故事，故事之间有却并未构成关联。多种素材能够丰富主题思想，但前提是，这些素材能够形成合力。一方面，能看出作家的用力；另一方面，则可见作家的困惑以及情感的游移。

原载《名作欣赏》2011年第3期

现代化进程与小说中的当代乡村形象变迁

——以陕西当代小说创作为例

中华人民共和国成立以来，中国现代化进程进入了快速发展时期，经历了“文革”断裂，改革开放得以恢复，到90年代加速。中国社会是乡土性质的，农民问题是中国社会最大的问题，土地问题则是农民问题的核心，土地变革则为解决中国社会问题的关键所在，从土地改革到经济体制改革再到城乡一体化的提出，由被动到主动接受现代化，乡村社会经历了剧变，社会变迁影响文学对生活的描摹。中国现代文学史中，乡土小说的成就最大，由于乡土社会的变迁，文学在建构乡村世界时也发生了变化。陕西当代作家多写乡村，产生了一批国内有影响力的作家，如柳青、王汶石、路遥、贾平凹、陈忠实、冯积岐等，且以乡土文学见长。他们的作品与时代相契合，先后呈现出现代化进程中乡村发展的不同阶段。以陕西当代作家作品为窗口，能管窥中国当代文学中的乡村形象塑造之变迁。

一、当代“十七年”：社会主义建设的广阔天地

当代“十七年”时期的农村现代化进程主要表现为“三大改造”之一的土地改革，土改摧毁了封建土地占有制，极大地解放了农村生产力，互助组被纳入对个体农业社会主义改造的范畴。1951年9月全国正式召开第一

次农业互助合作会议，随后在中共中央一系列文件精神指导下，全国农业互助组合作运动有很大发展，到1952年年底，全国组织起来的农户占全国总农户的40%，并成立了近4000个农业生产合作社，创办了十几个集体农庄（高级社）。[①]创办农业合作社成为新中国成立初农村主潮，对农业实行社会主义改造的目的是要在农村这个最广阔的土地上根绝资本主义的来源，陕西作家对乡村的书写就是从土改开始的。

陕西当代文学的前辈柳青是农业合作化运动的忠实记录者，他的处女作长篇小说《种谷记》书写陕北的变工队工作，即劳动互助。据柳青自己回忆，《种谷记》的创作动机萌发于1944年春天，他在米脂乡下工作，一个行政村主任为了不让别人使用自己的驴，千方百计不参加变工队。“我在夏天抽空拿这个题材写了一个短篇的初稿，由于材料太多，一提笔就写了三四万字。后来有了空一看，这样长的小说，作为积极人物代表的农会主任，形象太薄弱了。于是下决心写长篇。”[②]小说以变工互助作为关注对象，抓住了农村发展过程中的主要问题。合作互助是以私人财产为基础，自愿同意为原则，并非所有的农民都愿意或有觉悟参加变工互助。1944年，赵超构访问延安时，指出“全边区共有劳动力35万个，组织进变工队的，据估计约占四分之一”[③]。虽然变工有多种利益，唯有经济利益对农民主要是贫农有一定的吸引力，他们强调眼见为实，未来的蓝图虽美，却不免踌躇，即便是村干部也未必有此觉悟，因此变工的过程中存在着各种阻力。《种谷记》反映了这一过程中的阻力，也呈现出一幅贫农集体参与劳动的乡村图景。

在《创业史》中，柳青则描画出社会主义建设时期合作化运动中的乡村社会，可以看作《种谷记》的续篇。《创业史》写出了农民在基层党组

① 翟昌民：《回首建国初——从新民主主义向社会主义过渡的回顾与思考》，中共中央党校出版社，2005年，第425页。

② 柳青：《回答〈文艺学习〉编辑部的问题》，见孟广来、牛运清编《柳青专集》，福建人民出版社，1982年，第20页。

③ 赵超构：《延安一月》，上海书店出版社，1992年，第195页。

织的领导下走合作化道路的犹豫与迟疑：如怀着感恩的心情“献身”于富农姚士杰的素芳；受封建社会毒害又来“毒害”自己儿媳的王瞎子；因为儿子投身于互助组运动忽略家庭而“寻衅”的梁三老汉。农民的局限性与其在合作化运动中主力军的身份是相互矛盾的，因此，他们的思想改造需要依靠外来力量，这个外来力量就是一批具有共产主义信念、有政治理想的先进农民的引导，这样，旧式农民才能在思想上进步，继而跟共产党走致富之路。

先进农民是党的政策在农村的阐释者与实践者，如《创业史》中的梁生宝，他是相貌好、出身好、思想好的“三好”农民。他为了带领广大群众走合作化道路不断做出牺牲，最大的牺牲便是心甘情愿地放弃了自己的初恋。即便作为党在农村基层的代表，在农村开展工作过程中，梁生宝也面临来自各个阶级的阻力，富农、中农、贫雇农，甚至老党员郭振山都千方百计阻止他开展工作，在他们看来，走互助合作只会让他们变得更穷，这与农民的小农意识是吻合的。农业合作社究竟往何处去？乡村的合作化运动前途辉煌，目前却“道路曲折”。

与柳青多关注“道路曲折”不同，王汶石的乡土小说多展示人民公社化时期的“前途光明”。王汶石笔下塑造了一批新人，“在他们身上，私有制留下来的传统旧观念少一些，社会主义集体主义思想多一些，对个人利益看得轻一些，把党和人民的事业看得重一些，同一般人比较起来，他们的精神境界、思想情操更高尚些”[①]，如《风雪之夜》中的严区书、《黑凤》中的黑凤、《新结识的伙伴》中的张腊月、《卖菜者》中的王云河等等。他们并非完人，甚至还有缺点。如张腊月，这个泼辣、大胆、赤诚的女闯将领导妇女生产队，在打井、挖渠、积肥、翻地等多项竞赛中，每次都获得第一，但她身上阳刚有余而温柔不足，婆婆说她是个“呼啦嘿”，丈夫笑她的队员为“神经病”。王汶石的新人广泛地存在于群众之

① 王汶石：《在这个领域里》，见金汉编《王汶石研究专集》，陕西人民出版社，1983年，第158页。

中，他们是农村的中坚力量，投身于社会主义建设浪潮中，汇成了时代洪流。如《风雪之夜》中写到社员们劳作的干劲：拉大车的、推小车的、挑水桶的、扎草把的，来来往往，紧张而热闹，天虽冷，却有不少人只穿着单褂子；又如《新结识的伙伴》中的劳动竞赛紧张激烈，“许多挑战书飞向张腊月”。可见，社员们投入社会主义农村建设的热情无比高涨，农村的前途必将无限光明，新中国的乡村正在发生翻天覆地的变化。

此外，还有乡村社会科技兴农以及农民对现代化的憧憬。《创业史》中的梁生宝向梁三描绘未来乡村生活，如此呈现未来的现代化乡村图景：用机器种地，用汽车拉粪、拉庄稼；《黑凤》中在黑凤对未来农村的设想中，有无数排列成行横过高原的铁塔、电线、拖拉机、联合收割机、渠道、流水，有像小城一样布满楼房的新式村庄。文学作品中对乡村科技的描写主要涉及拖拉机、试验田以及小发明。《夏夜》中写到拖拉机对农村青年们的吸引力，大家因为要去学开拖拉机激动万分，对拖拉机“百看不厌”，“赞叹不已”，拖拉机手芸芸也成为许多年轻人羡慕的对象。《创业史》中的韩培生是上级安排下村的农技员。韩培生告诉农民如何培育更好的秧苗。为了与传统耕种方式做区别，他开了一块“新式秧田”，用好的稻种与合适的耕种方法科学种田，长势喜人，连精明的郭世富也开始效仿。20世纪50年代初，由于农民生产力水平低，农具缺乏，新式农具推广工作发展较快，同时也出现了一些问题，“由于数量增加过快，产品制造质量差，使用技术指导跟不上或有的农具不适合当地生产条件，造成了相当一部分产品积压”①。王汶石笔下出现了发明新式农具的非专业农民，《大木匠》中木匠酷爱发明农具，为设计一种简单易用的拔棉秆器械，废寝忘食。农民参与合作化、公社化运动以及对科学技术的渴望都是憧憬农业现代化的体现。

在革命现实主义手法指导下，“十七年”时期的文学等同于生活。陕

① 《当代中国的农业机械化》编辑委员会编：《当代中国的农业机械化》，当代中国出版社，2009年，第12页。

西作家在深入合作化运动基础上以相关政策为尺度，书写对合作化运动的认识，并肯定合作化运动。他们笔下的乡村是社会主义建设的广阔天地，虽然书写对象是陕西关中地区的乡村世界，但由于淡化了地域特有的个性，强调社会主义建设背景下乡村的共性，其呈现的乡村世界便是中国图景。

二、经济体制改革初期：精神皈依地与现代化改造之所

党的十一届三中全会确定新时期的改革从农村开始。之所以选择农村，是因为“中国人口的百分之八十在农村，如果不解决这百分之八十的人的生活问题，社会就不会是安定的。工业的发展，商业的和其他的经济活动，不能建立在百分之八十的人口贫困的基础之上”[①]。农村经济体制改革改变了当代“十七年”时期农业生产合作化模式，人民公社被废除，农村实行家庭联产承包责任制。

随着城市现代化进程加剧，城乡之间的差异变大。文学作品中，作者们也在不断强调二者的差异性。文学中的城与乡作为文化意义上的存在，它们承载着写作者的思想与情感，城市代表现代文化，乡村代表传统文化，二者的形象是通过彼此对照确立的。在与城市接触过程中，乡村对物质富裕以及思想氛围相对自由的城市产生了向往，表现为在城里接受过教育的知识农民渴望进城，但由于乡村的养育之恩，乡村仍被看作精神皈依地。

在陕西作家中，路遥较早表达“恋土”情结，这一情结通过塑造彰显乡土精神的人物表现出来。他笔下有一批真诚、纯洁、无私的人物，为爱甘愿丧失自我，是即便被抛弃也无怨无悔的浪漫主义者。《风雪腊梅》通过对比冯玉琴与康庄各自对爱情与现实的态度，传达农民对城与乡的不同情感。玉琴拒绝招待所所长的儿子，选择农民康庄；康庄为了在城里当炊事员，放弃了玉琴。爱情的选择也是对城与乡的选择，实际上是对未来生

① 邓小平：《邓小平文选》第3卷，人民出版社，1993年，第117页。

活方式的选择。小说通过塑造与腊梅一样高贵、独立的玉琴，呈现出乡村世界的美好。相似的表达出现在贾平凹的作品中，他对土地的依恋也通过塑造具有传统美德的人物体现出来，如《天狗》中的天狗、《人极》中的光子、《古堡》中的老大、《浮躁》中的小水等。《天狗》中接受了“招夫养夫”要求的天狗与因愧疚于徒弟而自杀的师傅都是善良的代表；《人极》中不乘人之危的光子是正义的代表；《五魁》中忠实于主人的驮夫五魁是忠诚的代表；《浮躁》中的小水则是纯洁的代表；《古堡》中的老大是无私的代表。

为了凸显对乡村的依恋，张扬乡土精神，文学作品中不惜丑化城市，这一点，是通过人物之间的对比体现出来。如《人生》中塑造了纯美者刘巧珍，同时也塑造了与之相对照的黄亚萍，一个高傲、刁蛮的县城姑娘，抛弃前男友，主动追求高加林。与刘巧珍的顺从、体贴、奉献不同，黄亚萍自私而注重索取，为了考验高加林对她的感情，谎称自己的小刀丢了，要求高加林上班时间冒雨请假去找。渴望进城时，高加林的感情天平向黄亚萍倾斜，偶尔也会表示对巧珍的愧疚；当他被城市驱逐出来，与黄亚萍分手后，感情天平自然向刘巧珍倾斜，得知巧珍为他争取到民办教师工作，他再次表示对巧珍的愧疚。在城乡二元对立的基础上，丑化城市是为了进一步突出乡村精神。

路遥与贾平凹均出生于乡村，他们对养育过自己的土地自然有难以割舍的依恋之情，其中也包含对自身过往岁月的怀恋。感恩乡村并不意味着要拒绝现代化，路遥曾这样说：“当历史需要我们拔腿走向新生活的彼岸时，我们对生活过的老土地是珍惜地告别还是无情地斩断？”[①]这些“地之子”选择了在怀恋中远离土地。

活命文化仍是改革开放初期农民的主导文化，农民没有太多的精神需求，金钱既是活命的保障，也是自我价值的体现，城乡对比更突出乡村物

① 路遥：《早晨从中午开始——〈平凡的世界〉创作随笔》，见《路遥文集》第2卷，陕西人民出版社，1998年，第66页。

质的贫困。《人生》中写到城乡生活时采用了对比手法，城里人吃大鱼大肉，看电影消磨时间；在农村，刷牙也被认为是浪费。如恋爱中的黄亚萍在物质方面对高加林非常大方，给他买各种时兴服装、三接头皮鞋、罐头、糕点、高级牛奶糖、咖啡、可可粉以及进口手表。由此再看路遥小说中许多进城求学的农村青年，他们总因为物质上的极度匮乏而产生性格上的缺陷，即极度自卑与极度自尊的矛盾。精神上的自立需要以物质的满足为基础，贫困的农村与农民需要致富，经济体制改革是可行之路。《平凡的世界》中的孙玉厚家被看作村里最“烂包”的人家，因为贫穷一直很自卑。责任制实行之后，孙少安烧砖窑发达了，且成了石圪节乡最有声望的“农民企业家”，父亲孙玉厚也成了集市上的“明星”，“孙玉厚父子们的腰杆也硬了许多”，这里的“腰杆硬”其实就是由物质上的满足带来精神上的自立。

接受了现代文化之后反观乡村文化，就有了观照乡村的双重姿态，既有恋土，也有对农民思想认识的反思。如贾平凹的《鸡窝洼的人家》《腊月·正月》，路遥的《人生》都写到了刷牙。传统农民不习惯刷牙，禾禾刷牙，回回就奚落：“那嘴是吃五谷的，莫非有了屎不成？！”白银刷牙时，婆婆骂她：“嘴是吃了屎吗？那么个打扫不清？”巧珍刷牙，父亲同样要骂：“满嘴的白沫子”，“败家子”“羞先人”。贾平凹《小月前本》中的门门不愿意从事第一产业，他搞运输业挣了钱，穿着体面，率先买了收音机，戴上了手表，因为生活方式与思想观念的城市化在村里人眼中是不好好种庄稼的二流子；《腊月·正月》中的王才以前家里穷，过得不如人，办了加工厂后，王才的地位超过了村里的权威人士韩玄子，成为改革年代乡村的领军人物。王才的发达让韩玄子难以接受，他处处压制王才：村里筹办社火，王才提出由自己承担一部分费用，韩玄子赌气不受；王才出钱包电影，希望融洽乡邻关系，韩玄子和王才唱对台戏；正月里镇里的狮子队到每家每户热闹，韩玄子嘱咐狮子队唯独不到王才家去。到县委马书记来村里拜年，儿媳白银也去王才的加工厂挣钱后，他终于崩溃了。《古堡》中的老大在村里所有的矿洞都垮了时，想到的是把自己家的矿洞扩大，固定支架，让全村人都来采矿，但村民并不买账，反而认为他是别有用心。老大为了带领村民致富，筹钱买车被骗，拖拉机翻车，压死了搭车的“媳妇姐”，被判了三年徒刑。最后县里支援了一辆汽车，欢呼的人们早已忘了在劳改场改造的老大。陈忠实《四妹子》中四妹子的养鸡场雇了两个嫂嫂来帮忙，养鸡场便成了三家合办。整天奔波劳累的她被两家人奚落，四妹子忍不住大打出手，养鸡场散伙，四妹子分到的利益不过五分之一。

在乡土社会，农民凭借祖辈提供的生产生活经验完全能够生存下去，他们不需要面对新生事物，后者的出现可能打破既定的生存节奏，甚至带来不可把握感，容易造成“改革”中的落后与保守思想。“农民文化心理的二极结构，造成了其对外来文化的怪诞承受力，容纳力强，排斥力也强，易于走极端，盲目排拒与盲目接受，缺乏理性的文化融会能力。”①对非农经济的质疑态度与中国传统“重农抑商”观念以及自宋以来“重文轻武”政策的影响不无关联，农民一时很难理解经济发展对乡村社会的重要性，对新鲜事物的否定折射出乡土社会积淀下来的农民守旧、虚荣的文化心理。

乡村的现代化改造是借用先进的科学技术改变传统落后的生存方式，目的是使农民物质致富，继而在精神上富足。但农村的现代化改造还隐含着一个问题，即在物质富裕的同时农村传统文化思想逐渐流逝，于是在渴望中就有了不忍放弃。“渴望”是走现代化道路，“怀恋”是寻求乡土精神，在这种矛盾心态中建构的乡村是写作者的精神栖息地，又是现代化进程中需要改造的对象。

三、新世纪：颓废的“后花园”

21世纪以来，城乡一体化的趋势日益加强，更多的农村人口进入城

① 张鸣：《乡土心路八十年——中国近代化过程中农民意识的变迁》，陕西人民出版社，2013年，第35页。

市。据有关部门测算，2005年中国农民工数量约为1.5亿。外出打工的基本上是青壮年、知识农民，这就造成了相当一部分农村出现农业劳动力不足的现象，农业生产受到严重影响。与此同时，乡村传统文化的处境同样不容乐观，现代文化冲击农村，“金钱至上”观念正悄然改变农民的道德观念，乡村成了颓废的“后花园”。

颓废之一表现为土地的大量流失。一是放弃土地。在乡村，对土地的放弃经历了由被动到主动的过程。贾平凹的《秦腔》中写到，清风街的农田最初流失是在前书记夏天义任职期间政府动工修312国道的时候，这个在革命年代积极的老书记竟让一批老汉老婆们用身体拦住掘土机，最终激怒县长。夏天义的抵制基层政府行为，缘于他始终站在热恋土地的传统农民立场。当政府制度与农民利益相一致时，他以无限激情投入社会主义建设事业；当政府制度与农民利益看似不相吻合时，他便表现出抵制态度。新任书记夏君亭一上任就表现出放弃土地的决心，大力发展农村市场经济，建农特产贸易市场、修万宝酒楼、以耕地换鱼塘，这些代表现代文化的建筑或产业方式进驻乡村，是以占用农田为代价的。二是由于大量工厂建设在农村，造成了土地的严重污染。安黎的《时间的面孔》中，田立本认为农民的致富路是开办企业，于是成立了橡胶厂，但该厂污染严重，致使耕地减少，引起了麻子村村民的强烈不满。土地被弃意味着农民的生存方式发生变化。方英文《后花园》中的乡村通过大学教师宋隐乔的视角呈现出来，耕种土地不再是农民主要的生活方式，外出务工的酬劳远远超过务农的收入，耕作也已经无法满足农民的物质需要，乡村的男性率先离开故乡进城务工，留下女性独守空房，终日等待丈夫回来。当女性也不再驻守乡村，乡村便只剩下空房与荒废的田地。这是乡村社会的真实状况。

颓废之二为传统乡土文化精神的缺失，金钱至上观念盛行，这是不少作家关注的。乡村社会是礼俗社会，费孝通先生说这个“礼”是社会公认的合适的行为规范，是传统，是在亲属之间讲求孝与悌，在朋友之间讲求忠与信，克己是社会生活中最重要的德性，但在作家笔下的乡村世界中，孝与悌、忠与信被抛弃，传统道德面临崩溃。

贾平凹的《秦腔》通过两种对比呈现传统乡土社会的道德堕落：一是欲望与爱情的对比，如黑娥与金玉通奸，引生对白雪的痴情；二是民间戏曲与通俗歌曲命运的对比，如白雪对秦腔的痴迷与陈星对流行歌曲的热爱。乡村最底层人物引生是克己的代表，他因为无法压抑自己对白雪的爱，并且这种爱带有强烈的情欲成分，为自己感到羞辱，在圣洁的爱情与“丑陋”的生理本能冲突下，他割了自己的生殖器。但引生的单相思显然是无望的，白雪漂亮、有文化，引生无父无母，穷困潦倒，因此他的爱一开始就带上了悲剧色彩。与此相反，《秦腔》中黑娥欺负自己的老实丈夫，与金玉发生关系，闹得沸沸扬扬，竟一点也不害臊。在与金玉通奸被抓获罚了一百元之后，她光明正大地住进了金玉的新房。此外，小说通过引生与夏风的对比强化乡村的颓废：一个爱白雪却等不到，一个得到了却不爱；一个珍视土地与无望的爱情，一个有名有利却面对传统乡土社会的流失无动于衷；前者被这个社会视为疯子，后者被视为智者。这或许是一个隐喻，在物欲横流的今天，还有人如此钟情于爱情，如果纵欲被接受的话，那引生无疑就是一个“疯子”。正如南帆所说的，“在这个实利主义的环境里，引生被恰如其分地称为疯子”①。在疯与不疯的矛盾对比中，呈现出一种仁义与非仁义的较量，坚守仁义的被漠视，不仁义者大行其道。

传统戏曲与流行歌曲的矛盾是现代与传统的矛盾，《秦腔》中着重探讨了这一问题。剧团解散，秦腔演员们下乡演出遭遇冷落，不仅如此，秦腔演员也受到村民的欺负，竟至闹出“血案”。白雪因为舍不得秦腔被夏风抛弃，失业后，过上了“卖唱”生涯。与此同时，流行歌曲在兴盛。因为会弹吉他唱流行歌，外乡人陈星成为清风街年轻人的“偶像”。流行歌曲公开挑战秦腔并获胜是在夏天智的葬礼上，听秦腔的人寥寥无几，陈星的弹唱声却吸引了许多人。热爱秦腔的夏天智去世，白雪被抛弃；会唱流

① 南帆：《找不到历史——〈秦腔〉阅读札记》，见《〈秦腔〉大评》，作家出版社，2006年，第184页。

行歌曲的陈星得到女人的爱，还有年轻人的追捧。这一点，再次说明坚守传统的结果是被遗弃。

方英文的《后花园》通过对留守女性描写体现乡村伦理道德缺失。宋隐乔在乡下遇见了两个女人，一个是独守空房的珍子，另一个是带着孩子的年轻寡妇胡葵花，丈夫的缺席意味着夫权的缺席，两个女人对城里男人的热情接待方式竟然都是献出自己的身体。女人是男人的后花园，乡村是城市的后花园，如今这个后花园正在经受质变。

安黎的《时间的面孔》通过"金钱至上"观念批判乡村。美籍华裔田立本带着获赔的巨资返乡投资，招商引资创建美腾公司，保证村民生存；创办学校，帮助农民摆脱愚昧。为了提升村民的生活质量，他建设一个"世外桃源"——撒可鲁让村民居住。但住进别墅的村民终日沉溺于麻将桌前，吃喝嫖赌，不劳而获，坐吃山空；对学习也极为冷漠，因为田立本承诺每人发一条毛巾才蜂拥至教室。缺钱后他们没有反思自己，而是愤然于耕地的失去，并开始攻击美腾公司，将贫困归罪于后者。撒可鲁被拆除后，流离失所的村民又将所有的怨恨发泄到田立本身上。怀着一腔热血改造乡村的康圆圆得了胰腺癌去世；投资失败且失去故乡的田立本绝望而自杀。以金钱来计算一切劳动，这无疑助长了农民"金钱至上"的观念，工具理性被奉行，任何付出都会被要求计算报酬。"教育"的目的是提高农民素质，或者遭遇权力而扭曲变形，或者与金钱观念相违背，最终被淘汰。村民得到了财富，却丧失了辛勤劳动的传统美德。

除了批判乡村的颓废，有作者也在思考乡村的发展路径。安黎《时间的面孔》就对此进行了尝试。在田立本的观念里，金钱与教育是救村民走出贫困的良药：一方面，他直接给村民修洋房、发放现金；另一方面，办学校办教堂，欲使村民在精神上获得自立。单纯物质条件的改善并不困难，只要有资金投入便有立竿见影之功，关键是精神境界的提升。但精神境界的提升又谈何容易，农民们并未意识到自己的思想需要被引导，麻子村组织每一次文化知识讲座，农民们都是因为有物质奖励才踊跃参加。或者说，物质的获取太过容易，他们失去了自己获取物质的欲望与能力，也无法领会自己致富的意义。凭借施舍，他们在物质上并未真正独立，也不可能有精神独立。

立本对麻子村的拯救是失败的，作为拯救者的立本也是淳朴乡村世界的毁灭者，他的死亡意味着以西方现代文明拯救乡村的失败。安黎曾说："我写文章，则是希望通过自己的笔，唤醒该唤醒的，净化该净化的，提升该提升的，让人间像个保温房，弥漫善良、挚爱与关怀。"[①]在嘈杂浮躁的社会现实中，宗教便是"净化""提升"之地，但作者显然否定了宗教的拯救作用，"基督太虚无缥缈了，他在我的眼里还只是一个理念"。这说明，基督教文化无法成为解救中国乡村的药方。

新中国成立六十年来，乡村在现代化进程中被不断改造，小说中的当代乡村形象也经历了变迁，即从社会主义建设的广阔天地，到精神栖息地与现代化改造之所，再到今天成为颓废的"后花园"，写作者经历了精神故乡的重返与告别。关于此，陕西乡村书写并非特例，文学中的乡村形象变迁折射出中国乡村的"流失"，包括乡村社会形态以及传统乡村社会赖以存活的乡土精神。对此，写作者既深刻反思，同时也尝试给出解决方案，可见他们逼近现实的努力。只是这些作家笔下的乡村是带有故土记忆的文学乡村，故土在消失，关于故土的记忆也在淡化，这就意味着个人所建构的文学世界难以为继，或者走向历史或者寻求新的文学家园。

原载《小说评论》2011年第4期

（收入本书时有修订）

① 转引自何同彬：《批判现实主义者的当代命运——读安黎的〈时间的面孔〉》，见《浮游的守夜人》，云南人民出版社，2013年，第136页。

在边缘处彰显自我

——论冯积岐的小说创作

读冯积岐的小说，时常会产生无法排遣的忧愁。他笔下有一批“被侮辱与被损害的”底层人，他们浸染在苦水里，苦难生活压得他们喘不过气来。冯积岐写得非常冷静严肃，他把生活中的丑恶一刀一刀划开来，让人不忍卒看却又不得不看。这与他自身的苦难记忆有一定的关系，他的苦难生活集中在“文革”时期的关中西府，作品也以西府乡村为“背靠点”。“文革”之痛是他创作的根源，这种“疼痛感”纠缠着他的灵魂，使他始终保持清醒的头脑，把自己看作一个被“批判”且与时下格格不入的底层人，从《敲门》到《村子》再到《逃离》，无论是高中生丁小春、“地主娃”祝永达还是作家牛天星，这些人物无一例外都偏离主流，用他们独特的对抗方式面对权力，表现出柔弱背后坚强的“力量”。

一、底层立场与权力批判

冯积岐是一位自我意识较为强烈的作家，不是因为他说过“写作是自己的事情”，而是因为他大部分作品都绕不开个人经历。他的人生经历了三个阶段：“地主娃”、农民、作家，他的作品也主要采用了两种视角，一是“地主娃”视角；二是文化人视角。两种身份迥然不同，观照对象总离不开底层农民，在对权力与主流的批判上更是一致的。

“地主娃”视角用于“文革”叙事。这是一群曾被漠视的局外人，因为政治批判并不针对他们，但用“血统论”的观点看，他们与其父辈祖辈一样都是“黑五类”，是社会压制的对象，被剥夺了为人的尊严，活着的全部意义似乎就是活着，可有时活命却极其困难。作为“人民公敌”，死伤自然是不被在意的。冯积岐在《遭遇拒绝》中写到，1976年毛主席去世，他想参加吊唁被拒绝，因为人生而不平等，不管你曾如何改造自己，“头顶上的‘黑五类’帽子就像刻在面部的红字一样，浸到血液中去了”[①]。如果这些“人民公敌”真曾杀人害命，受到惩罚也罪有应得，可这不过是“血统论”作怪，而历史又总是习惯开玩笑，只是一份文件，就可以彻底改变一个人的命运。对于能够重新获得“新生”的人来说，还是幸事，因为有不少人就因为一句话或一纸文件而失去了生命！这一点，有过“地主娃”经历的冯积岐，感触应该是深的。

对“地主娃”生活经历的感叹使他用更深刻的目光观察生活，感悟命运，反观历史并揭示政治底层生存的卑微以及命运、人生的无常。在记忆中打捞历史，祖父的身影逐渐浮现。在以往的文学作品中，“阶级敌人”多为与人民为敌的恶霸。冯积岐笔下的“地主”却有他祖父的影子，从《我的祖父是地主》中就可以看出，他的祖父是一个极度劳苦、节俭得近乎吝啬的农民，他用他“布满老茧的大手清清白白地书写了自己的人生史”[②]。这种刻骨的记忆不能被书本的套话所取代，冯积岐也不相信，祖父不能代表一批被错划为“地主”的农民，他要表达这种“不相信”，因此，祖父就成了他笔下地主的模板：克己、仁慈、勤劳、节俭。《我们村的最后一个地主》中的祖父就是靠不停歇的劳作与苦涩的汗水换来一份家业。与这个自律的“老财”相反的是，有老婆的长工广顺利用当地“撵香头”的习俗去睡别的女人。这一对主仆之间，主人勤俭自律，长工放纵享

① 冯积岐：《遭遇拒绝》，载《中华散文》2004年第10期。

② 冯积岐：《我的祖父是地主》，载《中华散文》2003年第11期。

乐，丧失庄稼人的老实本分。因为长工违背了“存天理，灭人欲”的传统道德规范，主人自觉承担了道德监护人的责任，失手打破了长工的额头。类似的行为在《白鹿原》中的白嘉轩身上也发生过，白嘉轩成了“仁义”村的族长，祖父在阶级斗争年代就被广顺划为地主。广顺不是报仇，而是恩将仇报，这比鲁迅先生眼中的奴才更可怕，奴才做了主人，不过是摆架子比他的主人还十足、还可笑而已。广顺不是奴才，他的东家并未压迫他，他成了“主人”，不仅摆上了架子，还要“革”东家的命。广顺之所以能生“革命”之心、举“革命”之行，缘于他的权力。

在社会学家看来，权力不过是一种能力。但当权力与活命、尊严等联系起来，就产生了威力。对抗权力，保存自我，可能失去尊严甚至生命；迎合权力，保存生命与尊严，却一定丧失自我。遗憾的是，对于某些阶层，你并无选择。《大树底下》中的罗世俊“社清”前是村会计、“社教”领导小组成员，罗家被划为地主他就成了“敌人”，一夜之间脸色灰白、身体消瘦、憔悴、麻木。权力不仅让人精神萎靡，而且会让人因精神负担而器官残疾。小说中“哥哥”的视力好坏取决于阶级斗争领导者卫明哲的判断：“你是瞎子”，白天哥哥就看不见；“你不是瞎子”，“哥哥”马上恢复了视力。小说的结尾写到，“四类分子”在扫雪，大松树被积雪压垮了，折下来的声音洪亮，他们竟全然不觉。在权力的极度压制下，遭受身心摧残的人们麻木到只剩下躯壳，彻底异化了。

拥有权力自然就拥有生存的保障，为了活命或尊严，一些漂亮女人对权力拥有者自甘付出自己的身体，如《大树底下》中的许芳莲、《村子》中的薛翠芳、《沉默的季节》中的宁巧仙，并非这些女性不自重，只不过在特定年代，男人拥有权力则高大，女人依附有权力的男人则荣耀。与此相反的是，处于底层的“地主娃”连最基本的爱的权力都被剥夺，爱情、婚姻对他们来说遥不可及。身为“地主娃”的祝永达只能娶与他身份相同且患有心脏病的黄菊芬；周雨言则因为妹妹的换亲才得以娶妻小凤，爱自然是没有的，周雨言不过是传宗接代的工具。政治身份被剥夺，社会身份极其卑微，死与疯都是常态，何谈爱情？阶级斗争结束后，曾经被批斗的地主得以平反，恢复了政治身份。“平反”意味着早年阶级划分的错误，但除了一些钱，他们得不到任何补偿，即使是钱又能否补偿青春、健康、生命？

与“地主娃”视角一样，“文化人”视角同样观照底层农民的无奈。这里的“文化人”不是能“向公众”以及“为公众”来代表、具现、表明讯息、观点、态度、哲学或意见[①]的知识分子。并非文化人不能成为知识分子，前提是他们有表达自己观点、态度、意见的语境。冯积岐笔下的“文化人”是记者、文人、大学文科教授。从社会身份来说，他们并不卑微，也非社会底层，但无钱无权无势，与权力之间少有平等对话的机会，面对遭受苦难的亲人时，也没有直面权力的勇气，普遍表现为暗自忧伤，精神上备受折磨。《遍地温柔》中历史系教授潘尚峰的农民二弟尚地被卡车撞死，侄女潘爱丽脑部受重伤，肇事者是村干部的亲戚，已逃匿。弟弟尚天申诉无门，情急之下，带着一帮农民去派出所讨个说法，派出所的民警竟开枪将他打死。面对两个弟弟的死与侄女的受伤，潘尚峰无能为力。《我的农民父亲和母亲》中，主人公冯积岐身为作家，虽然他的报告文学在省城得了奖，但父亲被村里人欺负、侄女被误诊致死、兄弟遭村领导报复、姐妹婚姻不幸，他除了心酸，依然毫无办法。《这块土地》中的农民李宝成四亩八分地被村里收回了，省城作家冯秀坤找村干部通融，对方根本不买账。李宝成把村支书牛荣告到乡里、县里，各级官员均相互推诿，官司一拖再拖，最后，李宝成不慎砍了自己的腿，进县医院截肢，牛荣则荣升为凤山县乡镇企业局的副局长。不同的情节，一个故事：卑微者遭难，玩弄权术者得意，这种“善者恶报”的逻辑在冯积岐的小说世界里被一再书写，并非发言的冯积岐不明事理，只是现实世界太过残酷，让冯积岐无法回避，唯有直面以呈现“真实”。

---

① 萨义德：《知识分子论》，单德兴译，生活·读书·新知三联书店，2002年，第16—17页。

阶级斗争年代权力拥有者用权力压制社会底层；改革初期权力拥有者仍然用权力压制社会底层，时代在变，权力对底层的压制却没有变。《我的农民和母亲》中的农民父母到县城粮站卖玉米，收购员不收，还破口大骂；《村子》中的祝义和到收购站卖猪，收购员见他拿了一包便宜的大雁塔烟，不屑地丢了出去，还拒绝收他的猪；《这块土地》中的李宝成因为与村干部有宿怨，他承包的四亩八分地被村里收了回去，李宝成欲告无门。粮食、牲口是他们生存的物质保障，这些东西的获取或出卖却要受到“人民公仆”的左右，因为后者拥有权力且滥用权力。“为人民服务”本应是工作人员的宗旨，他们却尽可能地操纵权力，榨取农民的血汗，甚至掠夺农民最基本的生存要素。当收购员听说祝义和的儿子是村支书，立刻把祝义和的猪验为一等。猪本身没有任何变化，收购员态度的变化是权力隐形运作的结果。

冯积岐通过两种视角的讲述，呈现“文革”时期到改革时期乡村底层的生存状态，以一种极其冷峻的笔调揭示权力对底层的压制，同时又以怜悯的姿态描述底层对权力的迎合，不被认同之后最终保持距离，强化底层的苦难、无奈乃至绝望，实现对政治权力的批判。

二、身份焦虑与逃离情结

从冯积岐的散文作品中可以强烈地感知到他的忧郁情绪，这一情绪渗透到他笔下的人物身上。这些人物与这个时代没有先天的对抗关系，却始终处于一种游离状态，缘于他们无法确立自我身份，具体而言是处于渴望融入集体而不能的边缘状态。他们有属于个人的执着追求，以此证明自己。无奈现实太过残酷，尽管伤痕累累的心也曾被爱情填满，比如秋月对周雨言的爱、马秀萍对祝永达的爱都让后者获得了自我，但自由的爱情显然不是他们最大的追求，激情过后，空虚与落寞如潮汐一般席卷而来，精神世界又陷入困境。他们开始选择逃离，地域上与精神上的逃离，其目的都是渴望摆脱现有的生存状态，从家乡到异地，从都市到乡村，他们并无出路。

冯积岐多次在文章中谈到早年的身份焦虑，这种焦虑也一再出现在他的人物身上。《革命年代里的排练和演出》中，村里组织文艺宣传队，许多“黑五类”和“地主娃”因为能进宣传队极为兴奋，他们无法摆脱现有的身份，唯一渴望的是不被看作另类，毕竟人的价值只有在集体、社会中才能实现，任何个体一旦离开了集体，就像被搁置在孤独的沙滩上，失去了“活着的某种意义”。汉民的父亲被斗死，白天他忙于安葬父亲之事，晚上照样排练革命样板戏；贺直家里断了顿，儿子发高烧在床上昏迷，他要了两天饭，回去也没有用，依然在唱戏。生存都无法保障，一批绝望的人还在拉着激扬的调子，这其中透视出政治卑微者摆脱现有身份的渴望。

相对而言，《沉默的季节》中的“狗崽子”周雨言的焦虑更为强烈，政治身份的卑微带来的自卑感使他在贫农宁巧仙爱的攻击面前极其被动，他既要忍受女性肉体的诱惑带来的煎熬，还要面对可能被人窥破而后无限延长劳改期的恐惧。意识被“阉割”，他们的需求其实也就停留在肉体上，于是在一次次心灵挣扎后，周雨言终于做了宁巧仙的“猎物”。周雨言感觉自己胜利了，但当宁巧仙在他刚躺过的炕上接待生产队长六指时，他只有沉默。周雨言并不贪恋女色，他的目的不过是通过玩弄另一个阶级的女人，对这个阶级施行“报复”，以此证实自己，肯定自己，重塑自己的阶级。在周雨言眼中，一对男女的性爱行为也标上了政治符号。但对于宁巧仙来说，周雨言只是她感兴趣的男人。周雨言与宁巧仙对彼此的不同态度，缘于他们各自的身份不同，渴望也不同。在周雨言，身份焦虑是他最大的心理障碍，身份问题无法解决，性爱就成了一种寄托。

“地主娃”时期的周雨言最大的焦虑源于卑微的政治身份，“平反”后，他仍然在定位自己的身份，当上乡政府的脱产干部，周雨言感觉自己获得了认同，不久就发现自己的生存甚至思考被乡政府领导操纵，这时候唯一能够让他有成就感的是秋月的爱。秋月的离开让周雨言感觉到彻底的失败，这对他的自我认同是一种打击，周雨言重又陷入困境。“我是谁”这个问题纠缠着周雨言，哥哥周雨人靠“欺骗”而发迹，成了农民企业家，一个疯子竟然能够成功，这是他无法认同的；母亲住院、宁巧仙涉嫌投毒，周雨言为之奔波，得到的是他人的否定，他也感到自己的无力与无能。新时代的周雨言同样面临卑微的社会身份带来的焦虑，因为害怕被人看见，他选择夜里出走，却并不知道“要去哪里”“想去哪里”。

周雨言出走表明了无法确定自我身份的边缘人渴望融入社会而不能，最终产生“逃离”社会的念头，是人物无法正视残酷现实而选择的苍白的对抗方式。实际上，这种苍白的对抗是冯积岐笔下文人面对社会的通用方式。《遍地温柔》中的潘尚峰身为一个大学文科教授，面对潘家祖上血腥的历史，他保持了一个知识分子应有的良知，有拭擦历史尘垢的胆识；但面对乡村基层政权时，他却表现出不该有的怯懦与容忍。并非彼此的矛盾不够尖锐，也并非这个时代失去了阳刚与血性，潘尚峰的三弟潘尚天在二弟潘尚地冤死后还能带着一批农民闯入派出所。同一个人，面对不同的权力对象，竟然有“对抗”与容忍两种姿态，其中不难发现潘尚峰本人的身份焦虑。他认可自己的知识分子身份，还想坚守人文知识分子应有的批判品格，但同时，潘尚峰因为曾经坐过牢，妻子与他分手。他对自身价值的判断也存在不确定性，面对缺乏批判的语境，他表现出与周雨言一样的“怕”，无奈选择另一种背叛——逃离。

与周雨言有所不同的是，潘尚峰还有深山作为他的逃离之所，但事实上，深山并不纯洁。《逃离》中的牛天星带着南兰逃离喧嚣污浊的都市，躲进偏远、寂静的桃花山，寂寞的桃花山同样上演着一幕幕都市所有的欲望戏，牛天星也没有因此平静下来，他的内心在爱欲与道德间挣扎，身份在情人与教师间徘徊，爱欲最终战胜了道德，南兰怀上了他的孩子且难产。几个束手无策的桃花山人冒着生命危险一夜跋山涉水把南兰送进了医院，南兰却在产生中大出血而死。“小隐隐于野，大隐隐于市”，地域上的逃离并不能解决心理问题，牛天星逃离城市，结果失去了精神上最后的依靠。

从周雨言的“出走”到潘尚峰的“逃往深山”再到牛天星的逃离悲剧，冯积岐笔下的人物经历了逃离的三部曲，最终却是无处逃离，唯有选择精神逃离。“逃离”过程中包含两种心态：一是“怕”；二是“逃”。“怕”是因为缺乏正视现实的勇气，揭示出知识分子的世俗化与批判意识的弱化，其中有冯积岐对知识分子的审视。他们曾在权力面前承担过责任，有过对抗，却一次次为专制社会所压制，其中的疼痛记忆刻骨铭心。《敲门》中的丁小春考上了大学，因为没有学费只得作罢；弟弟丁小青为了给哥哥挣学费出门打工丢了性命；妈妈和妹妹被人强奸，丁小春一次次将强奸犯告到法庭，结果并不如意。丁小春为此放弃了学业，告状成为他的事业。丁小春之所以如此执着地相信法律能主持公道，因为他是一个“理想主义者”，“理想主义者就是受苦主义者”。小说结尾，丁小春的老师史曼来看望他，丁小春说要娶史曼为妻，两人紧紧地抱在一起。我想写到这里，故事是很难继续下去的，作者显然非常同情丁小春，也不忍让这个理想主义者因理想破灭而遭受精神折磨，于是安排了一个“好”的结局，但这并不是一个“好”的故事。设想丁小春经过多次失败之后，他还能有当年反抗权力的勇气与信心吗?

“怕”之后，人物选择逃离而非迎合，逃离是在努力坚持自我。无法认可既定的规范而寻求超越，并甘愿为之付出代价。周雨言、潘尚峰、冯秀坤、牛天星，他们其实是一类人：文弱、敏感，无法苟且于世俗，亦无力改变现实，抑郁不得志。他们都是新时期的“多余人”，焦虑于自己的身份，对自己缺乏足够的信心，同时并不愿放弃自我，逃离就是必然的。人们的逃离情结也折射出作者本人的逃离情结，逃离是一种结束与另一种开始，是永不停止的生存状态。

三、荒诞、暴力及其隐喻

冯积岐的创作从先锋文学起步，或许因为此，他在创作时考虑更多的是“怎么写”的问题。他的小说多从叙事视角、叙事结构等方面做文章，但目的并不是写作技巧的花样翻新，而是更深刻地传达出写的内容，即“写什么”。与许多先锋作家一样，他的作品中也有“荒诞叙述”，确切来说是叙述荒诞的故事，在荒诞中揭示暴力的在场，以此直刺生冷的现实。

《故乡来了一个陌生人》通过陌生人的出场，写村里三个人残疾的“荒诞”过程。第一个是聋瞎子张三，原先聋而不瞎，因目睹了松陵村两个村官野合，官人说他是瞎子，张三果真瞎了，只看得见那两位官人；第二个是傻子李四，自小聪明过人，八岁那年，县公安局来松陵村抓狗狗，李四说狗狗是好人，公安在李四头上狠拍了一下，李四就逐渐痴呆了；第三个是疯子王五，年轻时曾上山为寇，后被游击队收编，当了游击队中队长，一次政委设陷阱让他枪杀了对自己有救命之恩的拜把兄弟、一个手下以及自己的婆娘，他也被定为土匪，王五愤然离开游击队，两年后被抓获押赴刑场，当了陪杀，王五当即疯了。这是发生在“文革”时期的荒诞故事，三个底层农民均因恐惧隐形权力而致残，官人、公安、政委的威慑力源于他们的权力。

权力造成的精神伤害导致肌体伤残的故事在《大树底下》重演。哥哥喜欢上了许芳莲，当他目睹许芳莲与社教工作组组长卫明哲在野地上野合，卫明哲说从现在开始他是一个瞎子，果然他的眼睛就瞎了，白天看不见，晚上出奇地亮。审判大会上，卫明哲说哥哥不是瞎子，哥哥的视力就恢复了。卫明哲代表权力，虽未直接伤害哥哥的身体，但他的权力在对哥哥的压制下变为精神暴力，带来的伤害比肉体暴力更大，足以左右个人肌体健康程度。

《断指》的写法更为含蓄，“他”的祖宗三代都是贫农，村里召开批判大会，“他”竟主动上台站在“牛鬼蛇神”旁边接受批斗，大队干部要他写检讨，他切断了自己的中指，大队干部的中指也纷纷断了，不久村里成年人的手指也都断了一根。批斗的对象自己或“祖宗八代”政治上存在“污点”，但这些批斗者自己是否绝对干净？《圣经》中，耶稣曾对那些要用石头打死妓女的人说“你们中间谁是没有罪的，就可以先拿石头打她”，结果人们一个一个地都离开了。自身并不干净的人去批判其他“有罪”的人也是一种罪过，“断指”何尝不是一种“惩罚”？

《曾经失明过的唢呐王三》中招了祸的王三失明，只能看见黄铜唢呐，但他并不悲伤，在他看来，即便能看见世界，因为看不清本来面目，其实也如同瞎子。他用感觉在“看”妻儿，恢复视力后，王三对眼前的一切竟无法接受，于是戳瞎了自己的眼睛，自寻短见。因心理障碍，王三只能看清唢呐，唢呐是他的唯一寄托，他用感觉建构了一个理想世界，却再一次被现实世界刺伤。如果说王三的理想世界是合理的，那么现实世界就是荒诞的。再回到《故乡来了一位陌生人》《断指》，可见，荒诞的故事隐喻时代的荒诞本质。这个世界被权力主宰，底层无法对抗权力，面对掌权者实施的精神暴力，荒诞的“致残”行为其实也是一种自我保护措施，是人物面对巨大的外力因无法抵抗而产生心理障碍，也是底层一种无奈的自救方式。

冯积岐笔下的人物在面对某种压力或冲突时，并非总是选择消极抵抗，也有暴力式的反抗，以毁灭他人同时毁灭自己的方式解决矛盾，这类故事多发生在改革时期。暴力叙述在新时期文学作品中不是一个新话题，冯积岐笔下的暴力并不一定是在矛盾双方之间展开的，也就是说，施暴者是权力的拥有者，受暴者并非压力的制造者，因此制造“暴力”也就制造了罪恶。同时，暴力施受双方都是某种社会制度下的产物，他们均逃不出时代的迷局，只不过施暴者充当了执行者的角色，以暴力欲置他人于死地，同时，作者在叙述上又极力铺陈暴力发生的“前因”，即施暴者受到极度压抑，如何挣扎在生存底线上，由此淡化施暴者的罪恶，制造了一个道德上无法简单判断是非的难题。

《刀子》写的是性欲与暴力，屠夫马长义在妻子过世后非常孤独，性欲极度压抑，儿子开餐馆、舞厅，性生活极度混乱，这对马长义的性欲是一种挑战，不停玩弄刀子的马长义把一个颇有几分姿色的叫花子杀死，后自杀了。马长义杀死叫花子是一种“性的宣泄”。《舅舅外甥》写的是“报复与暴力”，年轻的舅舅包了五十亩地，年长的外甥给他帮工，舅舅克扣他的报酬，愤怒的外甥便去偷，被舅舅抓住了。第二天外甥带了两个人夜袭了舅舅烤辣椒的烤炉房，杀死了一个工人，外甥也被抓获了。《牵马的女人》写了两种暴力，一是丈夫对紫草随欲望不能满足而来的暴力，乡村被城市文化冲击后，部分农民开始产生享乐观念，紫草的丈夫也不再劳作，而是以赌博为生，输了钱就殴打紫草。二是紫草对丈夫因复仇而产生的暴力。紫草牵马时无意间把游客的腿摔伤了，以为自己闯了大祸，逃回家里，深深谴责自己的过失，对生活绝望了。当丈夫又一次因赌博输钱要打她时，压抑太久的紫草用刀砍向丈夫，“一直砍到丈夫没脸没头了”，后带着瞎儿子骑马到了山崖边，马不肯走，紫草“挥起砍刀，朝马屁股上狠狠地砍下去”，马驮着母子俩跳下悬崖。

改革以来，城市的物质文明侵入乡村，农民不断遭遇外来的诱惑，他们的内心经历一次次震荡，找不到发泄口，又无法漠视诱惑的存在，在冲突面前选择了暴力。可见，他们的内心还很懦弱，面对外力的冲击，他们无法超然物外，又无法改变自我，而是选择毁灭性的对抗。很难与暴力行为联系起来的苦命女人紫草，因摔伤城里的漂亮女孩而认为自己罪孽深重，感受到无法承受的苦难，她杀丈夫的第一刀可以说是正当防卫，后面则是故意杀人，是弱者的施暴，其中也有对自己人生苦难的发泄。从杀人到跳崖，整个过程她都非常冷静，无法面对生活，却能无畏地走向死亡。这些施暴者平时多是保守而自律的，他们与这个纵欲、金钱至上的时代多少存在着隔膜，他们是时代的弱者，弱者的疯狂是疯狂时代的产物，在这一点上，暴力叙述与荒诞叙述异曲同工。从昨天的“荒诞”到今天的“暴力”，上演着一出出丑恶剧的农村陷入困境。

冯积岐曾说他的创作是“把我们身上的疤痕亮出来让大家看个明白以

便于治疗”，“为我们的某些缺陷而自责、痛苦乃至羞耻”。[1]他的小说倾向于表现生活中丑陋的一面，呈现人性的弱点。在阅读这些小说时，我们能看到马长义他们怎样一步步实施暴力，遗憾的是，我们无法感知到人物内心的复杂，这些角色在转变时，情感是如何推进的，感性与理性是否有冲突，道德感又是为何缺失或何时退场的。或许这源于作者对短篇小说创作的认识：“只能写一头。要么，只写结果；要么，只写原因，不能两头都写。”[2]这“一头”或许省去了一些让人深思的内容。

冯积岐于自身的记忆中不断挖掘创作资源，他的小说选择“地主娃”与“文化人”的视角建构乡村底层的生存悲剧，审思专制与愚昧，批判权力；通过人物的身份焦虑及其逃离情结折射人类苦难的感情世界；在荒诞与暴力叙述中揭示时代的荒诞本质，展现人性的弱点。这样的乡村世界充满了悲剧与反思的双重氛围。冯积岐努力要为底层寻找出路，又偏偏从农村的现实困境暗示农民的“无出路”，于是悲剧意味力透纸背，这一点决定了冯积岐底层写作的力度。遗憾的是，由于早年伤痛记忆太过深刻，有着无法摆脱的“文革”情结，这一情结一度左右了他的创作。他在作品中急于倾诉个人的苦难，疏于追求作品的大品格与大气象，或许在回忆中沉潜下来，在品味苦难中反思人生，揭示出特定时代某个群体乃至中华民族的精神苦难，个人体验与时代体验同频共振，小说会达到新的思想高度。

原载《小说评论》2012年第4期

---

① 冯积岐：《小说三十篇》，东方出版社，1998年，自序第3页。

② 冯积岐：《关于小说艺术》，见《文学演讲录》，太白文艺出版社，2011年，第43页。

写作是一种生存方式

——冯积岐访谈录

吴妍妍：读您的小说，感觉您是一个有强烈批判意识的作家，您的短篇给我极深的印象，如《曾经失明过的唢呐王三》《故乡来了一位陌生人》，在这些作品中，您通过巧妙的写作技巧强化批判力度，触及权力与体制，这种批判力度在中国当下作家身上是不可多见的。您曾经在《读小说笔记》中写到，布尔加科夫冒着被杀头的危险，写他自己想写的作品，他是一个负有历史责任感的作家，他不愿意加入虚伪、虚假的大合唱里去，他只能用“曲笔”、用荒诞构架自己的理想。我觉得在这一点上您和他并无多大分别。在知识分子世俗化的今天，是什么让您坚守了知识分子的批判立场?

冯积岐：首先谈谈我对小说的理解。我个人将小说命名为“第四版本”。什么叫“第四版本”？比方说，西安市建国路昨天晚上发生了一起凶杀案，新闻记者于第一时间报道了这起凶杀案，他们强调的是什么时间、什么地点、什么事情、什么结果，这是第一版本。出现在政府官员案头的文件中的这起凶杀案明显带着官方观点，这是第二版本。而民间，也就是说“野史”所传递的有关这起凶杀案的细节，绘声绘色，添油加醋，带着民间意识，这是第三版本。作家将凶杀案作为素材所写出的小说，有作家对这件事私人化的判断，有作家对这事件独到的理解，融入了作家的体验，这是“第四版本”，这就是小说。我以为，一个好的作家要对文学本身负责，要对历史负责，要对个人负责。要敢于说出真相，要像索尔仁尼琴、略萨、库切他们一样，拿出牛犊顶橡树的勇气来从事文学创作。尤其是在一个被扭曲的时代，尤其是当浊流滚滚而来的时候，有良知的作家要明白自己手中的那支笔的分量有多重，要向前辈作家鲁迅、沈从文、巴金学习，不被洪流所卷走，坚守人民立场，坚守艺术立场，坚守批判立场，这是一个好的作家最起码要遵循的原则。教训是深刻的。“文革”前的十七年中，很多作家可以说是才华横溢，也写了不少作品。可是，他们的作品很难留下来，一条不可忽视的原因是，他们把自己变成了工具，他们唱出的最强音其实只是那个时代的肥皂泡，他们误导了读者，歪曲了历史，并没有净化人民的心灵。一个清醒的作家必须和时代保持距离，用批判的眼光去审视，这是最低的起点。

吴妍妍：你有多部作品的主人公都是文化人，记者、作家、大学教授，这些人文知识分子在面对乡村权力、面对受难的亲人时，却是无能为力的，他们像是新时期的一群“多余人”，文弱、敏感、无法苟且于世俗，逃离是他们面对世界的唯一方式。这种设置，是基于什么样的考虑?

冯积岐：这和我的经历分不开，这和我的情感分不开，这和我面对的这个世界分不开，这和我对艺术的理解分不开。在我十多岁的时候，“文化大革命”开始了，我的脸上被刻上了“红字”。最使我痛苦的是，我被剥夺了继续读书的权利，一个“狗崽子”的艰难人生我就不细说了。我开始了不是人的人生。我的生活状态如同卡夫卡的短篇小说《地洞》中的老鼠，即使在地洞中也是惴惴不安的。在以后的青年和中年时期的前半段，我左冲右突，总是冲不出心理上的囹圄。巴尔扎克自信地以为，他的手杖上写着：他粉碎了生活。而卡夫卡很悲哀地说，他的手杖上写着的是：生活粉碎了他。如果我有一根手杖，手杖上应该写着：我每天被生活粉碎着。我一直认为，我是一个惨败者，这和我渴望世俗意义上的成功分不开。但是，我没有成功。我虽然没有屈服于主流或世俗的定性，但主流或世俗确实没有承认我。大半生来，在强权面前，我从心理上在反抗，在蔑视，在嘲笑。可是，行动上只能逃离。当然，牛天星、潘尚峰他们的逃离有他们的时代背景，这也和他们的人生经历、情感历程和世界观分不开。逃离是消极的。但是，他们的逃离是一种反抗形式，最起码，他们不同流合污，不说假话，不做帮凶。一个不争的事实是，当下的许多知识分子是脆弱的，而最悲哀的、最可怕的是断了脊梁。中国文化的灾难，这个民族的灾难，与断了脊梁的知识分子是脱不了干系的。逃离不是最佳出路，但也算是一种有智慧的出路。

吴妍妍：您的散文集《人的证明》中有一篇《人的解放》，提到您1979年被纠正成分之后积极工作，不久加入共产党组织，为自己挽回了人的尊严，随后又投入创作，当时您还是一个农民，并且如您自己所说的“从1968年到1978年，十年间，和书本没有任何关系”，是什么动力激发您的创作热情与勇气，是在新中国成立后个人渴望证明自己吗？

冯积岐：在“文化大革命”中，祖母把她保存了十几年的一张粉红色的“选民证”拿出来叫我看。那是1953年第一次全国“普选”时的“选民证”。祖母这是为了证明她是人民不是地主分子。一个人把自己的“证明”建立在他人的肯定和承认之上是很痛苦的事情。从此以后，“证明”这两个汉字就楔入了我的脑海中了。“文化大革命”的结束，无疑是历史的一大进步，是对我和与我有着共同遭遇的一大批人的“解放”，同时，也给我提供了“证明”自己的机会。我从十多岁就喜欢上了文学，读小学三四年级，晚上点着煤油灯读小说，囫囵吞枣地读。那时候，父亲喜欢读书，家里有一些藏书。开初的写作是和自己强烈的爱好分不开的，并没有其他功利性。开初的写作也不是为了向世人“证明”自己能干什么、干不成什么。写作就像自己需要吃饭、睡觉一样。后来，写作成了我的生活，我的生活就是写作。一天不读书或写作就难受得不行，成为一种煎熬。正如我的一个同学所说，你生来就是写小说的，其他任何事都干不好。我之所以激情不减，总是觉得，自己没有达到自己理想的高峰，总觉得，前面有一个很响亮、耀眼的目标在吸引着我。我不可能像我的祖母一样，把自己在文学上的创造和价值建立在当代的某些人的认同或褒奖上。我顽固地相信，只有时间才是最好的证明。当然，这是要付出沉重的代价的。

吴妍妍：您的作品主要有两类：一是选择“地主娃”视角，揭示阶级斗争年代的历史真实；二是选择“文化人”视角，揭示改革开放以来底层农民真实的生存状态。这两种视角的选择与您的经历是有关系的，我想知道，在“地主娃”与“文化人”这两种截然不同的视角中，存在着怎样的逻辑关系。

冯积岐：这和我的经历分不开。我当过十几年的“地主娃”，做了二十年的农民。三十五岁之前生活在农村，三十五岁之后生活在省城西安。两种时代背景，两种生存环境，两种体验截然不同。对农村生活我十分熟悉，我以“地主娃”视角所写的小说，都饱含着我的体验，如菲利普·罗斯所说：“我的生活就是从我生活的真实情节里伪造自传，虚构历史，捏造一个亦真亦幻的存在。”长时期的写作使我意识到，我可以是农民出身的作家，但不能是作家中的农民。一个有追求的作家，他的笔触应当在两个领域内：一是已知世界，二是未知世界。我后来所写的那些文化人可以说是把笔伸到了未知世界，因为我没有做教授、当学者的直接体验。可是，随着阅历的增加，对这个时代，对人性，我的体验越来越明朗。因此，我只能把自己的体验构架在知识分子、文化人身上。这两种视角是一种对一种的铺垫，一种对一种的补充，其目的都是为了传达自己对这个世界的认识，对人生对人性的理解。

吴妍妍：您在小说中建构了一个“松陵村”世界，它是您创作的“背靠点”，体现了您创作的个性，但是很奇怪的是，您抓住这个“背靠点”，揭示的却是民族历史发展的一些共性问题，您更在意的是“真实性”问题，而不是彰显地域特色的“松陵村”文化，这也是有研究者提出的，您的小说对周文化的忽略，以至于这个松陵村的地域性并不明显，它可以在关中的任何一个地方。您自己怎么看？

冯积岐：我的小说中几乎所有故事都发生在一个叫作凤山县松陵村的地方。显然，这是我虚构的一个空间。这和威廉·福克纳笔下虚构的美国南方的一个叫约克纳帕塔法县的一个小镇是一模一样的。福克纳为了求得“真实”，还给那个县绘制了地图，标明某个镇某个村在什么方位。我以为，作家虚构的世界就是真实的艺术世界。福克纳长年生活在美国南方的一个小镇上，自己还开着拖拉机翻犁过土地，他自称是农民。可是，他不只是美国南方的作家，他是影响了、还在继续影响着全世界几代作家的大师。我以为，一个好的作家应该像福克纳一样关注人类共同关心的问题，你可以写一个小镇一个乡村，你可以写农民、工人、妓女、小偷，但是，您的视角要高远，要在人生、人性这个大课题上做文章。我笔下的人物在松陵村，可是，他们面临的是人类共同面临的焦虑、困惑、不安和迷茫。坦率地说，我鄙视那些把所谓的文化充塞在小说中的小说家。因为，那不是创造。把婚、丧、嫁、娶像填充物一样填充于小说之中，是小说家的无奈和悲哀。小说家的任务是给人物画廊中增添新的典型，是解剖时代和人性。在《红楼梦》中，曹雪芹开药方，写吃喝并不是点睛之笔。在妥斯托耶夫斯基、福克纳、海明威这些大师级的作家的作品中永远找不到这些文化充塞物。在当代的世界名作家麦克尤思、菲利普·罗斯等作家的作品中更找不到所谓的地域性的文化产物。我以为，关键不在于你的小说空间构架在什么地方，而在于你笔下的人物既有典型性又有普遍性。阿Q不是鲁镇人，而是全民族的写照，在中国，无论在哪里都有阿Q。我怀疑，“越是民族的越是世界的”这句话。

吴妍妍：您是一个有过苦难经历的作家，您走上文学之路也与别的许多作家不同，我感觉正是因为苦难使您与其他许多作家不同，您的作品立足底层，直面权力，能否说是苦难成就了您？如今这些苦难都过去了，您对它是一种什么样的心态？

冯积岐：我确实历经了其他和我同龄的作家很少历经的苦难，这不仅是饿过肚子，要过饭。创伤主要来自人格的被凌辱，自尊心的被伤害，尊严的被践踏。心灵的苦难才是苦难的真正块垒。苦难后来成了我的精神财富，也可以说是苦难成全了我。但是，我并没有因为身份的转换、生活条件的改善而结束了心灵上的苦难。心灵上的苦难肯定会伴随我到死。如果你在心灵上和这个时代保持紧张感，如果你对这个时代不妥协，如果你依旧是个理想主义者，如果你难以原谅人性的弱点，你就会处在精神苦难之中。为什么海明威、川端康成他们在获了诺贝尔文学奖以后依旧自杀了呢？除过病痛折磨之外，他们的精神苦难还少吗？

吴妍妍：读您的许多作品，能感受到叙事者强烈的焦虑感，这种感觉在《逃离》中尤为明显，您笔下的许多人物都是在两难境遇中孤独地挣扎沉浮，均在残酷的现实面前或妥协或遭遇失败，这种焦虑感源于何处？

冯积岐：好的作家都是理想主义者。我笔下的牛天星、潘尚峰也都是具有理想情结的知识分子。他们奋斗过、奋争过。在这个荒诞的时代，他们的奋斗和奋争不仅毫无结果，而且在这个过程中，他们的人性弱点也凸显出来了。他们的焦虑来自理想和现实的距离。这种距离不消弭，他们的焦虑也就无法解除。我想，即使在世俗意义上成功了，他们还是焦虑的。对这种焦虑我有深刻的体会。

吴妍妍：您的多篇小说都有祖母的影子，您自己也谈到小说中的恋母情结，您有的小说中又有中年男性与少女的组合模式，这能否看成恋父情结？二者之间有什么内在联系吗？

冯积岐：听祖母说，我出生没几天就睡在了祖母身旁，一直到结婚的前一天晚上，我和祖母还睡在一张土炕上。我特别爱祖母，祖母也十分爱我。我的印象中，父母亲的影子较弱，可以说，被祖母取代了。年龄的差距是不是产生爱的源泉？我没有思考过。可是，年龄的差距使我更能产生爱。也许恋母情结和恋父情结都和人生的经历和性格的形成分不开。弗洛伊德把这种爱叫恋母、恋父情结。中国人俗语叫隔代爱。我试图从隔代爱中拷问人性。

吴妍妍：您有一篇小说叫《刀子》，屠夫马长义在妻子过世之后非常孤独，他的儿子马建华开了餐馆、舞厅。他认为儿子性生活混乱，小说的结尾却是屠夫把一个叫花子杀死后自杀了，我想知道您这样设置小说情节的目的。

冯积岐：《刀子》是一篇多义性的小说，十个评论家和读者会有十种理解。其实，刀子是有象征和寓意的——这是我的初衷。如果说破了，就妨碍了读者的更广泛的理解，你既然问到这里，我必须说破：刀子象征的是性和男性性器官。屠夫马长义很苦闷也很虚伪，他既渴望性，又惧怕性，也怕儿子的淫乱惹动了他，他拿上刀子乱抡，是一种性的宣泄。他杀死女叫花子是一种渴望而不能得的心理在作祟，他的自杀是绝望的选择，也是“刀子”的失败，性的挫伤。这足以证明，性有其两面性。无论读者怎么理解，作者写作时必须很清醒。

吴妍妍：您的作品中评价最高的是《村子》，参评了第八届茅盾文学奖，这是您目前为止最有分量的作品吗？

冯积岐：我以为，我最有分量的作品是《沉默的季节》。

吴妍妍：呵呵，这说明读者与作者之间可能需要进一步交流。那能否谈谈您创作这部小说的前期准备？你眼中的乡村是一种什么样的形象？

冯积岐：《村子》从1979年写到了1999年。这二十年间，我大部分时间生活在农村。我是1988年进城的，而举家进城已到了1996年。1995年，我依旧耕种着几亩责任田。这二十年间农村发生的许多事，我都参与过，经历过。我的头脑里储存着田广荣、祝永达、马秀萍、赵烈梅等形象。我不用搜集资料，在生活中就已经完成了形象积累这个过程。关键是要给这些生活赋予更深刻的意义，这就考验着自己透视这个时代的能力。我也读过其他作者写这一时期农村生活的小说，他们写的“变化”是表层的。我给自己的要求是，不仅写时代的变迁史，还要写人物的心灵史，写出人性的复杂性、变化性，写人的文化心理。要完成从生活真实到艺术真实这一个过程，力求客观冷静，控制个人情感。前期准备时间并不长，只是在写的过程中改了好多遍，力争使每个人物都有各自的面目，有各自的心路历程。20世纪的最后二十年间，乡村发生了深刻的裂变。分田到户激发了农民的热情，个人主义、自私自利、唯利是图等原来归属于“资本主义”的胚芽开始在农民心中形成、生长。儒家文化中的绅士文化、伦理文化受到了严重冲击。乡村的和谐局面自然而然被打破了，穷富差别拉大了，农民的经济地位在变化，心理在变化。特别是，强权使解决了温饱问题的农民陷入了心理灾难。乡村向城镇逼近的同时，原来的比较和谐的农村受到了冲击。住上了大瓦房的农民精神上走向贫困。我所渴望的青少年时期的贫穷而温馨的乡村形象不会再复现了。我眼中的乡村已不伦不类了。

吴妍妍：《村子》结尾的设置有些意思，马秀萍成了老板，祝永达回松陵村当村支书，您的用意是？

冯积岐：《村子》的结尾是一种暗示：祝永达和马秀萍的心理冲突在加深，不是减弱。祝永达所固守的古典式的从一而终的爱情观、贞节观受到了冲击，他们的婚姻是个变数。马秀萍接受了商品时代自我发展的某些观念，试图在财富积累中寻找自我价值。祝永达秉承了父亲的“利他”主义的性格因子，还想为大家办些事，而马秀萍一心在自我发展中寻求出路。这种文化心理冲突其实也是当代中国的许多人所面临的冲突。

吴妍妍：您20世纪80年代写的多为先锋小说，90年代转变为现实主义，还保留了现代派的写作技巧，这一资源是来自国外文学经典吗？

冯积岐：其实，你说的是有关艺术师承的问题。“取法乎上，得之其中。”一个好的作家必须从经典作品中汲取营养。再伟大的作家也不能网罗全部读者。读书，要读自己喜欢的作家，要读和自己性格、心理相合拍的作家，要读把自己彻底征服了的作家，要读被世界文学史证实了的经典作家。在80年代，我和大多数写作者一样，先从现实主义大师的作品读起，诸如契诃夫、莫泊桑、福楼拜、司汤达、托尔斯泰、梅里美、纪德、康拉德等等。当我读了福克纳的《喧哗与骚动》之后，对他的作品喜欢得不得了，凡是大陆翻译过来的他的作品我都找来读。一本《八月之光》读了五遍，一本《我弥留之际》读了三遍。从此，喜欢上了现代主义，什么海明威、辛格、吉卜林、卡夫卡、博尔赫斯、卡尔维诺、马尔克斯、加缪、贝克特、伍尔夫、波特、大江健三朗、川端康成等等，读了好多好多。有一段时期，我又迷上了妥斯托耶夫斯基，凡是翻译过来的他的作品我都细读，包括研究他的作品，我特别有兴趣。我甚至觉得没有妥氏就没有后来的现代主义。我理解的现代主义是用荒谬的目光看待荒诞的世界。我觉得，现实主义的再现原则不能传达我对这个世界的理解。我开始用先锋的手法写小说，写了一段之后，我又觉得，我这样写作拒绝了许多读者。于是，我开始践行我所谓的“现代现实主义”。我汲取了诸多现代主义的优秀东西。我以为，这不只是形式问题。在我看来，形式是内容的一个部分。现代主义的精髓是夸张变形。我的故乡岐山是西周的发祥之地，青铜器之乡。一个农民在地里随便一镢头下去就是一件西周的青铜器。我在七八岁的时候去县文化馆见到的青铜器上的饰纹就不是写实的，而是变形的。可见，现代主义并不是欧美作家的专利。而我们的小说家为什么要固守着“写实”呢？令我遗憾的是，许多当代小说在“好看”的旗帜下已变成了“故事大全”，没有什么艺术可言，也不讲究文体。大作家都是文体家。鲁迅、沈从文、张爱玲他们的文体意识都很强烈。拿来他们的作品，抹去作者的名字，读几句就知道是谁的作品，绝不会混淆。

要我具体地说受到哪个作家哪部作品的影响，我还说不清。

吴妍妍：许多陕籍作家都受柳青的影响，把文学看得极其神圣，甚至“为文学卖命”，请谈谈您的文学态度。

冯积岐：关于柳青的小说，我暂且不谈。我觉得，柳青对文学的态度是我的榜样。我以为，文学依然神圣。只要人类不灭绝，文学就不会死亡。我写得很苦，整天从家到办公室，从办公室到医院——直到写得趴下起不来去医院打吊针为止。我说过，文学是我的一种生存方式。文学的功利还是文学，对我来说。当然，我很绝望。但是，绝望并不等于放弃。我恰恰在绝望中产生激情。对我来说，不写作就等于没有活着。我已渐入老境，朋友和家人都劝我不要再写了。我只好说，菲力普·罗斯的好作品是六十岁以后才写出来的。写作是我的癌症，是我的“病”。

吴妍妍：有研究者说你是一位孤独者，您自己怎么看？

冯积岐：关于孤独，有好多理解。有人说孤独是可耻的；有人说，孤独是可悲的。这位研究者对我的孤独的理解是独到的，深刻的。在我近几年的写作中，我常常有一种“前不见古人，后不见来者”的孤独感。我的思维方式、写作方式不合时宜，不顺应潮流，不做某些规定性动作。这是我的自我选择，说白了，是我自找的。我觉得，到了我这把年纪，只能按自己对文学的理解去写，写自己愿意写的作品。这样做的结果是，发表、出版都不顺畅。长篇小说《逃离》动笔于1996年，出版于2010年，中间历时十五个年头——人的一生有几个十五年？我的好多作品出版、发表后，都如石沉大海，发言者寥寥无几。有时候未免产生一种悲怆感，觉得陈子昂的“念天地之悠悠，独怆然而涕下”就是写给我的。自己在孤寂地奋争，很难找到一位知己。不过，令我欣慰的是，喜欢我作品的读者不少。《村子》在凤凰网上挂上去八个月，点击量将近三千万。《两个冬天，两个女人》有海外读者给了好评。

有位素昧平生的德高望重的北京老作家给我写信说，只要你的作品能出版、能发表就是胜利，究竟是废纸一堆还是优秀作品，历史会做出回答的。其实，我也不指望什么。

孤独并未给我带来痛苦。因此，要我说，孤独是孤独者的乐章。

原载《小说评论》2012年第4期

可读性的重视与陈忠实的文学观念

可读性是指某一事物具有激发读者阅读兴趣的特性。作品强调可读性也可视为作家重视文学作品的影响、接受群体的反应甚至以读者为中心。可读性曾是通俗文学作家所强调的，20世纪90年代严肃文学作家也开始强调可读性，可见文学对“雅俗合流”的寻求。

在创作过程中，陈忠实也和许多严肃作家一样认识到可读性对文学作品的重要性，并逐渐加以重视。这种重视表现在他的创作实践中便是一句“寻找属于自己的句子”。这里的“自己的句子”实则是在注重读者既定阅读经验的基础上，尝试超越这一经验而形成的自己的语言。陈忠实在创作《白鹿原》时就曾思考过文学的可读性问题，可以说，可读性是《白鹿原》获得读者广泛认可的原因之一，也是他获得成功的原因之一。

成功之后的陈忠实却使用了这样一个比喻句来表述自己对文学的看法：“文学是个魔鬼。”魔鬼是堕落的天使，它具有诱惑人类犯罪的力量，同时又让人心生恐惧与憎恨。将文学看作魔鬼，陈忠实是在突出作者与文学之间既敌对又同谋的双重关系。文学作品是否获得读者的认可由读者说了算，但作者也有争取读者认可的可能；文学对作者充满诱惑力，又让他饱受折磨，作者用作品与读者“搏斗”，成功时欣喜若狂，失败时失意消沉。陈忠实对文学既爱又恨的复杂心理同样传达出他对作品、读者、作者之间复杂关系的认识。

一、可读性的提出与对读者的重视

可读性这一概念作为创作要求被正式提出约在20世纪80年代，主要针对新闻作品的枯燥乏味。文学界较早提出这一问题是在《山东文学》，1983年该杂志为《飞天》杂志做的广告词中有这样一句："时代气息、生活气息；知识性、可读性；艺术风格的多样化以及丝绸之路特有的情韵，是《飞天》的追求。"把可读性看作文学杂志的追求，也足见其重要了。此后不久，不少文章就以可读性作为评价作品的标准之一。

可读性或许是一个新概念，但文学对读者阅读趣味的强调却是早已有之。延安时期，作家就在"讲话"精神的引导下自觉迎合大众，即便作家与大众的关系较为复杂，因为文艺作品是写给工农兵看的，自然要让这些读者"喜闻乐见"。20世纪80年代以来，作者逐渐对这一问题产生了复杂的理解，这与稿酬制度、版税制度的出现有一定关系。

1977年10月12日，国家出版局发布了《关于试行新闻出版稿酬及补贴方法的通知》，该通知提出恢复"文革"期间取消的稿酬制度，实行低稿酬标准，只付基本稿酬，不付印数稿酬。而其时作家基本上都有自己的固定职业以维持生计，即便是专业作家，也都被吸收到一定机构的编制内，由这些机构发给工资。因此，作品畅销与否跟他们关系不大。1980年，国家出版局恢复了印数稿酬。著作稿的基本稿酬按每千字3—10元的标准；印数稿酬则是5万册以内每万册3%，印数越高则比例越少。1992年，开始实行版税制度，国际上通行的版税计算方法是：图书定价（或零售价）×版税率×图书印数（或图书销售量），版税率一般为6%—15%，一般随印数的增加而有所提高，稿费直接与销售量挂钩。与此相伴的是出版制度的改革。1984年12月，国务院发出通知，要求绝大部分期刊要"独立核算，自负盈亏"，文学期刊与出版社的改革进程相对滞后。但随着改革的深入，文化出版业逐渐从事业单位向"企业化"管理方向转变，又由于许多出版社行政拨款的减少或停止，纯文学刊物面临生存危机，直至1992年，纯文学陷入低谷。此后，文学以“雅俗合流”寻求自身的生存空间，可读性被提到一定高度。

对作品的可读性，陈忠实的认识是逐渐强烈的。1979年，陈忠实的《信任》发表后，有人以现实生活中没有罗坤这样的好人质疑小说的真实性，陈忠实当时比较矛盾，当听说一个平反后恢复工作的农村干部的先进事迹后，他激动不已。创作虽是个人劳动，但毕竟需要在公共领域发声，读者的反应决定个人创作的意义。自学成才的陈忠实认为自己并无文学天赋，所有的成功都来自勤奋，而所谓的成功就是作品的发表、受到好评、获奖，但这些作者本人很难决定，决定权主要在专业读者手里。将对普通读者的重视提到一个高度则缘于1989年《四妹子》出版后的尴尬遭遇，其时书市较为低迷，《四妹子》征订数量只有6000余册，中原出版社面临亏本的风险，仍按原计划印刷9000册，多余的书不好卖，无奈稿酬以书代替。陈忠实说，面对出版社寄来的千余册书，自己真真切切地感觉到了羞愧。“读者”是作品存活的土壤，没有这个土壤，作品、作家也就失去了意义。

因《四妹子》带来自销的羞愧，在创作《白鹿原》时，陈忠实认真思考过可读性问题，并为之进行过充分的创作准备。他阅读了大量东西方长篇经典，明白了创作需要考虑读者的阅读情绪，因此需要用高明的艺术手法去吸引，而不是低俗地迎合，“作家不能不考虑读者在整个文学活动中的参与效果”[①]。通过阅读文学作品，陈忠实把握了这一时代文学发展的规律以及时代对文学的要求。关于作品的可读性，他说：“必须解决可读性问题，只有使读者对作品产生阅读兴趣并迫使他读完，其次才可能谈及接受的问题。我当时感到的一个重大压力是，我可以有毅力有耐心写完这部四五十万字的长篇，读者如果没有兴趣也没有耐心读完，这将是我的

① 远村、陈忠实：《〈白鹿原〉获茅盾文学奖后答问录》，见李清霞编《陈忠实研究资料》，山东文艺出版社，2006年，第43页。

悲剧。"[①]在《白鹿原》中，在情爱场面的描写以及历史真相的"揭秘"上我们能看到陈忠实对可读性的强调。小说开篇的一句"白嘉轩后来引以为豪壮的是一生里娶过七房女人"有对白嘉轩男性意识的强烈反思，同时也带着许多暗示与想象的空间。此外，白嘉轩、白孝文、白孝义的新婚之夜；田小娥与几个男人的关系；冷大小姐的独守空房；白灵与鹿兆鹏的新婚之夜；等等，无不在渲染日常生活的世俗化欲望。受活命文化浸染的中国农村，农民关心的除了吃喝拉撒，就是生儿育女。自然，《白鹿原》中性爱场面描写的主要目的不是塑造人物形象，而是审视乡村生殖文化。因为写得直接，对接受层面的冲击力越大，批判与反思的力度也越大。这些描写同时能折射出作者对读者猎奇心理的迎合，读者是作者心目中的上帝，这个上帝决定他作为一个作者存在的意义，毕竟，作家的全部创造理想和生存欲望，概莫能大于读者对其作品的理解和接受。

基于对读者的重视，陈忠实反复提到彼此间的交流，他说："作家是用作品和读者实现交流的，作家把自己对现实或历史生活的体验诉诸文字，形成独立体验的小说或散文，发表出来，在各种职业各种兴趣的读者那里发生交流，如能获得较大层面读者的呼应，无疑验证了作者那种体验和表述那种体验的艺术形式的可靠性和可行性，作家的写作用心和探索也就实现了。"[②]其实，作者与读者的交流总是错位的。作者的讲述始于创作，他的讲稿是作品，在讲述过程中他无法获得实际读者的反馈意见。读者的讲述在作家的讲述之后，主要有两种表现方式：一是作品的销售量，二是评论话语。陈忠实在创作时，作品属于私人空间，作者存在，读者缺席；作品进入公共空间后，读者开始品评，他同时也发表创作感言，但从阐释学角度看，陈忠实也是一个读者，这时候，读者存在，作者缺席。因

① 陈忠实、李星：《关于〈白鹿原〉与李星的对话》，见《陈忠实文集》伍，广州出版社，2004年，第393页。

② 陈忠实：《寻找属于自己的句子——〈白鹿原〉写作手记·后记（续完）》，载《小说评论》2009第5期。

此，作者与读者之间的交流只能是一种潜在的方式。如果有交流，也只能是和隐含的读者交流，这种交流，包含对真实读者想象的内涵。

在大众文化冲击高雅文化的20世纪90年代，读者群对文学的要求不尽相同，对可读性以及读者的一再强调，仍然是渴望作品能够迎合不同阶层接受群体的审美趣味，获得广泛认可。认可读者并不必然等于媚俗，不过是认同一种观念，即文学的完整价值实现与读者接受关系密切，在文学世界中，读者是不可或缺的一部分。

二、重视读者的创作实践："寻找属于自己的句子"

重视可读性也即注重外部环境对文学的要求，追求文学的社会效应，重视文学的社会功能。文学的社会作用通过读者的阅读得以实现，文学成功的最终标志还是与读者审美经验的契合，获得读者的认可。作品一旦出版、发表存在于读者世界，作者就已"死亡"，而读者的阅读趣味又会受到社会存在的影响，作者实际上很难左右读者。

朱光潜认为历史上有两类作者，一是因袭者，一是反抗者。"纯粹的因袭者绝不能成为艺术家，真正艺术家也绝不能一味反抗而不因袭。所以聪明的艺术家在应因袭时因袭，在应反抗时反抗"，"他必须迎合风气去开导风气"。[①]作家渴望获得读者的认可，既要继承既定经验，又要超越这些经验。这句话道出了作家成功的秘诀：继承与创新。作家在成长过程中，显然是在不断受到影响，他所因袭的既定经验不仅有时代的，还有他自身的，他所要超越的自然不仅有时代的，还包括他自身的经验。

陈忠实曾谈到他从"深入生活"到"生命体验"的精神剥离。"深入生活"的观念源于柳青，柳青将生活视为"三个学校"中的第一所学校，作家因此要深入生活、研究生活、尊重生活。陈忠实对柳青的敬仰与柳青

① 朱光潜：《作者与读者》，见《谈文学》，漓江出版社，2011年，第107页。

本人在“十七年”时期的影响分不开。柳青扎根农村写下了《创业史》，该小说成为“十七年”时期四部红色经典之一，也是在社会主义现实主义创作原则评判下的第一部中国农村题材小说。对于“十七年”时期开始创作且同样关注农村的陈忠实来说，柳青的意义不仅在于凭着深入基层投入创作的热情能够成为一名作家，还在于这种热情能够使一名普通作家蜕变为在国内有足够影响力的重要作家。

陈忠实早期的创作中传达出他对柳青“深入生活”观念的强烈认同，《信任》中罗坤形象的被质疑就是例证。文章的发表也可以看作时代对陈忠实的认同，这里陈忠实可以说是一个“因袭者”，虽然获得过全国短篇小说奖，但终究反响平平。对文学更大的渴望使他自己给自己定下了目标：到死时有一本可以当枕头的书。没有成为作家之前，希望自己是大狗小狗都要叫的一条“狗”；等成了“狗”开始叫了，则希望发出自己的声音且不混同于别的“狗”。陈忠实说：“作为一个作家的文学理想，当然是要创造出思想内涵包括文学形式上的一种全新的形态，一个作家如果没有属于自己思想和艺术形态上的一种全新的、有异于所有人的作品形态的作品，那么，这个作家是立不住的。”①但实现超越并不容易。

20世纪80年代中期后现代主义被引进中国文坛，小说界创新意识高涨。最初形成创新主潮的是寻根小说与先锋小说：寻根小说强调文学扎根于本民族的岩层中，以反思民族文化引发读者思考；先锋小说侧重文体、语言上的探索，在语言“游戏”中挑战读者的智商。不久，吸收先锋小说平面化、零散化且关注普通人生存状况的新写实小说崛起于文坛，让读者恍然看到了自己的生活。此外，关注家族历史的小说也初显端倪，如1987年出版的张炜的《古船》。这些不同类型的小说渐次崛起浮沉，令读者眼花缭乱。事实上，一种文体的崛起与衰落与读者有很大的关系，“一种新风气的成立，表示作者的需要，也表示读者的需要；作者非此不揣摩，读

① 陈忠实：《文学的信念与理想》，载《文艺争鸣》2003年第1期。

者非此不爱好，于是相习成风，弥漫一时。等到相当时期以后，这种固定的作风由僵化而腐朽，读者看腻了，作者也须另辟途径”[①]。其时，传统现实主义受到猛烈冲击，读者似乎也适应了新写实这种后现实主义小说，池莉的广受欢迎就是例证。

各种创作观念给陈忠实带来的冲击可想而知，也有他“深入生活”的思考。20世纪80年代先后涌现的小说传达出作者对现实生活与文学之间关系的不同理解，或者两者有天壤之别，或者几乎等同，但这些理解与革命现实主义小说明显不同，它们都反映出作者自己对现实生活的理解。作为一个创作者不仅要深入观察生活，更要深入反思生活，要揭开吃喝拉撒的生活表层，挖掘出民族发展过程中深藏的文化内涵，在波澜不惊之处掀起万丈狂澜，以此震撼读者。或因此，20世纪80年代末，经过痛苦折磨的陈忠实经历了“剥离”过程，终于找到了自己的突破口——对民族命运的“生命体验”。这一思考在创作《蓝袍先生》时开始清晰，他同时也产生了一种强烈的创作理想，要“把这个大命题的思考完成，而且必须在艺术上大跨度地超越自己”[②]。随后创作出了《白鹿原》。其时，市场化大潮带来了以大众文化、消费文化为主体的文化市场的兴起，文学终于摆脱了政治的束缚却受到了经济的制约，但同时也失去了轰动效应与广大读者的支持，趋于边缘。从事文学创作的作家贬值了，被一贯认为神圣的文学也被漠视了，但这一切并未影响《白鹿原》的畅销。

审思《白鹿原》，可以看出：其中既有对现实主义创作手法的坚持，也有对现代写作技巧的借鉴；既有对家族历史事件的重新梳理，也有对日常世俗生活的关注；既有引发读者兴趣的吃喝拉撒睡，也有震撼读者的精神寻求。而民族文化心理结构的深层思考则为小说的突破口，在继承与创新基础上创造出来的就是“属于自己的句子”。

① 朱光潜：《作者与读者》，见《谈文学》，漓江出版社，2011年，第112页。

② 陈忠实：《我的文学生涯——陈忠实自述》，载《小说评论》2003年第5期。

三、独特的文学观念："文学是个魔鬼"

陈忠实的创作始于20世纪60年代，他70年代末加入中国作协，80年代成为专业作家。他的文学人生有五个时间节点值得关注，一是1976年发表《无畏》并受到批评，二是1979年《信任》获奖，三是1989年《四妹子》出版后的滞销，四是1993年《白鹿原》获得茅盾文学奖，五是2001年小说《日子》的发表。《无畏》的受批评和《信任》的获奖的反差促使他思考什么可以写，什么不能写，这关涉文学与政治的关系，即文学应该偏离政治；《四妹子》的滞销与《白鹿原》的获奖也是一种反差，让他思考怎么写，这关涉文学与市场的关系，即文学需要适应市场才能更好地发展。这也让他意识到，作品的好与坏作者无法做主。1992年写完《白鹿原》到2001年再次发表小说，中间相差九年时间，功成名就之后，创作真正尊重内心，他感受更多的是文学与世俗的关系。总的来说，陈忠实的文学之路是一条从积极入世到以领悟之后回归常态的道路，新世纪之后，他的内心进入了一种淡泊、从容和超脱的境界。

在创作过程中，陈忠实经历了痛苦与快乐、失败与成功，也在不断调整自己对文学的认识。20世纪80年代初，他引柳青的话以自勉——"文学是愚人的事业"，他相信只要无限投入，一定会创作出好的作品。1986年前后他的创作几经波折，有收获有挣扎，他说"文学是个迷人的事业"，是迷人而又复杂的令人痛苦的事业。1993年他的《白鹿原》在《当代》发表之后，反响巨大，先是陕西作协召开该部小说的座谈会，不久人民文学出版社与香港天地图书公司分别出版了《白鹿原》，该小说与《废都》等小说一起被视为"陕军东征"的代表作，且《文艺理论与批评》《文艺争鸣》《当代作家评论》《小说评论》等杂志先后发表的关于《白鹿原》的评论文章就有数十篇之多。诚然，也不乏否定性的批评。这个时候陈忠实应该说是成功了，他却说"文学是个魔鬼"，是个"美丽而又神圣""可以使无以数计的钟情者‘为伊消得人憔悴’而心甘情愿”[①]的魔鬼。且在他“创作遭遇挫折或陷入苦闷被折磨得左右不是的时候”，在他“接触一些文学的幸运儿和不幸者的时候”，他总要发出这种感慨。与许多仍然挣扎于成功路上的创作者相比，获得文学青睐的陈忠实已经是成功者，这个成功者竟然将文学视为“魔鬼”。

反观陈忠实的创作之路，可以发现，陈忠实这种文学观念至少包含他对文学的两种思考：一是文学具有无限威力，它可以让人“高高在上”，也可以将人永远踩在脚下；文学具有无限魅力，永远有许多“失败者”苦苦追随文学，且“执迷不悟”。二是写作者无法掌控文学，相反要受到文学的折磨。陈忠实十三四岁时对文学产生了兴趣，随后开始憧憬自己在文学上的理想，这时候他做的不过是“文学梦”。高中毕业后因未考上大学，陈忠实回乡当了农民，因为他的农民身份，这个时候文学梦本应离他越来越远，陈忠实却开始偷偷地创作。一个农民要舞文弄墨，难免要被其他农民视为异类，这是一条对他而言的“冒险之路”。将遥远的文学梦拉近仅仅是因为文学能够成为他实现自我的唯一方式，除此别无其他。或者说，文学可能是他摆脱现有生存状态的一根“稻草”。以他自己的文学基础，他也认识到，“想要比常人多所建树，多所成就，首先比常人要付出多倍的劳动，要忍受常人难以忍受的艰辛甚至是痛苦的折磨”[②]。在“不问收获，但问耕耘”座右铭的激励下，他终于迎来了第一次收获，一篇散文在《西安晚报》发表了！尽管这并未引起多大的关注，对于自学成才的陈忠实来说，却是对他能力、事业选择的高度肯定。文学让他自己在农民中脱颖而出，成了专业作家。

但文学发展常常充满变数，个人的力量极其微小，往往无法掌控。发表了作品、获得了全国短篇小说奖、成了专业作家，极具魅力的文学给陈忠实带来的却是反响“平平”。对于一个初入文坛者来说，“不问收获”

---

① 陈忠实：《文学这个魔鬼》，见《陈忠实文集》伍，广州出版社，2004年，第412页。

② 陈忠实：《收获与耕耘》，见《陈忠实文集》叁，广州出版社，2004年，第506页。

是无限投入文学的象征，但对一个专业作家来说，无收获的耕耘其意义就值得怀疑。陈忠实曾提到《初夏》写到三万字时，小说无法进行下去，甚至连写作兴趣都没有了，他感到折磨与绝望，这时的他处于一种严重的精神危机之中，似乎到了山穷水尽的地步，完全榨光排净了，才能和灵气全都撒光放尽了，甚至感觉自己要完蛋了！发表作品不等于获得认可，获得认可也不等于完成巨著。陈忠实在创作《白鹿原》之前，他一定多次产生过绝望感。与其庸碌一生，不如放手一搏。当年就是因为“放手一搏”，离开了农村。由此可以理解陈忠实以《白鹿原》为赌注：或者借此成为被读者广泛认可的大作家；或者失败之后放弃文学。

在“赌博”过程中，并非陈忠实多么不自信，只不过，作品价值与读者阅读趣味有可能错位，优秀艺术作品在作者去世之后其价值才得以发掘的现象并不少见。有一点需要强调，陈忠实是一个自学成才的作家，他是在创作实践中摸爬滚打、在不断受伤不断领悟的过程中把握文学本质的。诚然，他的创作受到陕西文学界前辈的指导：20世纪80年代陕西成立了全国第一个文学批评家团体“笔耕”文学评论小组，重点研究陕西作家创作和陕西文学发展，陈忠实就是“笔耕”组重点关注的作家之一。王愚在陈忠实发表《轱辘子客》后，对作品叙述语言给予了极大肯定。多年之后，陈忠实回忆说：“这种叙述语言的艺术效果如何，在我已不是这篇短篇小说的成败，而是牵涉到未来长篇小说的写作，能否有自信实现叙述语言的新探索。王愚给我了鼓励。”[①]对柳青有过深入研究的蒙万夫也一直关注陈忠实的作品，他告诉陈忠实写长篇“要注意结构”，“弄不好就成了‘提起来是一串子，放下来是一摊子’，那就是没有骨头的一堆肉”。[②]这些指导与肯定是锦上添花，它需要陈忠实自己具备一定的文学才能与领悟力。缺乏系统的文学史知识储备以及文学鉴赏能力训练，陈忠实的创作

① 陈忠实：《白墙无字》，西安出版社，2013年，第12页。

② 远村、陈忠实:《〈白鹿原〉获茅盾文学奖后答问录》，见李清霞编《陈忠实研究资料》，山东文艺出版社，2006年，第43页。

一度很难做到胸有成竹、游刃有余。

作者在创作过程中，不仅要为作品本身备受煎熬，还要为作品能否被读者接受而备受煎熬。作品完成之后，作者就已“死亡”，接受群体如何评价作品，远非作者能左右。朱光潜曾说：“写作的成功与失败一方面固然要看所传达的情感思想本身的价值，一方面也要看传达技巧的好坏。传达技巧的好坏大半要靠作者对于读者所取的态度是否适宜”，也即“作者之所给与是否为读者之所能接受或愿意接受”。[①]这里读者的“愿意接受”不仅有美学还有意识形态等其他方面的考虑。20世纪90年代的读者文化接受层面较为复杂，作品既要迎合接受群体的“浅阅读”，又要有一定的深度，深与浅如何把握？此外，作者的认识在不断改变，读者的阅读趣味也在不断转变，作者既要接受当下的阅读经验，又要超越既定的经验，新与旧如何平衡？这些都是值得写作者反复斟酌的内容。

陈忠实说，在创作这项事业中，欢乐是短暂的，痛苦是永恒的。痛苦中有追求，有不满足现状，有新的渴盼，因此永远不会完结。因为自学成才自认为缺少文学素养而自卑，因为发表的作品得到认可而自信，陈忠实的心态交织着自卑与自信，在文学这个“魔鬼”面前备受煎熬。应该说，陈忠实将文学视为“魔鬼”应该有其对文学世界中读者这一角色以及可读性的思考。“文学这个魔鬼”一句简单而感性的话，实则谈及文学作品与作家、读者、文学史的关系，是陈忠实在对文学的历时性与共时性分析基础上所建构的文学观念。

结　语

在创作实践过程中，陈忠实认识到可读性以及读者的重要性。让他进入文坛的是读者（编辑）的认可，获奖是读者（评奖者）的认可，产生

① 朱光潜：《作者与读者》，见《谈文学》，漓江出版社，2011年，第107页。

影响也是读者的认可，作品生产出来后，作者则已“死亡”。作者唯有尊重读者，才可能赢得读者。于是就有了对可读性与读者的强调：用读者愿意接受的方式进行讲述，继承已有经验；同时，避免自我被遮蔽，又需要超越已有经验，寻求创新，在文学世界中寻找“属于自己的句子”。创作的成功让陈忠实认识到文学是一个需要与之不断抗争的强大对手，获得了读者也就战胜了这个对手；加之他的自学成才之路与个人浓厚的文学兴趣，文学让他走出农村，成就自我，陈忠实逐渐形成了自己复杂的文学观念——“文学是个魔鬼”。可以说，对可读性的认识不仅影响了陈忠实的文学观念，也成就了陈忠实。

原载《西安工业大学学报》2014年第7期

论《白鹿原》中的“儿媳”角色处理

中国乡村社会经济主要为小农经济，生产以家庭为单位，生产资料以个体所有制为基础。在一个需要用力量占有生活资源的时代，男性天然具有适合在这个时代生存的生理条件，于是农耕文化孕育了男权文化，而儒家思想又进一步强调等级思想，男女生而不平等。此外，农民家庭财产是单系继承，即由男性继承，由此确立了男性在农民家庭中的绝对主导地位，女性很难挣得家庭地位。“金铃”“裹脚”是父权社会约束女性的一种方式，使女性无法从事家务之外的其他劳动，她们的经济地位无法独立，只可能依附于男性。

因为女性终究要出嫁，在父母家便是“暂住”，父母的管束自然要少些，懵懵懂懂中却逐渐被告知“自己家”实为“他家”；出嫁后，明明加入一个陌生的社会团体，带着为夫家生儿育女、繁衍后代的任务，偏要将“他家”视为“自己家”，要严守规矩，并于其中周旋，还要显得娴熟大方，博得上上下下一片赞叹，加上可能还要面对被休的遭遇。费孝通谈到农村家庭的儿媳，这样说：“她发现自己处在陌生人的中间，但这些人又属于和她有着最亲密的关系的人。她的地位是由习俗来支配的”，夜间，“必须对丈夫十分恭顺”，“白天，她在婆婆的监督下从事家务劳动，受她婆婆的管教。她必须对她的公公很尊敬但又不能亲近。她必须灵活机敏地处理她和小姑子、小叔子的关系”，“她要负责烧饭，而在吃饭的时候，她只能坐在饭桌的最低下的位置，甚至不上桌吃饭”。[①]因此，女性与丈夫的亲朋好友接触“是一件不太愉快，同时也是很容易发生心理上疲乏和病态”[②]的事情，实则也是逐渐泯灭在娘家可能萌发了的“自我”的过程。

在一个家庭中，婆婆和儿媳都是家庭的“外来者”，无血缘关系，亦无感情基础，同时，监督规范儿媳的通常是婆婆，因此婆媳关系始终是家庭生活中的矛盾焦点，对此，文学作品中多有涉及。尤其是时代转型过程中，新旧观念的冲突导致婆媳矛盾更为尖锐。大概因为“女儿”与“儿媳”处境不同，文学作品中的“女儿”总是如花如玉，“儿媳”却多是一脸苍白，这一点在陈忠实的作品中也极为明显。《白鹿原》中的白灵为女儿时机灵、淘气，敢在父亲面前把大铁剪子支在脖子上以死抗议；而《四妹子》中嫁到关中的四妹子连歌都不敢唱，这还是一个从陕北来的女子，乐观、豁达，更不要说出生在关中的女儿们。《白鹿原》中就有一批“苍白失血”的儿媳。

一、被压抑的“儿媳”

为第二性的女性，从“女儿”成长到“媳妇”再到“婆婆”，“未嫁从父”“既嫁从夫”“夫死从子”的道德规范始终使她受制于男性束缚。同时，儒家文化讲求孝道，这就赋予女性以“母亲/婆婆”的身份管束儿女、儿媳的权力。“儿媳”是已婚女性面对公婆的一种身份，且只有面对公婆时这种身份才有其实质意义。这一身份预示女性开始失去父母保护、接受他人管束。最可能依靠的丈夫尚未在家中获得绝对权力，儿媳自然更无地位可言。由此，在许多乡土文学作品中，儿媳多无声无名。

《白鹿原》中的儿媳不少，但儿媳角色真正在场的有白嘉轩、鹿子

① 费孝通：《江村经济——中国农民的生活》，商务印书馆，2001年，第56页。

② 费孝通：《乡土中国 生育制度》，北京大学出版社，1998年，第199页。

霖、鹿三三家五个儿媳，分别是白孝文媳妇大姐儿、白孝武媳妇白冷氏、孝义媳妇、鹿兆鹏媳妇鹿冷氏以及田小娥。白灵与鹿兆鹏结合后，实为鹿家的儿媳，但她并未以儿媳身份面对公婆，她的儿媳身份是缺席的，这一点可以在小说中找到佐证。小说中分别写了白灵、孝义媳妇两人的新婚第一天。白灵见鹿兆鹏半夜起床，也爬起来，因为鹿兆鹏的“家法要妻子先起床”，却是由鹿兆鹏替她穿戴的；孝义媳妇则是一大早穿戴整齐起床，孝义还躺在床上。这里固然能分出两种婚姻模式，两个女性的“待遇”不同，关键还是取决于她们的公婆也即夫家的规矩是否在场。

在这五个“儿媳”中，除了遭“唾弃”的田小娥，四个没有真实姓名，大姐儿、鹿冷氏、孝义媳妇她们无一不是温顺地承受各种压力。田小娥有名，因为她被拒绝进祠堂，村里人并不认为她是黑娃的媳妇、鹿三家乃至白鹿村的合法儿媳。女人成了“烂货”，她就有了自己的姓名。即便这样，田小娥并无话语权，黑娃说走就走；鹿子霖把她当个“婊子”；白孝文倒是对她真心相待，她却被杀死。田小娥这个并未自立的女性，唯一的渴望其实就是依附于男人宽厚的肩膀。她无法分辩，亦不容她分辩，堕落也好，纵欲也好，不过是上演了一部“寻找男子汉的悲剧”。

这五个儿媳中死了三个，幸存的两个是孝武媳妇、孝义媳妇。对孝武媳妇，小说是节省笔墨的，在白家的舞台上，她几乎不露面，读者只知道她是冷先生的二女儿，白嘉轩迫于情面才结的亲，而对她最详细的描述则是在肯定孝义媳妇时，给了一句“还算不大走样顾得住场面，只是不大精灵”，以此来对照白嘉轩眼中无可挑剔的儿媳妇孝义媳妇。小说塑造后者时，不但花了大量精力写她婚礼的风光，还把她与白嘉轩的其他两个儿媳比较，最后得出一个结论：无可弹嫌的好儿媳。其实，无可弹嫌不过是相对的，一旦她影响家族的繁衍，那就比可弹嫌的儿媳更要被弹嫌了。孝义媳妇不育，白嘉轩就要休了她，也不管原因在谁，那一刻她就成了破衣烂衫。因此，当被告知要实施白嘉轩的“方案”时，她自然会同意，她是在赌博，要么不育被休掉，要么光明正大地做儿媳。不赌又如何？她并不能左右自己。当白赵氏带着她屡次求子而不得时，她与兔娃在一起时，有谁在意过她的内心？这个无可弹嫌的好儿媳充其量也不过是一个生育工具。

最值得怜惜的应该是鹿冷氏，这是一个丈夫长期缺席的女性，她的妻子身份名存实亡。其他的儿媳尚还有男人的肩膀或孩子的安慰，唯独她是独自一人面对整个世界，偶尔还有公公无事生非。她是一个生生被欲望折磨致死的女性，与田小娥恰恰形成对照。田小娥的放纵换来了坏名声，却得到了男人的爱；她用极度压抑换来了好名声，却失去了所有。丈夫鹿兆鹏反对包办婚姻也好，为了革命不要婚姻也罢，他无疑是致使合法妻子鹿冷氏走向不归路的罪魁祸首。为了维护她以及家族的好名声，公公“杀”死了她。鹿冷氏的父亲冷先生想让鹿子霖休了女儿，独守空房无儿无女实属难熬，但鹿子霖担心“名声”受损委婉拒绝了。最后她的病越来越严重，以至于冷先生不得不配药“害”死她。她是“被好名”害死的。田小娥死后尚可以用鬼魂喊冤，鹿冷氏却死得太过寂寞委屈。两人一热一冷其实都是在申诉为儿媳身份的不幸。

婚姻对于男人和女人是完全不同的，“女人从未形成过一个等级，平等地与男性等级进行交换、订立契约”，“她总是由某些男性做主嫁给另一些男性”，饱受压抑之苦。[①]说是“多年的媳妇熬成婆”，在没有成“婆”之前，她是没有话语权的，但即便成了“婆”，有夫在，她未必就有了话语权。白嘉轩的母亲白赵氏是在丈夫白秉德去世之后，才可能坐在白秉德生前常坐的太师椅上，并且姿态颇似后者的坐姿。这足以说明，丈夫死后，白赵氏扮演的实际上已经是非女性角色，而俨然是一家之长了。

二、常态的婆媳关系与非常态的公媳关系

在乡土社会中，家“是个连续性的事业社群，它的主轴是在父子之

① 西蒙娜·德·波伏娃：《第二性》，陶铁柱译，中国书籍出版社，1998年，第488页。

间，在婆媳之间，是纵的，不是横的”[①]。其中，由于婆婆与媳妇性别相同，均为外来者，与家庭的其他成员相比，她们之间的关系完全是人为的社会属性，婆婆行使权力自然要落到儿媳身上，故此婆媳关系能够反映一个家庭关系的和谐程度。我们在文学作品中看惯了婆媳之间的冲突，公媳之间的距离，陈忠实的《白鹿原》却给我们提供了不同的关系模式。

《白鹿原》中的白、鹿家族是男人主宰的，少写女人之间婆婆妈妈的事，婆媳关系的描写也极力淡化，但可以从侧面了解到这种关系是常态的，并非很多女作家笔下的“姐妹情谊”，但也相安无事。婆婆不对儿媳行使管制权，有时还带上同情。孝文刚结婚时贪欢，脸色憔悴，白嘉轩要为婆婆的吴仙草管教儿媳，婆婆却担心儿媳的恼恨。当儿媳被孝文奶奶羞辱后，婆婆“倒可怜起儿媳妇来了”，因为她知道责任不应该在儿媳，而在儿子，是儿媳在承担儿子的罪过，这并不公平。在这里，婆婆更多站在女性的角度，认识到女性在两性之间的弱势地位，表现出对儿媳的同情。

小说中隐约可见的另一组婆媳关系为鹿贺氏与儿媳鹿冷氏之间，儿媳因为性欲过度压抑得病之后，说了些疯话，婆婆知道她得病，立刻建议公公鹿子霖去城里找回儿子，即便儿子已另娶，“大妇小妻也行”；儿媳吃了药之后，清醒了，拿着扫把扫院子，婆婆的反应是“瞧着她优雅的扫地动作心头一热”。鹿贺氏不过一个普通农妇，她也可能并不认同一夫多妻的婚姻制度，但此刻她最在意的还是“安抚”儿媳，她应该知道儿媳的今天是由谁造成的。面对儿媳的“心头一热”其实是对被男性抛弃的儿媳的同情以及认为对方已渡过“难关”的感动。丈夫鹿子霖四处留情，她一定感受到被男性冷淡的寂寞，小说虽未展示她的内心世界，但她并非没有情感，“感动”的情感符合人物所处的情境，其中包含长辈对晚辈的母爱，也有同为女性的姐妹情谊。

更为隐晦的婆媳关系表现在鹿惠氏与田小娥之间。田小娥被“弃”之

① 费孝通：《乡土中国 生育制度》，北京大学出版社，1998年，第41页。

后，与鹿惠氏之间自然并无交往。小说中也没有直接告知鹿惠氏对这个辱没门风的“儿媳”的态度，可以比较鹿惠氏与吴仙草临死前梦见田小娥的反应，判断一二。吴仙草把田小娥称为“黑娃那个烂脏媳妇”，她与白嘉轩的看法相同；鹿惠氏却称她为“黑娃媳妇”“小娥”“咱娃的媳妇”，指责鹿三竟然狠心把儿子黑娃的媳妇戳死，尽管家长鹿三不认这个儿媳，她却没有因田小娥的身份对她表示嫌弃。二人对田小娥的看法不同，并非吴仙草多么恶毒，鹿惠氏多么善良，而是二人身份不同，一个终究是旁人，一个是婆婆。作为旁人说的是旁人都说的话；作为婆婆说的是自家的话。她埋怨丈夫不该把自家人害死，即便对方是村里公认的“烂货”。她把田小娥作为一个“人”以及家庭成员来看待，对田小娥的同情溢于言表。

婆婆与儿媳均是男权社会的弱者，她们面对受男性伤害的女性表现出同情实则也是对自己的同情。因此对田小娥的死，身为婆婆的鹿惠氏是同情的，但身为公公的鹿三却要她死。实际上，不仅田小娥，大姐儿、鹿冷氏的死哪一个不与为男性的公公有关？这缘于小说所设置的是一种非常态的公媳关系。

在很多小说中，深宅大院的明争暗斗出现在女人之间，公公与儿媳毕竟是无任何血缘关系的异性，加上“男主外，女主内”的传统，公公不便插手儿媳的事，即便要管教儿媳，也通过婆婆进行。《白鹿原》写的是家长制盛行的白鹿村，男性是绝对权威，家庭由男人说了算，包括管教儿媳。小说中写了三组“非常态”的公媳关系，分别为白嘉轩与孝文媳妇、鹿三与田小娥、鹿子霖与鹿冷氏，一个相同的情况是，这几个公公都管不了儿子，却不同程度地害死了儿媳。

最为直接的自然是鹿三，因为田小娥害了黑娃更害了孝文，鹿三的行为还有着整顿家族风气的意思，也有顾及“面子”的考虑，如果田小娥不是他的儿媳，也就事不关己，高高挂起。鹿三对这个儿媳的态度是矛盾的，一方面，他拒绝承认这个儿媳，对她的死活不闻不问，并不履行为公公的义务；另一方面，当这个儿媳有辱门风时，他又要行使管束对方的权力。他对田小娥的判断完全来自白嘉轩，白嘉轩对田小娥的一次次惩罚巩固了他的判断。

以公公身份间接管教儿媳的是白嘉轩，小说中写了两处：一是将孝文纵欲的责任推到儿媳身上，让婆婆对她敲警钟；二是对大姐儿的死活置之不理。如果说第一次是为了儿媳，第二次则直接害死了她。白嘉轩与孝文分家后，拒绝给孝文借粮，他安排孝文的孩子过来吃饭，孝文媳妇则无人过问。孙子是自家人，儿媳就不是了，不承认儿子，也顺便将儿媳判了死罪。儿媳的死活是儿子的事，与白家无关，“连坐”的刑罚制度也出现在这个“仁义”之乡。多年之后，孝文“荣归故里”，过去的罪孽一笔勾销，大姐儿的尸骨已寒。大姐儿虽说是孝文害死的，白嘉轩不能不说也是帮凶。大姐儿临死前，对白嘉轩说的话竟然是，嫁过来多年，自己没想到结局竟然是饿死。这句话对白嘉轩何尝不是一种拷问？只因为她由他人做主嫁给了一个堕落的丈夫，公公为了报复儿子竟然对儿媳置之不顾，也不顾及这是孙子的母亲，没有血缘关系自然也无亲情，分家后便如同路人，可见，正直的白嘉轩具有冷酷的一面。

写得较为隐晦的是鹿子霖与鹿冷氏的公媳关系。鹿冷氏是长期经受性欲的过度压抑的阁楼里的“疯女人”，她的“疯”很大部分缘于公公的“面子”“规矩”与“不规矩”。冷先生多次要求鹿子霖把女儿休了，鹿子霖一再推迟，他说是想“得个圆满结局”，自然是“面子”；鹿子霖趁着醉酒对性欲压抑太久的鹿冷氏做出不雅言行，进一步激发了儿媳的渴望，这是他的“不规矩”；他让儿媳吃麦草来报复儿媳，要求对方“学规矩点”——公公可以不规矩，儿媳却不可乱来，这是鹿子霖在享受公公身份的特权。鹿子霖的“面子”是一把刀，无情地在鹿冷氏心口划下长长短短的伤痕；他的“不规矩”是一团火，点燃了鹿冷氏涌动的欲望之火；他的“规矩”又是一块冰，熄灭了鹿冷氏最后一丝活命的尊严。

常态的婆媳关系与“失衡”的公媳关系的设置，分别突出了儿媳的两种身份：一是弱势的女性；一是生育的工具。为弱者的女性能获得同情，生育的工具一旦完成了生育任务或无生育可能，则可能被抛弃。同是为儿媳的女性，在不同性别角色的眼里，却是如此不同，这与小说中所揭示的文化密切相关。

三、“儿媳”角色处理中渗透的文化反思

从“非常态”的公媳关系的设置上，不难看出，这几位公公所具有的男权意识极其严重，他们不同程度剥夺了儿媳的生存权。奇怪的是，他们并非“恶人”：其中一位是白鹿原的精魂、白鹿两姓家族的族长；一位是忠诚的义仆、普通农民；一位政府任命的“乡约”，纵欲却也不乏可爱之处。他们分别代表着乡土社会的不同阶层，官方领导、民间领导、底层，其中前两位还是小说中高度肯定的人物。尽管他们的地位、性情均不同，在面对“儿媳”这个弱者时，却表现得高度一致。

三位“公公”中，杀人者是一个底层农民，这一设置也颇费思量。鹿三本性善良，他自然知道“杀人偿命”的道理，只因为田小娥是“祸水”，他就要“为民除害”。鹿三对叛逆儿媳的看法与行动足以代表白鹿村农民的态度。小娥被害死，村里人毫不在意，仿佛死的不过是猫狗而已。害死田小娥的不仅是鹿三的刀，还有白嘉轩的冷酷、鹿子霖的滥情，包括白鹿村人的唾沫星子和他们认可的“三从四德”的观念。

其他人鄙视女性尚可原谅，他们总不过是“小人”，没有“君子”的境界，但对于白嘉轩这个“正人君子”，就有损形象了。他是乡村高级知识分子“朱先生的精神的实践者”，中国传统文化的化身，小说从不同角度强化他的沉着、精明、仁义、正直。在得知鹿三杀死了田小娥后，他对鹿三说的一番话，也加重了他“仁义”的分量。但同时，小说又在强化他的不仁义，大姐儿的死、孝义媳妇“借种”、田小娥被拒绝进祠堂，无不体现出他这个封建家长站在男性立场管束女性，这些作为，与他设计换鹿

子霖的慢坡地、种植鸦片等一起，建构了他的“不仁义”。小说如此设置公媳关系，其目的是反思父权社会文化。

其一是长辈对晚辈的教化文化，这一文化中包含权力。由于乡土社会发展相对稳定，晚辈只需要继承长辈的经验就足以应对生活，于是需要教化。教化是以儒家为代表的传统礼教的规训，是新进入社会者能够更好适应社会的一种方式，教化的目的是“代替社会去陶冶出合于在一定的文化方式中经营群体生活的分子”①。教化者拥有传统文化赋予的权力，对自己的亲人施行暴力，后者在同一个文化氛围里只有无奈接受。因性别不平等，乡村社会家庭教化方式通常是婆婆教化女性晚辈，公公教化男性晚辈。《白鹿原》中却由公公承担了教化儿媳的责任，缘于父亲在家庭中的绝对地位，可见白鹿村的父权文化制度。

其二是不平等的性别文化。在《白鹿原》，男性与女性地位悬殊，有着截然不同的命运：鹿冷氏被遗弃在家独守空房压抑性欲致死，鹿兆鹏可以再娶；孝文不育，他的妻子依然要履行生育的功能。性别权力是传统赋予的权力，反抗这一权力便是反抗传统。受男权文化浸染太久，女性自身也在歧视女性。如白嘉轩连娶六房均死于非命，白赵氏要求他再娶，认为女人不过是一张糊窗纸；白孝文新婚沉溺于性事，白赵氏却归罪于他的妻子长得肥硕；即便田小娥，在跟了黑娃后，她也愿做一个安分守己的女人，却因为有悖于传统的贞洁观念，付出了生命。

陈忠实以教化文化与性别文化为视角，反思的是传统文化。他认为，一方面，“我们民族的精神世界里肯定有好的东西，优秀的东西”；另一方面，“腐朽的东西，落后的东西，是造成我们民族衰败的很重要的负面因素”②。白嘉轩、鹿三、鹿子霖均为民族传统文化孕育下的产物，有严重的男权思想，作为“公公”，面对弱女子时表现出与传统文化所倡导的

① 费孝通：《乡土中国 生育制度》，北京大学出版社，1998年，第66页。

② 陈忠实、李遇春：《在自我反省中寻求艺术突破——与武汉大学文学博士李遇春的对话》，见《陈忠实文集》柒，广州出版社，2004年，第398页。

"仁义"相悖的不仁义。陈忠实将之揭示出来，甚至对他最重视的人物也不放过，应该是在指出传统文化中的负面因素，同样值得反思与批判。

在家庭中，儿媳是一个最卑微的角色，她既不掌管家庭生活，也不代表家庭的未来，却承担着家族繁衍的重担。在家族小说中，儿媳形象也最容易被忽视，她永远处于被压抑状态，即便有所争执，也只限于婆媳之间的家长里短。《白鹿原》中，却塑造了这样一些命运、遭遇各不相同的儿媳，她们习惯于忍受、顺从，却受到了来自公公的管束。给她们的笔墨不多，看似水波不惊，提起来却是翻江倒海。

从儿媳角色设置上可见陈忠实对女性的同情。陈忠实在查阅蓝田县志时，发现一部二十多卷的县志，竟然有四五个卷本用来记录本县有文字记载以来贞妇烈女的事迹或名字，她们经历了残酷的煎熬，才换取了在县志上的"几厘米"，他说："在彰显封建道德的无以数计的女性榜样的名册里，我首先感到的是最基本的作为女人本性所受到的摧残。"[①]深受传统贞节观念的影响，被剥夺受教育权的乡村女性循规蹈矩，压抑欲望与个性。田小娥的反抗并不具普遍性，更多的女性则如冷大小姐一般默默承受到死。对底层女性的同情折射出陈忠实的底层立场。

陈忠实一直将自己视为"子民作家"，他说："我对以西安为中枢神经的关中这块土地的理解初步形成，不是史学家的考证，也不是民俗学家的演绎和阐释，而是纯粹作为我这个生于斯长于斯的一个子民作家的理解和体验。"[②]其中包含着陈忠实对民族国家以及人民的强烈情感。以"子民"的心态观照这块土地，感慨民族国家命运，肯定民族传统文化精神，感伤底层的疼痛悲苦，反思民族文化痼疾，使他的创作有厚度亦有温度。

原载《小说评论》2014年第6期

① 陈忠实：《寻找属于自己的句子》，载《小说评论》2007年第4期。

② 同上。

论柳青小说中的两性关系

两性关系是男性与女性之间存在的或隔膜或对抗或和谐的关系状况。在女性主义者看来，传统男权社会中的女性居于从属地位，普遍丧失话语权，因此，女性应该冲破父权制的藩篱，寻求两性平等。在寻求平等的过程中，女性常以反抗父权制以及男性的姿态存在。以女性为中心对抗男性的文学叙述一度较为常见，这种反抗可能陷入“以女性为中心”的窠臼，重蹈男权中心的覆辙，于是，21世纪以来，有不少女作家在呼吁两性之间的和谐。两性关系的设置能够折射出特定时代两性的生存状况。

延安时期与“十七年”时期，由于意识形态的引导、制度的确立以及“妇女能顶半边天”的宣扬，女性社会参与度显著提高，女性摆脱了传统的附庸地位。虽然缘于传统性别制度的积淀以及女性自身原因，两性并未实现彻底的平等，但女性在法律、政治、教育、经济等方面，获得了与男性同等的权利，两性关系随之改变。文学中对两性关系的设置也带上特定的时代内涵。

柳青是“十七年”时期重要的作家之一，他的成功至少得益于“深入生活”——到长安落户后有了《创业史》出现。他曾说文学创作有三个学校：生活的学校、政治的学校、艺术的学校。生活是创作的基础，即便技巧也主要从研究生活中来，“每一个时代的文学，都有新的手法。谁来创造这种新的手法呢？就是那些认真研究了生活的人”[①]。两性关系并非柳青关注的重点，只不过在他深入乡村生活时，难免会涉及妇女解放以及农民爱情婚姻家庭生活问题，或因此，对两性关系的设置也就超越了性别对抗抑或融合之关系的思考。同时，柳青的文学创作始于延安，加上执着于农村题材小说创作，他设置的主要是农村世界中的两性关系，“现实生活”“延安经验”“农村世界”成为他设置两性关系的基础，他笔下的两性关系表现出独特的内涵。

一、不和谐的两性关系

在中国乡土社会，男女有别的原则阻碍了两性之间的情感交流，隔离了两性关系，“这隔离非但是有形的，所谓男女授受不亲，而且还是在心理上的，男女只在行为上按着一定的规则经营分工合作的经济和生育的事业，他们不向对方希望心理上的契洽”[②]。夫妇之间感情淡漠极为常见，恋人之间较为亲近也容易引起风言风语，因此，“分工合作”而非情爱是传统乡村社会两性关系和谐的标准。

20世纪的中国乡村经历了巨大变化，各种外来思想观念冲击着农民。深受传统文化影响的农民被视为无产阶级革命的主体，农民对革命观念的接受经历了由被动到主动的过程。由于所受教育程度及自身阶层地位等个体差异的不同，对无产阶级革命观念的接受程度也不一致，于是就有了先进农民与落后农民之分。柳青小说中设置的不和谐的两性关系，表现为男女思想觉悟先进与落后之间的矛盾。

乡村社会虽是双系抚育，社会继替却偏重父系，男女生而不平等，加上男主外女主内的家庭角色分工，使得男性农民具有更多接受进步观念

① 柳青：《生活是创作的基础——在〈延河〉编辑部召开的短篇小说创作座谈会上的发言（录音）》，见《柳青专集》，福建人民出版社，1982年，第44页。

② 费孝通：《乡土中国生育制度》，北京大学出版社，1998年，第46页。

的机会，而女性倾向于保守，这就形成了先进农民与落后媳妇之间矛盾的夫妻关系。《种谷记》中农会主任王加扶受到新思想的影响，积极进步，在村里领导农业互助组工作；他的媳妇思想传统守旧。两人之间并不存在压制与对抗，仅仅是生活细节上的矛盾。王家扶因无暇顾及自家的发家致富，他媳妇一再表示不满；儿子三拴拉肚子，她固执地认为是他夜深回来，带进了什么邪魔野鬼。在陕甘宁边区，女性虽未必能当家作主，但仍然有一定的地位，也敢与男人斗嘴。小说有一段写到王加扶面对媳妇的挖苦，他的反应："要是早年里，他早已经拿起棍子或者脱下鞋来，抨抨拍拍解决问题了；但现在不行了，一来是公家不许打婆姨，他在村里的地位不同，更应该遵守……"地位的提高与观念的进步并不成正比，这一对夫妻关系的不和谐预示革命观念与小农意识、科学思想与封建迷信之间的矛盾。

在父权社会的乡村，由于受男权的压制、夫妻关系的冷漠，部分女性对情感始终有着渴望，也有男性为之动情，这就形成了以情欲为主的婚外情关系，如《创业史》中的素芳与富农姚士杰。素芳是一个在寻求异性之爱的路上饱受折磨的女性，因为遭受了太多的责难，她的自我意识一直被压抑，到四合院里做杂活后，富农姚士杰对她并不责骂，她感觉自己又重新作为一个独立的人而存在。从遭受压抑到获得"自由"的生存状态之变，使素芳对身为堂姑父的富农表示了好感。当姚士杰在四合院偏院把她抱住时，素芳是感动的："老老实实的拴拴，什么时候那么亲热地抱过她呢？世界上还有不鄙她，而对她好的人啊！不打她，不骂她，不给她脸色看，而喜爱她，她的心怎能不顺着堂姑父呢？"在素芳看来，她与姚士杰是一对有情爱的男女。但对于姚士杰，素芳不过是发泄欲望的工具，情爱可以当场结算，一次五块钱。尤其是富农姚士杰开始破坏互助组工作时，素芳开始反悔。或许仅仅作为欲望的个体，两者关系是和谐的，但这种关系的建立是以违背传统道德为代价的，表现出肉欲至上与道德堕落的特点。

为富农设置一种充满情欲的两性关系，其目的是批判富农的阴险狡诈，但贫农之间依靠爱情组成的恋人关系也未必一定和谐，比如《创业史》中梁生宝与徐改霞。梁生宝与徐改霞都接受过文化教育，梁生宝是革命的，徐改霞也是革命的。土改时期徐改霞是积极分子，不过革命的初衷是摆脱自己不如意的婚姻。两者的区别是对工作与爱情何者为第一位的认识不同，梁生宝将互助组工作放在第一位，而徐改霞将爱情婚姻放在第一位。徐改霞因自己与梁生宝的关系无法确定而心烦意乱，梁生宝却给这段感情规定了时间——秋后。规定感情并不意味着梁生宝铁石心肠，正确处理爱情与合作化运动的关系实际上关涉如何摆正个体与集体的关系问题。在集体主义高扬的社会主义革命年代，宣扬集体主义，批判个人主义，文学作品中也把人民的思想从个人引向集体作为一种价值取向。梁生宝投入合作化运动而不顾个人的爱情婚姻生活，这是将个体融入集体之中；徐改霞过分关注爱情不够认同梁生宝的合作化工作，这无疑是淡化集体。徐改霞与梁生宝的不和谐关系表现为个人与集体、革命与情感之间的矛盾。

在这些不和谐的两性关系中，由于女性的解放与地位的提升，她们拥有一定的选择权与话语权，男性对女性的权利是认可的，因此，两性之间并不存在性别歧视。造成不和谐的原因，是彼此政治觉悟的区别，表现在具体事例上，便是对互助组运动支持与否定的不同态度。王家扶、梁生宝都热心互助组工作，素芳对互助组工作虽不热心，但姚士杰蓄意破坏互助组工作，让她有所警觉。较为复杂的是徐改霞的设置，带有作家柳青个人的思考。1955—1958年，由于国家开始发展重工业，城市对劳动力的需求较大，一大批农民进厂当工人。徐改霞进工厂当工人，实际上是顺应国家工业化的需要，而农业合作化运动的目的也是实现社会主义工业化。从这个意义上说，徐改霞的“进城”顺应了时代发展的趋势。但相对于农业互助组工作来说，她就是一个“逃兵”。可见，在农业合作化与工业化的两条道路上，柳青有着自己的倾向。对互助组运动的投入与疏离，成为两性关系不和谐的根源。

二、理想的两性关系

1950年颁布的《婚姻法》确立了男女在婚姻制度上的平等地位，在两性关系中，女性已不再居于从属地位。不少女性接受了社会进步思想，自觉摆脱家庭的束缚，走向社会的广阔天地。她们无视自身柔弱的身体，以社会对个体的评价标准——政治思想，来要求自己，将投入社会主义革命事业作为个体进步的标尺，她们在体力劳动中不甘落后于男性，与男性一样同是党的好儿女。

积极进步的男女组成的理想的两性关系，在柳青作品中，最明显的例子是《创业史》中的梁生宝与刘淑良。梁生宝与刘淑良因为互助组工作结缘，他们首先是农村互助合作工作队伍中的革命同志，然后才是革命伴侣。初次见面后，刘淑良对梁生宝较为满意；梁生宝感觉刘淑良是好女人，但对方的互助组领导身份让他犹豫。选择何种伴侣并不单是感情问题，更要顾忌影响。到县城开会再次见到刘淑良时，对方的落落大方给梁生宝更多的好感，加上区干事牛刚谈起刘淑良也是赞不绝口，梁生宝由此认为刘淑良是他合适的对象。梁生宝与刘淑良的感情经历了波折，也经受了考验，由革命同志成为革命伴侣。

从延安时期开始，就有不少作品涉及“军民鱼水情”这一话题。柳青作品也在彰显“军民鱼水情”，并由此设置了一对理想的军民夫妇，这就是《创业史》中的梁秀兰与志愿兵杨明山。秀兰七岁时与杨明山订婚，梁家嫁女的目的是用女儿的彩礼给儿子买个童养媳。接受了新思想的女性原本应反对这种婚姻，作者却让杨明山参加志愿军赴朝抗美，成了革命英雄，这种传统的婚姻因有了英雄色彩而变得精彩。事实上，无论英雄本人如何光彩夺目，这种婚姻并不是以感情为基础，也存在某种交易。秀兰与这位未婚夫从未谋面，杨明山这一名字不过是一个概念，引秀兰产生爱意的是后者的英雄身份。因为这种身份，连已解除婚约的徐改霞也羡慕秀兰："大概走路时脚步也有劲，坐在教室里也舒坦，吃饭也香，做梦也甜吧？"因为后者的英雄身份，秀兰要反对这种传统婚姻，不但梁三老汉要骂，别的庄稼人要骂，作者恐怕也是不允许的。

秀兰的爱代表了老百姓对英雄的崇敬。爱他因为他是英雄，因此，当杨明山在战场毁容之后，秀兰对英雄杨明山的爱只可能更加强烈。爱英雄，自然不该计较英雄的外表。应该说，秀兰并不是一个被革命武装了头脑的女性，相反有更多传统观念，对爱的忠诚一方面是出自"媒妁之言"的既定事实；另一方面则是对英雄的崇拜（这是军民关系融洽的一个表征），也包括对方因毁容而感到自卑后，秀兰对弱者的同情。其中隐含这样一个关系链：他为了祖国，"牺牲"自己——成了英雄——因此，我应该……。这个关系链中透露出这样一种双重奉献关系：身为志愿兵的杨明山为国家奉献自己的身体，梁秀兰为杨明山奉献自己的情感，归根结底也是为国家奉献自己。

类似的情感出现在《铜墙铁壁》中。积极分子石得富积极投入工作，无暇顾及与银凤的婚事，革命事业是更为严峻的考验，需要他全力以赴。银凤对这个积极分子是精神上的认同，她认为即使他们成了亲，他也不是她一个人的。而当银凤得知石得富受伤还给炮队带路时，她表现出钦佩，认为对方是"好强的人"，即便他为此身体残疾或毁容，她的爱只可能更加强烈。作者显然非常认同这种爱情观，小说中这样写道：

> 一个女孩子懂得爱情是平常的事，可是当这种爱情同革命志向胶着在一起，二者互相巩固、互相发展的时候，就产生出一种顽强的力量。[①]

和谐的两性关系既包含共同的进步，还有奉献精神。

与不和谐的两性关系相比，他们虽并非自由恋爱，却因为彼此在思想上的共同进步而极为和谐。"理想"并非为男女双方充分展示各自的性

① 柳青：《柳青文集》第1卷，人民文学出版社，2005年，第421页。

别属性，也非一见钟情、花前月下，而是男女具有共同的革命理想，为革命事业奉献自我。在这里，女性均表现出对男性英雄（革命英雄与战斗英雄）的崇拜心理。男女双方亦具有选择权，选择过程是男性英雄革命精神不断纯洁化的过程，也是女性思想崇高化的过程。

三、革命加传统：女性解放、革命理想与传统元素

新中国成立之后，在《婚姻法》和现代婚姻制度的影响下，年轻人逐渐接受了婚姻自由的观念。“在政治宣传和贯彻婚姻法等教育影响下，人们普遍以追求思想进步为荣”，表现在婚姻择偶上，便是“着重对方政治条件和外在表现等因素，而且也不注重物质要求”。[①]传统的以家庭为本位的门当户对观念随之得到改变。在女性获得婚姻选择权之后，男女双方因为共同革命事业而走到了一起，这种设置在“十七年”时期的小说中较为常见。在柳青小说中，女性解放也是建构理想两性关系的基础。

柳青作品中最能体现女性解放的人物是《创业史》中的刘淑良，主要表现在三个方面。其一是“休夫”。前夫考上了大学，在感觉彼此缺乏共同语言后，她主动提出离婚，“休”了丈夫。传统社会中，只有丈夫休妻，妻子没有提出离婚的权利，刘淑良一改封建社会女性“被休”的命运，充分展现出女性的自主权。其二是再婚，小说中虽没有直接写刘淑良的再婚，从目前的故事发展看，刘淑良的再婚是必然的。在传统社会中，寡妇连生存都成了问题，自由选择对象再嫁更不可能。其三是成为村里的互助组领导。获得解放的女性，在劳动生产中表现出非凡的能力，成为党的基层领导，一改传统社会女性被支配的地位。因为获得了与男性平等的地位，女性才可能与男性志同道合，成为革命路上的伴侣。在这一点上，梁秀兰也一样。在杨明山毁容之后，梁秀兰有了“选择”这一过程，对杨

① 张志永：《婚姻制度从传统到现代的过渡》，中国社会科学出版社，2006年，第175页。

明山的感情也得到了升华。

女性解放确立了男女双方自由与平等以及女性对婚姻的自主选择权，但“单靠性的冲动与儿女的私情是并不足以建立起长久合作抚育子女的关系来的”[①]，共同的革命理想成为两性和谐的纽带。作者用梁生宝的爱情婚姻经历做了说明。梁生宝先后与三位女性形成了三种两性关系。第一种是与用妹妹的聘礼换来的“童养媳”之间的传统两性关系。梁生宝对后者没有爱情，但在女性获得解放并纷纷投入社会主义革命时期，这个童养媳原本也可以改头换面，成为梁生宝的“贤内助”，作者却让她早早去世。第二种是他与徐改霞之间的以情爱为主的两性关系。徐改霞一度是梁生宝爱恋的对象，因为梁生宝热心于互助组工作，徐改霞在失望中选择进城当工人。第三种是与刘淑良之间以革命为重的两性关系。刘淑良理性、稳重，为互助组工作放弃进城；梁生宝无私，为革命摒弃儿女私情。他们是革命事业的同路人，理想的革命伴侣，最终结合在一起。

作者设置童养媳的“死”与徐改霞的“走”显然是有深意的。童养媳的“死”给了梁生宝选择爱人的机会，而选择爱人与选择革命事业是一致的，表明作者对传统两性关系的否定。徐改霞的“走”则否定了两性关系的“爱情至上”。在谈到徐改霞时，柳青说她是“一个孤独的寡妇疼爱的小女儿，她没有受过重大的压迫。母亲在旧礼教的樊笼里把她养育大的。她由于个人婚姻问题的苦恼，参加了革命的活动。她接受了郭振山许多不健康的影响，也接受了党的许多正确的思想教育，形成了她思想上的矛盾”[②]。事实上，徐改霞最大的问题是不热心互助组工作，将革命工作与爱情对立起来。她认为，“一个闺女家，可以拿一切行动表现自己爱国和要求进步，就是不能拿一生只有一回的闺女爱，随便许人……不管他男方是什么英雄或者模范，还要自己从心里喜欢，待在一起心顺、快乐和满

① 费孝通：《乡土中国 生育制度》，北京大学出版社，1998年，第129页。

② 柳青：《艺术论》，见《柳青写作生涯》，百花文艺出版社，1985年，第79—80页。

意”[①]。互助组工作是柳青革命工作中最重要的一部分，柳青于1952年到陕西长安县挂职锻炼，担任长安县县委副书记，主管农业互助合作工作。这期间，他亲自指导多个农业社，稿费捐给公社，并写了多篇关于农业生产的文章。柳青对徐改霞的否定也是对不认同互助组工作以及“爱情至上”两性关系的否定，同时确立了“革命至上”的理想两性关系。

两性关系以革命为重，在革命中产生情感，并归结于革命。但在柳青笔下，现代社会产生的两性关系，也带上了传统的内容，且不说“媒妁之言”的择偶方式。在塑造理想女性人物时，柳青强调她们传统的一面。《创业史》中，介绍人向梁生宝的母亲介绍刘淑良时，有意指出她“啥针线活都会做”；秀兰也会做针线活，能操持家务，善良、淳朴。此外，这两组两性关系的建立多少都受到门当户对传统择偶观念的影响。梁秀兰与杨明山自不必说。《创业史》中，在刘淑良与梁生宝相亲后，小说写了这样一段：刘淑良在看到梁生宝家的草棚院，并了解的他家庭情况之后，对梁生宝更加满意。诚然，这种在择偶时考虑对方家境的方式虽不等同于传统的“门当户对”，但仍留有痕迹。徐改霞是在封建礼教的樊笼中受溺爱长大的，她与梁生宝关系的破裂显然有着“门不当户不对”的因素。更值得探讨的是两性交往的传统模式，刘淑良在与梁生宝的交往中，表现了传统的一面——等待。相反，在徐改霞与梁生宝之间，徐改霞在爱情的独角戏中扮演了传统社会本应属于男性的角色——选择者，男性“缺席”。两性关系中，女性充分发挥了主动权，她的失败就有了特别的意味。

或者，理想两性关系这样设置：杨明山与梁秀兰两小无猜，后杨明山成为战斗英雄；梁生宝与刘淑良在互助组工作中逐渐走到了一起。这种方式虽然突出了爱情，但淡化了因刘淑良的离婚与再婚体现的女性解放思想，淡化了梁生宝、梁秀兰选择伴侣彰显的革命理想，以及“媒妁之言”的择偶方式象征的传统观念。女性解放、革命理想与传统元素为柳青笔下

① 柳青：《创业史》，陕西人民出版社，1991年，第287页。

理想两性关系的关键词，其中女性解放属于革命范畴。因此，柳青笔下的理想两性关系不能简单视为“革命加爱情”的模式，更多表现为“革命加传统”的模式。这种设置既与革命时代主题相吻合，也不违背乡村社会现实。“十七年”时期，人们的婚姻观念尚处于由传统向现代变革的过程：“在实际生活中，由于男女社交没有开展，还有‘男女授受不亲’的传统观念的影响，目前缔结婚姻的途径，是以经过亲戚、朋友的介绍，由本人决定的自主婚姻占大多数。”①而在20世纪50年代中期之前的农村，女性的择偶方式仍为“媒妁之言”，长辈、父母做主，女性自己的选择余地较小。

马克思在《1844年经济学—哲学手稿》中曾说过，根据男女两性关系可以判断出人的整个文明程度。柳青笔下的两性关系并非仅仅在探讨两性之间交往问题。在否定不和谐的两性关系与肯定理想的两性关系过程中，柳青对女性解放、革命与爱情、现代与传统等问题的思考逐渐明晰，理想两性关系的建构也体现出柳青对现代择偶观念、革命至上以及部分传统观念的认可。

四、柳青创作的延安经验

柳青的创作烙上“十七年”时期的印痕，作为在延安成长起来的作家，他更多的经验来自延安，主要为革命与文学经验，包括对女性解放、革命伴侣的选择、“深入生活”与提倡“旧形式”的创作观念以及革命工作重要性的认识。这些经验体现在他对理想两性关系的设置中。

延安时期，女性（主要是知识女性）获得了解放，“她可以工作，她可以不必再倚靠男人生活，她可以不必再死心忍气听受丈夫的无理谴责”②。诚然，延安的女性解放被视为整个民族解放的一部分，但女性

① 雷洁琼：《新中国建立以来婚姻家庭制度的变革》，载《北京大学学报》1988年第3期。

② 赵超构：《延安一月》，上海书店出版社，1992年，第168页。

因此拥有了自由选择对象的权力。延安当时倡导一种“标准化”的恋爱观——同志爱，不妨以洛甫的话对这种同志爱做一解释：“革命队伍里的恋爱和结婚是完全建立在自由、自主的基础上的，不许以任何外力强加于人”，“革命队伍里的终身伴侣，首先应该在政治上、思想上有共同的信仰，愿意为共产主义事业奋斗。志同道合、情投意合才是夫妻间最大的幸福和快乐”。[①]由此可见，女性解放是婚姻自由、自主的前提，理想的两性关系以共同的革命信仰为首要条件，且注重志同道合（革命）与情投意合（爱情）的结合。

柳青的文字中较少有对女性解放与革命婚姻的论述，但从他的两次婚姻可见他对革命伴侣的选择标准——志同道合。他的第一任妻子马纯如为绥德干部子弟学校教员，第二任妻子马葳在西北党校工作，两人均为共产党员，且从结识到结合都没有耗费太长时间。刘可风在《柳青传》中提到，柳青认为“为共同的事业奋斗”[②]的婚姻是满意的。在小说中，他也在强调夫妻之间的志同道合：如《创业史》中梁三老汉担心女儿梁秀兰悔婚，不想让她上学，老伴则认为女儿不学习文化知识，会遭女婿嫌弃；《铜墙铁壁》中兰英的丈夫马金宝被提拔成野战军连长，兰英亦不甘落后，不仅学习文化知识、担任村干部，还入了党。通过在新社会的共同进步，旧式婚姻包裹上新式的革命外衣，虽是父母之命，却因般配且情投意合成为新式婚姻。单方面的进步会导致婚姻双方的不平等，《创业史》中，多病的童养媳去世，梁生宝表示怜悯与悲怆，他觉得与她在一起就是“胡来”，简直是“犯罪”。相反，面对上了两年学的徐改霞，他也担心对方眼高看不上自己，体现出柳青平等的婚姻观。在他的作品中，“情投意合”亦被“志同道合”所遮蔽，即便是在自由选择婚姻的梁生宝与刘淑良之间，两情相悦也被简化为“面谈过两回”，这种设置与他对革命重要

① 张培森主编：《张闻天在1935—1938（年谱）》，中共党史出版社，1997年，第285页。

② 刘可风：《柳青传》，人民文学出版社，2016年，第410页。

性的认识不无关系。

1942年延安文艺座谈会召开之后，延安中央组织部曾派遣党的文艺工作者到工农兵实际生活中去，柳青于1943年2月被调到陕北米脂当乡文书。一个习惯于案头工作的文人在与工农群众相结合的过程中，感受到基层工作的烦琐以及物质生活的艰苦，关键是与工农结合的艰难，这是关乎革命的重要问题："我知道搞下去或搞不下去对我往后发展的影响是重大的。很明显，这时摆在我面前的问题不仅仅是搞文艺不搞文艺的问题，而更重要的是革命不革命的问题了。"①在革命队伍中显然不能知难而退，经历了"转弯道路"之后的柳青逐渐与群众结合，并坚定了他的革命信仰。之后，柳青产生了为人民的创作立场。在柳青看来，为人民创作，就要在作品中表现劳动人民而非知识分子强加给劳动人民的思想情感，这就需要作者深入劳动人民的生活，忠于现实，把握劳动人民的情感，他说，"衡量一个作家的立场观点、思想感情的是他的作品，更确切地说，是他的作品反映现实的正确性和深刻性"②。由此，他更了解了深入生活的重要性："作家的功夫，主要在生活方面"，要"用在研究生活上"。③

人类生活在传统之中，即便在革命年代，也不可能与传统彻底决裂，关注现实使得柳青的两性关系设置中出现了超越革命的内容——传统元素。但关注现实并不意味着现实均要进入文学作品，这里就不得不谈到"旧形式"的问题。在延安，文艺对旧形式的改造与借鉴，目的是将旧形式作为一个媒介，以"接近大众"，同时"提高大众的政治认识"，并建立中国民族抗战时期的新文艺。④可见，提倡旧形式既是为了宣传，也是为了以民众愿意接受的方式来启蒙民众。由此理解旧形式的倡导，不仅涉

① 柳青：《转弯路上》，见《柳青专集》，福建人民出版社，1982年，第7页。

② 柳青：《毛泽东思想教导着我——〈湖南农民运动考察报告〉给我的启示》，见《柳青专集》，福建人民出版社，1982年，第14页。

③ 同上，第18页。

④ 艾思奇：《旧形式新问题》，见《红色档案 延安时期文献档案汇编 文艺突击》，陕西人民出版社，2013年，第177页。

及文体问题，更涉及知识分子的创作立场问题，即通过旧形式，知识分子实现与民众的交流。站在人民立场上创作的柳青，在理想两性关系设置上借用传统方式，同时突出革命理想，这显然利于读者接受并提高政治认识。

起步于延安，成熟于“十七年”，柳青的文学道路并不独特，延安时期形成的革命经验与文学经验使他笔下的两性关系有着独特的内容。归根结底，是“深入生活”的姿态。在深入农村日常生活的过程中，他加深了对革命重要性的认识以及对传统因素的把握，才有了他笔下理想的两性关系模式——“革命加传统”。如果要探讨其中的文化内涵，主要为革命文化与农村传统文化。革命文化是时代主流，农村传统文化的出现则源于柳青的长期“深入生活”。从柳青的创作实绩似乎可以说，“深入生活”是作家获得个性与成功的途径之一。

原载《当代文坛》2016年第5期

文学路径、乡村社会转型与柳青的文化表达

柳青是“十七年”时期较为重要的作家，《创业史》的成功使他成为“深入生活”的典范。生活的广度、阶级矛盾的尖锐，尤其是英雄形象的塑造是《创业史》获得广泛赞誉的几个关键因素。柳青曾希望自己的作品经得起历史考验，应该说，这个历史既包括文学作品产生的时代，也包括后面许多个时代。

新中国成立之后，农业合作化运动改变了乡村社会结构，即由以血缘关系为主走向以社员关系为主。中国社会的乡土性在乡村表现得极为明显，因而，乡村社会变革是中国社会变迁的一个缩影。或许正是出于此种考虑，加上一直以来乡村为其提供了创作资源，柳青选择了落户长安。长期自给自足的生产方式影响了农民的思维观念与价值判断，对此，把自己作为农民中的一员，与农民长期交往且熟知后者性格的柳青很难做出简单的是非判断。即便对其中与合作化运动并不十分契合的内容，呈现事实远比告知结论更有价值，事实永远拥有不断阐释的意义。

一、创作之于柳青的意义

作家创作的姿态很大程度上取决于文学对他的意义。为文学卖命的柳青，将创作视为他生命的全部。一部《创业史》，春秋廿五载。守护创作，就像挑着一篮子鸡蛋怕人碰碎而左躲右闪，在政治夹缝中寻找作品的

生存土壤。胡采曾说：“柳青基本上是属于从革命到文学这一类型的人。就是说，他是从革命工作需要出发，而从事文艺工作，拿起笔来写东西的。”[①]在文学与革命之间，对于柳青，文学与革命亦并非对立的概念，他最先接触的是革命思潮，文学是他革命的一种表达方式，因此不存在革命与文学之间的二者取一，而是文学的取舍。柳青的文学路径是从革命到文学再到农村题材小说，探究转变的根源，便可理解《创业史》对他的意义。

柳青早年通过阅读接触到革命思想，加上受大哥刘韶华的影响，认可无产阶级革命，同时对文学产生了浓厚的兴趣。柳青的文学活动包括编辑、创作与翻译。读高中时，因英语和国文成绩较为突出，他曾参加刊物《救亡线》以及《学生呼声》的编辑工作。但编辑工作并不能满足他对文学的热情，他开始往上海的文学刊物投稿，却一直没被采用，直到1936年在《中学生文艺季刊》上发表了《待车》。发表作品的艰难让他开始反思自己，也许“文学天赋不高，翻译外语的能力大概可以稳步发展”[②]。于是，他选择报考北大的俄语专业，且为自己规划了职业生涯——文学翻译，将好的苏联文学作品介绍给国内读者。他如愿考入西安临大俄文先修班，但当学校南迁汉中时，柳青却选择了北上延安。

南下北上也是柳青人生第一个转折点。南下汉中，凭着对学习的热情，多年之后，他应能成为出色的翻译家。北上延安，是为了上抗日前线，对他而言，“直接投入到抗击侵略者的斗争中，同时，把抗日战场上无数可歌可泣的英雄写出来”[③]更有意义。北上延安，并非放弃翻译，只是在革命与翻译之间，他更看重前者，进入革命现场的渴望战胜了对苏联文学的译介工作。偏安一隅，难以平复抗战的情绪，民族情绪高涨的知识分子纷纷投笔从戎，柳青不过是其中的一员。但与大多数人不同的是，柳

① 胡采：《简论柳青——〈论柳青的艺术观〉序》，见《新时期文艺论集》，陕西人民出版社，1983年，第178页。

② 刘可风：《柳青传》，人民文学出版社，2016年，第37页。

③ 同上，第38页。

青早年患有肺炎，身体虚弱的他并不适应前线，却毅然决然，可见他抗战的决心。进入延安之后，柳青也曾翻译过辛克莱的《不许通过》，只是因国内已有译本未能出版。翻译工作难以为继，留给柳青的只有革命与创作。延安时期大力强调文学为工农兵服务，此时解放区的工业并不发达，进入前线书写革命文学正好能满足北上延安的初衷。柳青1939年终于以随军记者、文化教员的身份进入抗日前线，但随军的艰苦使身体虚弱的他肺炎复发，无奈之下，他只有返回延安。

1943年2月，柳青经历了第二次人生转折。其时柳青已参与过农村选举工作，自认为了解农民的保佃斗争，本想在延安创作长篇，自认为对工农兵已有接触的他却接到“长期在农村做实际工作”的介绍信，到米脂县某乡政府担任文书，这并不符合他的意愿。处理农民之间的纠纷，了解老百姓的思维方式，他纠缠于农民的琐事之中，也逐渐了解了农民，却无暇顾及创作。这时，虚弱的身体又一次向他提出严峻的考验，他再次病倒。

延安时期要求文人深入群众以改造自己，写作姿态直接关系到能否适应工农兵文学方向，而个人有无工农兵的写作姿态则表现为能否与群众建立感情联系。正是在这个意义上，无法和群众打成一片就成为非常严肃的问题。能否在乡村工作预示着能否走创作道路，而创作则是放弃编辑与翻译生涯后的柳青所面对的唯一选择。他说：“至于改行的问题，我根本没有考虑，在革命队伍里‘知难而退’是莫大的耻辱，没脸见同志们的面，组织上不掉转我的工作，我不能要求。”[①]柳青对自己有较为清醒的认识，瘦弱多病经受不了过度劳累，他的特长是语言文字，下乡不过是改造自我，如要创作则必须扎根农村。他说：“假使我不能过这一关，我就无法过毛主席文艺方向的那一关，我就改行了。”[②]他后来称之为革命与不革命的问题，其实质是创作与不创作的问题。此次下乡为他今后的创作奠定了基础，他将之命名为“转弯路上”并不为过。《种谷记》的诞生使他

① 柳青：《转弯路上》，见《柳青专集》，福建人民出版社，1982年，第8—9页。

② 同上，第7—8页。

意识到自己的创作基础——“深入生活”，并形成了由生活到文学的创作规律。据刘可风回忆说，如果没有出版《种谷记》，柳青可能会从政。长篇处女作《种谷记》的出版对柳青无疑有着里程碑的意义，米脂生活可被视为柳青创作的试验期，《种谷记》的出版回答了纠缠柳青许久的是否改行的问题，它说明深入农村创作农村题材长篇小说是可行的。

柳青的第三次人生转折是从北京回到陕西。此时的他重操在延安时的旧业——报刊编辑，参加创办《中国青年报》，担任编委与副刊主编。编辑工作虽然繁忙，创作欲望并没有熄灭，他决定写即将开始的新时代。延安创作经验又一次发挥了作用——深入生活。这一次，柳青直接扎根到农村。这期间柳青遭遇了一次创作上的受挫，即1950年《种谷记》在上海召开座谈会时受到部分研究者的批评，部分评者认为其最大的问题是不具可读性，1951年《铜墙铁壁》出版之后反响平平。在病痛的折磨下毅然选择文学的柳青对自己的创作应该是有所期待的，即创作经典。根据柳青的创作经验，唯一途径是深入农村创作农村题材小说。在创作《创业史》过程中，柳青受到来自杜鹏程的《保卫延安》成功的启示，即作品不断修改能够成为经典。为了实现创作上的突破，他不急于将著作公之于众，却成为外界质疑他创作能力的理由。柳青承受更多的却是来自自身的压力，一旦《创业史》反响平平，落户皇甫就显得极为可笑。因此，他将要面对的不是自己能否创作，而是是否要继续走文学道路的问题。进一步说，则是延安时期他在病痛的折磨中选择的道路是否合适的问题，又或者是，二十年多年的文学生涯不过是证明了当初对自己“文学天赋不高”认识的准确性，他如何面对这段有些失败的人生道路的问题。从这个意义上说，《创业史》的修改已经不仅是创作上的问题，更是对柳青个人革命意志的考验，不到自己满意，修改不会停止。为文学卖命，更是为革命卖命。

柳青的文学道路是在不断选择中确立的，是留有退路的执着前行。正因为留有退路从而免去了后顾之忧，才有不管不顾的投入。为了创作，他可以不顾病痛的肉体的折磨。身体不过是载体，创作才能成就自己。不妨将柳青的革命与文学分属于现实与理想范畴，通过创作，这个在现实世界中谨小慎微、静心寡欲的人才活出了精彩。

二、转型时期的乡村社会观照

中国乡土社会，自给自足的小农经济占据主导地位。这一生产方式造成了农民固有的思维方式——以“我”为出发点，也即费孝通先生所说的“以已作为中心的主义”。新中国成立之后，在全国范围开展的农业合作化运动改变了农民的生产方式，也冲击着农民固有的思维方式。在“以农补工”的政策下，农民被要求加入超越宗族血缘关系的合作社，但并非所有的农民都具有超越自身阶层的精神觉悟，农民的现实状况与主流意识形态的期待存在差距。对此，深入乡村生活的柳青深有体会，他从社会权力结构、农民婚姻家庭、农民思维观念等角度再现乡村社会变迁。

柳青对乡村社会权力的书写主要涉及教化权力与乡绅权力。中国传统社会皇权不下乡，乡村社会秩序是通过“礼”来实现的，即儒家伦理道德规范，晚辈对“礼”的习得通过长辈的道德教化完成。在家庭内部，拥有道德教化权力的是家长；在村落或族群，拥有数化权力的则是长老，因此教化权力也即“长老权力”。教化权力的出现缘于乡村社会相对固定，长辈的生存经验足以使晚辈应付生活中的诸种问题，“同一戏台上演着同一的戏，这个班子里演员所需要记得的，也只有一套戏文。他们个别的经验，就等于世代的经验。经验无须不断累积，只需老是保存”①。因此，这一权力是在乡村社会传承过程中出现的，是传统文化所赋予的权力。随着乡村社会的变革，现代文化观念冲击着原先较为封闭的乡村，长辈的经验无法解决新的问题，加上一些政策法律的推行，如《婚姻法》的颁布，教化权力逐渐被削弱。

① 费孝通：《乡土中国 生育制度》，北京大学出版社，1998年，第21页。

自晚清至民国初期，由于科举制度的终结、社会的动荡，以及国家权力逐渐渗透到乡村，乡绅权力有所扩张，并表现出横暴化倾向，“土豪劣绅逐渐成为‘地方领袖’，他们凭借强制性的武力和财力牢牢掌握乡村社会的政治权力”[①]。乡绅作为维系统治阶级与农民之间关系的桥梁，乡绅权力既是政治权威，也是文化权威。20世纪20年代，传统社会所推崇的乡绅阶层成为被革命的对象，农民运动、土改运动，造成乡绅权力的衰落。

这两种权力均依附于传统文化，因其传统性，在革命文学话语中遭受漠视或批判。乡绅权力因为乡绅阶层的处境表现出反动性；老一代农民也表现出落后性使得长辈的教化权力逐渐淡出，让位于共产主义思想教育。在柳青的作品中，最明显的表现是父母之命、媒妁之言已无法左右农村青年。《创业史》中，徐改霞解除了婚约，寡母无法左右徐改霞的婚事；王瞎子通过暴力对儿媳赵素芳行使教化权力，逼迫对方守妇道，最终却事与愿违。同时，长辈也无法约束晚辈的生活方式。梁三埋怨梁生宝无暇顾及为子孙创业，受到梁宝生的反驳。梁生宝还将未来的蓝图展示给家人，结果是身为儿子的梁生宝在教化父亲梁三。

对乡绅权力，柳青却在突出这一权力的威慑力。民国时期的解放区，农民翻身做了主人，《种谷记》中当了近半辈子奴仆的李老婆，在政治上与老雄拥有平等地位，甚至是政治肯定的对象。东家老雄并未施威于她，在老雄面前她却表现得极为畏缩。让她畏怯的不是老雄个人的权威，而是他所代表的乡绅身份及地位，这是传统社会的后遗症。《创业史》中，富农姚士杰因殷实的家产使赵素芳对他惧怕又崇敬，在富农较为安静的家里，她甚至认为这“是一家高尚的人家”。基于这种复杂心理，当姚士杰将她抱住时，她屈服了。她屈服的不只是姚士杰本身，也是后者高不可攀的乡绅地位。

在中国传统社会，婚姻的目的是结缘或传宗接代，男女双方绝大多数

---

① 张宪文、张玉法主编：《中共农村道路探索》，南京大学出版社，2015年，第247页。

无感情可言，主要是分工合作。抗日战争时期，解放区婚姻法给予了女性在婚姻上的独立地位；新中国成立之后，男女实行同工同酬，进一步确立了男女平等地位。老一代农民受传统思想影响较深，大多夫唱妇随。相较而言，年轻人接受了新思想，将婚姻家庭生活与革命结合起来。

柳青多写乡村社会青年的爱情婚姻生活，他强调婚姻以志同道合以及女性的精神独立为前提。《创业史》中的梁生宝与刘淑良因为互助组工作结缘，梁生宝为了互助组工作宁愿放弃与徐改霞的爱情；刘淑良向考上大学的丈夫提出离婚后，彻底投入村里互助组工作并成为领导。同时，女性在婚姻上不仅拥有与男性平等的地位，还获得了主动性，这是与男性成为志同道合革命伴侣的关键。此外，梁秀兰与杨明山的婚姻虽然依赖于传统的媒妁之言，当杨明山奔赴朝鲜战场且成为革命英雄之后，梁秀兰对杨明山心生崇拜，对方的志与道便是她的志与道，他们亦实现了志同道合。梁秀兰无视世俗偏见以未婚妻的身份毅然进入杨明山家，她同样获得了精神独立。只不过她们的独立仍为女性解放，属于社会主义革命范畴，摆脱传统的束缚后，其最终归宿仍是社会大家庭。

需要注意的是，这种婚姻关系建立在传统模式之上，两对婚姻关系的确立均始于媒妁之言，更为重要的是，梁秀兰与刘淑良都具有传统社会规范下的女性美德——“三从四德”。三从即从父、从夫、从子。四德即“德言容功”，包括妇德、言辞、容貌、女红。她们毫无疑问是好女儿、好妻子，她们孝顺、淳朴、大方。刘淑良与前夫离婚的出发点是牺牲自己，给对方自由。有意思的是，媒人还特意称刘淑良啥针线活都会做。新社会的女性英雄会不会做针线活并不影响她的形象，但从传统观念来看，不会做针线活便缺了一德。由此看，插入媒人看似多余的话却具有特别的含义。

乡村社会的转型不仅体现在权力结构、婚姻家庭，还体现在农民的价值观念上。中国传统社会，自给自足的小农经济占据着主导地位。长期自给自足的生产方式造成了农民固有的以“我”为出发点的思维方式，即按照与“我”距离的远近决定亲疏，以是否与己有关来划分人我，形成了与己有关的群体以及与己无关的群体，距离的远近以血缘关系的远近为依据。习惯了单干的农民在合作化时代被要求集体耕种，这对于部分能够自给自足的农民来说，显然是与己无关的事情，传统思维方式使得他们更倾向于自家的创业。合作化时期要求农民集体生产，因此，能否投入集体创作被视为是否进步的标志。《创业史》中不同阶级的农民有着不同的价值判断，以集体为主即为进步，以个人为主则是落后。也有因外力作用价值观念有所转变的农民，值得探讨的是与传统观念稍有不同的赵素芳与徐改霞。

徐改霞是一个受革命思想影响的女青年。柳青对她的定位似乎有些纠结：一方面，她优秀得足以获得英雄梁生宝的爱；另一方面，她还不足够优秀以至于没能成为梁生宝的伴侣。为了不损害人物形象，在许多作品中，这种人物通常的结局是英勇牺牲。但作者对她另有安排——进工厂，她与梁生宝之间的不和体现为两条道路的斗争。其实，合作化运动的目的是“以农补工”，徐改霞进工厂也是“以农补工”，二者之间并不存在对立关系。赵素芳是一个来自不幸家庭的传统女性，她是一个弱者与受害者。这个缺乏爱的女性在富农家获得了片刻的宁静，竟觉得富农是高尚的人家，仅仅是因为在这里“没有人咒骂她”，她被作为一个“人”来看待。

对“十七年”文学，我们与其执着于叙述者的姿态，不如分析作品究竟写了什么，因为姿态也是一种策略。虽然对徐改霞与赵素芳的心理描写与革命话语并不相吻合，却正是这种描写，写出了人的真实情感，她们的共性便是渴望爱情。20世纪初，女性的性别意识便已觉醒，寻找男子汉的莎菲不过是众多思想解放了的女性中的一员。“十七年”时期强调“革命至上”，爱情必然依附于革命，她们却经历了爱情与革命（事业）的较量。尽管革命最终胜利，因为作者花了大量笔墨切入人物内心世界，使得爱情的产生顺理成章。促使她们敢于追求爱情的，或者是随革命而来的现代文化观念，或者是传统文化中的非儒家文化因素。尤其是赵素芳，在遭受婆家的折磨、梁生宝的批评之后，她渴望的只是一个拥抱。这一刻，她是作为一个生物学意义上的人而存在的，这是人最初的生存状态，当人的这一状态得到实现，然后才可能是社会学意义上的人。

对转型时期的乡村社会，柳青并无意建构一个主流意识形态强调的有序、统一的乡村社会，而是突出其中的多样性与复杂性，其实这正是社会转型时期的应有状况。这与柳青长期深入生活有一定的关联，它体现出农民思想发展的不同步调，以及柳青对乡村社会文化形态的复杂思考。

三、乡村社会的多元文化表达

柳青曾说："肉体对我就这么一点意义，给人们留下一些研究上个时代的真实资料。"①"资料"是柳青对自己作品的重要定位之一。这句话至少有这样几种理解：一是创作的意义，即作为研究资料；二是作品的真实性，强调作品与现实之间的密切关系；三是作者创作过程中所受的影响体现在作品中。"真实至上"，但追求真实与文学规范之间是否永远合拍，在某些不合拍的地方，创作在有意无意之间是否与主流意识形态存在裂隙？

乡村社会以传统文化为主，当工农兵成为革命的主体，当革命进入乡村，革命文化也开始影响乡村社会。尤其在集体化时代，在国家意志的支持下，革命文化向乡村社会渗透，传统文化观念遭到严重冲击。在对乡村权力结构进行书写时，柳青指出了教化权力的衰弱，但同时又强调乡绅权力的一息尚存；在关注农民婚姻家庭时，他强调的是"革命+传统"的模式。并非他刻意要逆流而动，只是为了说明传统文化观念并未完全消失。

相较而言，徐改霞与赵素芳的行为方式中体现的文化内涵要更复杂。在徐改霞对爱情的自觉与渴望上，隐约闪现"五四"新女性的影子。"五四"时期女性的解放是伴随人的独立与解放实现的，她们走出封建专制、压抑个性的"父之家"，寻求爱情与独立。虽然娜拉出走之后结局未

① 刘可风：《柳青传》，人民文学出版社，2016年，第368页。

必美好，她们却通过背叛传统，获得了女性主体性。由此对照徐改霞，取消婚约正是走出“父之家”，追求爱情的自主性，最终又主动放弃等待梁生宝而进城。她的行为背后是“五四”现代文化。“婚外情”涉及道德伦理范畴，被视为道德败坏而受到批判。传统社会，儒家文化讲究男女授受不亲，新中国推行一夫一妻制，但自古至今婚外情都是屡禁不绝。尤其在民国时期，由对包办婚姻的批判，大众表现出对“婚外情”的宽容与肯定。赵素芳的婚外情行为并非出于对包办婚姻制度的自觉反抗，是儒家文化、革命文化以及现代文化所不提倡的，而是来自非主流民间文化的影响。

由此看，柳青的乡村世界有着多元文化共存态势，革命文化为乡村之本，优秀传统文化为乡村之根，非主流民间文化与现代文化或隐或显。这些文化形态在“十七年”时期的乡村社会并非都有生存空间，从理论上讲，现代文化20世纪初由西方引入，民国时期还有晏阳初、梁漱溟等人实行乡村建设，现代文化在乡村社会或多或少会留有痕迹。从这个意义上说，柳青真实地反映了乡村社会生活。更为重要的是，革命话语指导下的文学乡村形象之外，柳青建构了一个并非完全阶级化的乡村社会，而是中西、古今多种文化因素冲突共存的世界。

革命自上而下（从理论到实践），柳青的创作自下而上（从实践到创作）。在两种相反的路径之间，柳青寻找到了一个契合点，便是方向上迎合革命，细节上尊重事实。既然农村题材创作有极其重要的意义，技巧的使用与创作场所无关，柳青扎根乡村所要做的和所能做的便是了解真实的农村社会，如同社会学家的实证调查，真实能够让他的作品超越时代局限，走得更远。

面对多元共存的文化，柳青显然有着他的价值判断：对革命文化与优秀传统文化持肯定态度，对传统文化中的落后部分持批判态度，后者被概括为小农意识。一个经历过思想改造、将自己的稿费无偿捐给大队且为农业合作化奔波不息的作家为何执着于批判小农意识？答案是现实。柳青在长安县领导合作化运动时，一度遭遇来自农民的阻力，他因此倍感失望。

连梁生宝的原型王家斌这个被柳青认可的进步人物都产生过个人发家的小农意识。很显然，小农意识并非柳青强加于农民身上的，而是他与农民交往中认识到小农意识普遍存在的事实。

农民操心个人创业本身并没有问题，但在20世纪50年代合作化运动时期，在将变革几千年来土地私有制和个体农业生产方式，从农村提取工业化和国家治理所需要的资源，以农补工，最终建立起国家对农村、农业和农民直接控制的大背景下，农民热心个体生产的传统思维阻碍集体化的进程，必然会受到批判。开展集体化运动需要农民认可合作化运动，不再依据血缘关系来确定彼此关系的远近，而是加入超越宗族血缘的新型社会组织——合作社，形成以社员身份为主要纽带的人际关系圈。新社会的农民获得了话语权，但并未彻底摆脱小农意识，因而不同程度受到乡村传统势力的影响，也影响了农业合作化的进程。柳青说："农业合作化的探索，不管是成功还是失败，都应该值得赞颂与纪念。"[①]柳青从文化呈现转向对小农意识的批判，其实质是从文学创作过程中生发出来的对乡村社会发展的思考。

因为挚爱文学才愿意深入生活，感同身受才能够思考乡村社会发展的问题。柳青将农民的许多问题归结为文化观念，批判小农意识又接受它的客观存在性，看似矛盾的背后是理想与现实的"妥协"。正如他的创作在迎合主流意识形态需要的同时，也在客观描写现实世界；既着力于对历史场景的粗线勾勒，又时时处处让文字在人物内心深处徘徊；既因平铺直叙而损害了可读性，又彰显人情以打动读者。这是一种在众多矛盾中寻找平衡点、兼顾各种制约力量的努力。这种努力至少使得《创业史》能脱颖于同时代的作品，又有不断阐释的空间。

原载《小说评论》2019年第1期

---

① 刘可风：《柳青传》，人民文学出版社，2016年，第430页。

一种期刊与一部经典

——论《延河》对《创业史》的传播

文学活动包括创作、传播与消费三个方面，文学作品被作者创造出来之后，需要在传播与消费过程中实现自身价值。在印刷时代，文学作品由作者向读者传播需要经过发表与出版，因而埃斯卡皮说："没有发表，也就不能说有文学。"[①]一部作品的经典化过程，除了作品本身值得肯定，与时代契合，评论者众，也有赖于对它的传播活动。

红色经典《创业史》在"十七年"时期的传播过程分为三个阶段：在《延河》发表，其影响力主要在西北地区；被《收获》转载，影响力开始辐射东部地区；在中国青年出版社出版，其影响力扩散至全国。其中，中国青年出版社无疑扮演了重要的角色。而柳青所在单位中国作协西安分会主办的会刊《延河》对传播《创业史》的意义不可小觑。《延河》最早连载《创业史》，因为期刊的持续性，它不断发表相关论文、组织研讨活动或扩大作品的影响力，或引导作品的评论导向。《延河》的主要目的可能是繁荣地方文艺事业，但对于《创业史》，带有倾向性的文字多少会影响读者对作品的判断，从而对《创业史》的接受发挥作用。

① 罗贝尔·埃斯卡皮：《文学社会学》，于沛译，浙江人民出版社，1987年，第77页。

一、专业评论为《创业史》定位

因其为中国作协西安分会专业作家柳青的呕心沥血之作，分会机关刊物《延河》对《创业史》的连载给予了相当的重视。在未连载之前，该刊就在1959年第2期封底发出启事："本刊自四月号开始发表柳青新著长篇小说《创业史》第一部，约半年载完。"《创业史》第一部在《延河》1959年第4期开始连载，至11期结束，历时八个月（月刊）。其时，柳青住在长安县农村，因身体不适，每一章发表前，都是编辑来取稿。在发稿过程中，柳青认真听取编辑的意见，视情况决定修改与否以及如何改。最初连载时，命名为"稻地风波"，根据读者建议，1959年8月改为《创业史》。第二部于1960年第10期开始连载，至1961年第10期结束，共发表了第二部前七章。1960年第1期，《延河》集中发表了三篇相关文章：一篇为专业评论，一篇为普通读者评论，一篇为编辑部梳理的读者意见综述。

《创业史》发表之后，《延河》又发表了相关评论文章，这些文章有专业评论与普通读者的评论。专业评论者包括郑伯奇、朱寨、何文轩、李关元等，他们的评论侧重点不尽相同，从不同方面肯定了《创业史》。郑伯奇的《〈创业史〉读后随感》是《创业史》的第一篇评论文章，但并非严格意义上的学术论文，郑伯奇写得较为仓促。《延河》每月1号出刊，据《延河》编辑回忆，《创业史》每期发稿，柳青都修改到最后一刻。可以猜测，郑伯奇看完《创业史》最早在当年10月中旬，他的评论文章完稿最晚应在当年12月中旬，因此，他从读完作品到写完论文总共不过两个月。曾为创造社元老的郑伯奇1959年担任中国作协西安分会副主席，此时期主要致力于戏剧创作与评论，许是受组织所托，或是有感不得不发。郑伯奇仓促撰文，对此，他自己也觉得"稍嫌过早"，主要"因为柳青同志是一个勤勉、谨慎的作家；他的作品都是经过长期酝酿，反复修改之后才肯发表；而发表以后还要倾听各方面的反应、批评和意见，然后又一再修改，直到满意为止，才作为定本问世”[1]。与郑伯奇相比，同样身为中国作协西安分会副主席、兼任《延河》主编的评论家胡采与柳青一样成长于陕甘宁边区，从研究方向看，他撰写《创业史》的评论似乎更为合适。但作为前辈，郑伯奇显然更有影响力。而胡采似乎也很少发表评论“急就章”，杜鹏程的《保卫延安》1954年在人民文学出版社出版，胡采1959年在《延河》发表《论〈保卫延安〉的艺术特色》；《创业史》1960年在中国青年出版社出版，胡采1963年5月在《延河》发表评论文章《创作的深度》。

郑伯奇的“仓促上阵”，有推介《创业史》的目的。事实上，推介新作一直是《延河》的办刊宗旨之一。《延河》1958年4月号上发表的《稿约》中，指出该刊需要“短小精悍、深入浅出的评论，尤其是对当前作品评介的论文”。此外，《延河》上辟有“新作品评”专栏，主要发表对《延河》所刊新作的评论。《延河》上曾有数次同期发表某一作品及其评论的现象，如1958年第11期发表王汶石的短篇小说《新结识的伙伴》，同期发表了姚虹的推介文章《共产主义的新人》；1959年第7期发表马萧萧的长诗《石牌坊的传说》，同期发表了骆惊的《劳动创造的赞歌》；1960年第7期发表翼羽的《取经记》，同期发表了黄藿的评论《新人的赞歌——读〈取经记〉》。这几位撰写评论的作者均为《延河》编辑部的编辑，他们从不同角度对所评作品进行肯定，不足之处多一笔带过。郑伯奇在评论中肯定了《创业史》反映生活的深度与广度，人物栩栩如生，并指出《创业史》的成功得益于柳青的深入生活、创作的严谨态度以及作者的政治思想水平。文章虽短，其中许多观点在后来的阐释中不断出现。

《创业史》出版之后，1961—1962年，《延河》发表了五篇专业评论，分别从主题思想、艺术特色、叙述视角、人物形象等方面论述《创业史》。尚为人民大学研究生的何文轩（何西来）从小说艺术方法角度肯定

---

① 郑伯奇：《〈创业史〉读后随感》，载《延河》1960年第1期。

《创业史》达到的史诗效果，指出《创业史》成功的主要原因是柳青在“思想”与“艺术”两方面具有的高度，思想上的高度则是共产主义理想的高度，党的政策思想的高度。中国社科院的朱寨认为《创业史》深刻反映了农村两条路线的斗争，这一斗争是“关系着农村命运的斗争”，“关系着农村中所有人们个人命运的斗争”，同时指出毛泽东关于农业合作化的分析论断对柳青的启示。[①]陕西师范大学的马家骏指出《创业史》采用全知全能的叙述人视角，易于呈现丰富的生活面；叙述者深入内心世界展示人物性格，“各阶级人物的心理、思想情感得到深刻的揭示”。[②]辽宁大学王向峰认为柳青在塑造革命农民形象时，注重反映人物的阶级性与个性，“真正做到了革命理想主义和革命求实精神的结合”[③]。极为难得的是，在各大期刊发表大量肯定梁生宝形象的论文时，《延河》发表了扬州师范大学李关元肯定徐改霞形象塑造的论文，文中指出，“很多评论文章对这个人物表现了不公正的冷淡，有的在评论中捎带一笔，有的干脆略而不论”[④]，有的则认为这个形象塑造失败。他认为，柳青所要塑造的是一个有血有肉有个性、有优点也有缺点的复杂人物，而非批评家说的“理想人物”。姑且不论观点正确与否，笔墨之间有为柳青辩护的意思。

可以想象，在《创业史》出版之后，《延河》编辑部收到了不少评论文章。《延河》选择稿件时，应该是有所考虑的。从刊发的这几篇评论看，它们或为自由来稿，或为约稿，作者来自全国各地，研究视角各不相同，均多方位肯定《创业史》的价值，体现《延河》“面向西北地区乃至全国”的刊物定位以及大力推介《创业史》的目的。部分论文向读者传达出一种观念：人物形象塑造与人物思想道德不成正比，分析人物应充分考虑作者的意图。这种研究思路为《延河》编辑部所认可，可见《延河》在

---

① 朱寨：《读〈创业史〉（第一部）》，见《从生活出发》，人民文学出版社，1982年，第57页。

② 马家骏：《“心理学”与“诗篇”的统一》，载《延河》1961年第8期。

③ 王向峰：《革命农民的形象》，载《延河》1961年第11、12期合刊。

④ 李关元：《关于〈创业史〉中徐改霞的形象》，载《延河》1962年第12期。

传播《创业史》中的导向作用。

二、扩大在普通读者中的影响

“十七年”时期强调文学的“工农兵化”，文学服务的对象是工农大众，文学创作的目的是教育大众，因此，文艺作品评论者除了专业评论家，还有普通读者。缘于文艺评价的“政治标准第一”，普通读者虽然缺乏必备的专业知识，只要有政治觉悟，便可以进行文学评论，这使得非专业评论在文艺评论中占有一定的比重。或者说，文学的“工农兵化”，不仅表现在工农兵创作文学作品，也表现在工农兵评论文学作品。新中国成立初的文学期刊中常见与普通读者互动的栏目。为了“活跃刊物的评论工作”，及时反映读者意见，吸引更多的人参与文学评论工作，《延河》1958年曾开辟专栏“群众论坛”，后更名为“读者中来”，该专栏发表了大量非专业评论文章，篇幅短小，随感为主，均注重作品的教育功能。

《延河》上发表的关于《创业史》的非专业评论只有一篇，即曹树成的《〈创业史〉第一部读后点滴》。作者在文中称：自己各方面水平很低，既没有多少生活阅历，对文学艺术又不懂得什么，不能对《创业史》妄加评论，只好写“这封信”，谈谈读完这部作品后的点滴粗浅的感受。从措辞看，该文原是一封信，因作者非专业评论家，文章更注重文学的教育功能，文章一开篇就确定了这一基调：“任何一部好作品，其中那些栩栩如生的艺术形象和那些精巧的情节，不仅使人久久不能忘怀，同时通过那些艺术形象所揭示出来的极其深刻的思想，也会使你对现实生活有进一步正确的认识，从而启发你思考对急骤变革着的现实，应该采取怎样的态度。”[①]随后指出，《创业史》第一部就是这样的作品。文章着重分析了高增福和郭振山这两个人物，指出：高增福性格坚强又理性，是“党在农

① 曹树成：《〈创业史〉第一部读后点滴》，载《延河》1960年第1期。

村的坚实支柱”；郭振山的转变缘于他脱离党，从而说明坚持中国共产党的领导的意义，表达对党的热情，即一个人一旦离开了党，“那么你的才干就会枯竭，内心也会越来越空虚，你对党的事业和工作，就不会有发自内心的爱的感情”[①]。与专业评论相比，曹树成的文章结构较为松散，类似于读后感。在“政治标准第一”的评价体系下，文学评论很容易变形为思想道德评论，这在专业评论中同样有所体现。所不同的是，业余评论者相对缺乏一定的文学素养，思想性往往成为作品的主要阐释对象。曹树成文章的观点对《创业史》的研究本身可能无太大促进作用，但它肯定了《创业史》的教育意义，侧面证明了文学作品能够承担社会主义教育功能，这正是“十七年”时期主流意识形态大力强调的。

《创业史》初版时印数在两百万册左右，普通读者远远多于专业读者。普通读者的评论较少专业术语，能引起普通读者的共鸣，也更愿意谈及作品的教育功能，这是普通读者评论存在的价值。为了传达更多普通读者的意见，《延河》1960年第1期发表了《创业史》读者意见综述，概括起来有三个优点：一是作者反映的生活面广，主题思想深刻，读来感觉很真实；二是《创业史》成功地写出了不同阶级的不同人物；三是思想和艺术上有着鲜明的特色。意见综述还包括一些小问题：情节上“生宝和改霞的爱情产生得比较简单”，“有些地方不够紧凑、精炼”；语言上“比较生硬”；等等。意见综述中并没有独到的见解，是“优点明显，缺点无妨”的风格，传达了大部分读者的意见。

为了在普通读者中探讨《创业史》，《延河》编辑部和陕西省长安县委宣传部于1960年9月1日联合举办了《创业史》座谈会，参会者主要为长安区干部及文艺工作者，如县委副书记、县文化馆馆长、《长安日报》主编、长安县农民作家等。参会代表的观点主要有三点：一是肯定《创业史》具有高度的思想性与艺术性；二是强调小说的教育功能，认为《创业

① 曹树成：《〈创业史〉第一部读后点滴》，载《延河》1960年第1期。

史》“是一本阶级斗争的教科书”，小说“说明了党的伟大，说明了党的政策的正确，说明了一个人对待革命事业，应该抱什么态度”；[①]三是将《创业史》与毛泽东文艺思想联系起来，认为《创业史》的问世是党的文艺方针、毛泽东文艺思想的胜利，是柳青认真贯彻执行党的文艺方针的结果。这些参会者均有一定的文化知识，他们能从思想性与艺术性分析《创业史》，但他们并非专业评论者，因此更重视作品的教育功能，即关注文学作品究竟对读者的思想道德提升发挥了多大作用。

《延河》还发表了柳青回复读者的两封信，从回信内容看，普通读者更关心文学的真实性问题。第一封是关于小说中某些问题的探讨，如梁生宝的年龄与人民币的票面价格有误、“预备党员”称谓不合适、1953年春天的青蛙是从蝌蚪变来的还是冬眠醒来的、稻子和稗子的区别等几个被柳青称为技术性的问题。专业读者把《创业史》当作故事读；群众读者则把它当作新闻读，因此细微的错误就容易被发现。第二封信则是回复读者询问第二部出版的时间，柳青表示至少在两三年内不可能出版。新疆电力设计院的十四名同志向柳青提出挑战，新疆电力设计院发多少电，柳青要完成多少作品，柳青回复说自己接受挑战，但“不规定完工的期限”。[②]这些读者并未考虑文学特点以及创作的规律，他们的阅读方式体现出文学的认识功能。

专业评论注重作品的审美功能，非专业评论关注教育功能与认识功能；专业读者的阅读相对自觉，非专业读者的阅读带有偶然性与随意性。“十七年”时期的文学传播不仅要考虑专业读者，更要考虑占绝大多数的非专业读者。《延河》发表非专业评论、读者来信、《创业史》座谈会发言纪要及柳青与读者之间的互动，介绍了普通读者对文学的要求，加速了《创业史》在普通读者间的传播。

---

① 《座谈〈创业史〉第一部》，载《延河》1960年第11期。

② 柳青：《关于〈创业史〉复读者的两封信》，载《延河》1962年第3期。

三、为《创业史》“正名”

《创业史》第一部出版之后的1963年，严家炎在《文学评论》第3期发表了论文《关于梁生宝的形象》，柳青撰文对此文部分观点表示了不同意见。为了便于大家讨论，柳青在《延河》发表自己文章时，建议将严家炎的评论文章附于其文之后。随后，学术界展开了对梁生宝形象塑造的热烈讨论，主要以批评严家炎观点的方式出现。

严家炎发表的这篇文章实际上是自己的“辩护文”。1961年他在《文学评论》发表《谈〈创业史〉中梁三老汉的形象》，指出梁三老汉是全书中最成功的形象，由此引起了部分研究者的不满，认为他“为了强调梁三老汉这一人物的创造意义，而贬低英雄人物梁生宝”等等。严家炎的立论基础是：“思想上最先进并不等于艺术上最成功；人物政治上的重要性，也并不就能决定形象本身的艺术价值”，结论是“跟梁三老汉，甚至跟高增福相比，梁生宝的形象倒是在不少地方显示出了自己的弱点和破绽的。”①

文章在论述过程中，提出了梁生宝塑造的“三多三不足”，这成为部分评论者批评他的“靶子”。他认为柳青长期深入农村生活，对各类人物的了解并不平衡，对梁三老汉这类老农能洞察肺腑，着墨不多，却入木三分；对梁生宝这类英雄形象用力较多，“但总令人有墨穷气短、精神状态刻画嫌浅、欲显高大而反失之平面的感觉”②。梁三老汉是在以小农经济为主的乡土社会中成长起来的农民，他符合读者对农民的集体认知。梁生宝是乡土社会转型时期出现的新英雄人物，他成长于乡土社会，思想上受教于革命文化，是介于农民与上级党领导之间的人物。“农民身份”使得他思想认识无法超过上一级正面领导；“英雄形象”又需要他摆脱传统农

① 严家炎：《关于梁生宝形象》，载《延河》1963年第8期。

② 同上。

民的观念，脱离一直根植的传统文化土壤。这种“是农非农”“拔高与抑底”的写法使梁生宝形象带有观念性。

在1962年大连召开的全国农村题材短篇小说大会上，邵荃麟提出“中间人物”概念，并以梁三为例说明这一人物的重要性；1963年4月“中间人物”观点受到某些人的批评。实际上，早在1961年11月13日西安作协分会就召开过批判“写中间人物”的座谈会。如果严家炎的观点引起普遍认同，《创业史》的问题就不仅涉及文学观念，也涉及政治倾向。“十七年”时期不断有作品因为意识形态问题受到批判，对严家炎的观点，柳青难免有所警觉。因为柳青的不同意见以及文学界对“新英雄”人物形象的期盼已久，严家炎的这篇论文再次受到批评。除了柳青的文章，《延河》还发表了两篇论文表达与严家炎的不同意见，一篇是蔡葵的《这样的批评符合实际吗？》，另一篇是李士文的《关于梁生宝的性格特征》。

蔡葵的文章逐一批驳了严家炎“三多三不足”中的前面“二多与二不足”。他认为严家炎列举了很多例子说明自己的观点，但大部分跟原著的实际情形不相符，这样的结论是“建立在一堆不可靠的砂子上的”[①]。在批评“写理念活动多，性格刻画不足”时，他认为梁生宝之所以能够从平凡的生活事件中发现深刻意义，是因为现实生活和党的教育；梁生宝面对改霞考工厂而表现冷淡，是因为作者并不一味显示人物的高大成熟，也突出其“窝囊”与“拘谨”等。在批评“外围烘托多”“放在冲突中表现不足”时，蔡葵认为，小说完全围绕梁生宝展开斗争是不合情理的，梁生宝与郭振山是有性格上的交锋的，只是没有“面对面搏斗”。蔡葵论文中的许多观点与柳青的较为接近，如英雄人物未必要出现在每个冲突中；梁生宝能从平凡事情中发现意义，这缘于党的教育；等等。也可以说蔡葵的观点是对柳青观点的进一步阐发。李士文的文章从如何创造新英雄人物形象入手，他采取反证法，指出如果严家炎所说的梁生宝形象不够丰满是成

① 蔡葵、卜林扉：《这样的批评符合实际吗？》，载《延河》1963年第10期。

立的，那么梁生宝的形象就是不真实的、失败的，这一观点就构成了对梁生宝形象典型意义的基本否定。他认为严家炎对梁生宝性格不符合“农民的气质”的判断，显然是“知识分子对劳动人民的习惯偏见”，即不相信一个农民会变得那么进步，会那么容易接受党的政策、路线和党的思想观点。[①]在论述过程中，作者指出新英雄人物塑造的关键问题是写好党对英雄人物的培养、教导，具有阶级观点。

这两篇论文均发表于柳青与严家炎商榷的文章之后，两位作者应该阅读了柳青的文章，他们认同柳青的观点并非仅仅出于对柳青的尊重，也是对英雄人物形象的肯定。“十七年”时期，主流意识形态强调塑造英雄形象，周扬就提出“表现新时代新人物是我们这一代文学家的历史任务”[②]。《延河》发表这两篇论文，有保护专业作家的考虑，呼应柳青的观点，为《创业史》“正名”。

四、《延河》传播《创业史》的意义

“十七年”时期，地方文学期刊办刊宗旨主要是给本地作家提供创作平台，活跃地方文学，繁荣社会主义事业。“十七年”时期，陕西作家创作的长篇小说中引起广泛关注的只有《保卫延安》与《创业史》。《保卫延安》早在1954年已出版，其时《延河》尚未创办。因此，《创业史》是“十七年”时期《延河》发表的唯一一部在全国范围内产生巨大影响的长篇小说，对它的“包装”就显得较为重要。

从“十七年”时期《延河》发表的相关评论看，有专业评论为《创业史》定位，专业评论家拥有话语权；有业余读者的加入，体现出作家与作品的群众基础，是知识分子与工农兵相结合的典型；在《创业史》遭遇不

① 李士文：《关于梁生宝的性格特征》，载《延河》1963年第11期。

② 周扬：《建立中国自己的马克思主义的文艺理论和批评》，见张炯主编《中国新文艺大系 1949—1966 理论史料集》，中国文联出版公司，1994年，第458页。

同声音时，及时纠正对它的评论。这些都可以看作《延河》在传播《创业史》时的用力。“十七年”时期，时代呼唤能够迎合主流意识形态对农村题材创作要求的作品时，那些“延安时期”就已经产生影响的作家如赵树理、周立波是被寄予厚望的，柳青却通过自己的坚持获得了成功。柳青的经验让后来者意识到，深入生活、沉潜创作能够破茧成蝶。

“文革”结束后，柳青在修改《创业史》第一部的同时也在修改第二部，《延河》再次关注《创业史》。1978年第2期与第3期连载《创业史》第二部第十四至十七章。柳青于当年6月去世，《延河》自1978年第10期至1979年第3期连载《创业史》第二部第十八章至二十八章。柳青去世后，《延河》从1978年至1981年陆续发表了几篇关于《创业史》的文章，有徐民和的《一生心血即此书》以一个记者身份回忆“文革”之后与柳青的交往，肯定柳青投入创作的姿态以及《创业史》的价值；阎纲的《史诗——〈创业史〉》高度肯定《创业史》，认为它“在文学创作中‘史’与‘诗’的结合上所获得的成就，把我国社会主义文学创作推向一个新的水平，提供了丰富宝贵的经验”[①]；王维玲的《柳青和〈创业史〉》以该小说责任编辑的身份回忆“文革”前与柳青的交往以及《创业史》的出版；李士文的《关于〈创业史〉和极左思潮》是在《创业史》遭受质疑的时候，指出《创业史》“只是在有限的局部范围受到极左思潮的影响”[②]，肯定它仍是新中国成立以来的优秀长篇小说之一。为了正确总结《创业史》经验，《延河》文学月刊社于1981年11月12日至24日召开了“《创业史》及农村题材创作学术研讨会”，会议纪要刊发于《延河》1982年第2期，大部分的学者对《创业史》以及柳青的创作姿态均表示肯定，其中不乏不同的意见。

《创业史》创作周期较长，作品一度获得广泛的赞誉。同时，陕西需要树立本土的经典作家，《延河》对《创业史》给予了极高的关注度，柳

① 阎纲：《史诗——〈创业史〉》，载《延河》1979年第3期。

② 李士文：《关于〈创业史〉和极左思潮》，载《延河》1981年第3期。

青仍被视为20世纪七八十年代陕西文坛的一面旗帜。其时，陕西文坛进入了新老作家更替时期，老一代作家逐渐退出历史舞台，新一代作家开始崛起。如果说这些年轻的作家需要在本土寻求文学养料，他们很容易将目光投向柳青与《创业史》。诚然，其中还有一个原因：具有深厚历史文化底蕴的陕西都市化并不明显，乡土文学仍是该区域作家的主要创作类型。在新时期陕西文坛“三座大山”中，路遥视柳青为精神导师，陈忠实称柳青为文学“启蒙老师”。贾平凹没有明显表示自己受柳青的影响，他小说中的小农意识反思不能说直接来自柳青，“五四”启蒙文学中较为常见，这种反思姿态却是一脉相承的。源于柳青，“深入生活”与“现实主义”对陕西当代文学发展影响深远。

作品的传播效果主要缘于作品自身的质量，但传播手段也极为重要。既然质量的高低始终缘于人的认识，不断呈现正面形象必然会影响人的认识，何况还是一部曾经引起轰动的呕心沥血之作。一种期刊钟情于一部作品，其实也是期刊所在的文学团体钟情于一位作者，这种钟情表现为一种难以割舍的牵挂。2006年《创业史》再版后，多年不发文学评论的《延河》在当年第9期破例发表了何西来的《流派开山之作——柳青〈创业史〉重印本序》。“编者按”中说明了原因：“柳青先生曾任《延河》主编，他的《创业史》是首先在《延河》上发出，何西来先生关于《创业史》的评论文章也是首先在《延河》上发出。”为一种身份与两个“首先”破例，带有总结的意思。“编者按”中还指出刊发此文的目的是“追思，怀念，总结，寻求，拓展”，不妨解释为追思与怀念柳青，在总结《创业史》的创作经验中寻求精神资源，拓展文学路径。从1958年发表《创业史》到2006年发表评论文章，《延河》与《创业史》的情缘几乎持续半个世纪。

《延河》对《创业史》的传播不仅促进了柳青及《创业史》的经典化，在树立典型的过程中，也影响了陕西新一代作家的成长。《延河》作为陕西作协的机关刊物，杂志的主编与编辑均为陕西文艺界的领军人物，他们对一部作品的推崇实际上也在有意规范地方文学的发展路径，从陕西当代文学现实主义特征，陕西作家虔诚的创作姿态、丰厚的创作实绩看，这一行为是有效的。

原载《大西北文学与文化》2020年第1期，原题为《论〈延河〉对〈创业史〉的传播》

后 记

2022年年底一个极其平常的傍晚，我像往常一样打开邮箱，一封《当代陕西文学评论文丛》的约稿函跃入眼帘。带着惊喜与少许困惑，我仔细阅读邮件中的每一个字，生怕错过任何一丝细节，直到读完，内心彻底被激动与感动填满。一切来得太过突然，意外为生活增添了丰富的色彩。我平复着内心的波澜，习惯性地扭头看向窗外，不远处的长乐公园逐渐融入夜色。某段时期，我常常从窗口看时光流转，把风景当成一幅画。此时，公园昏黄的路灯下树影斑驳，其间隐约可见早年走过的石板路，有了喧闹过后的冷清。我感慨自己天资不敏，亦非大拙大巧，却总能遇见贵人，让我在前行的路上有光可追。

然而，当我在整理已发表的论文时，却充满着焦虑与挫败感，我发现这些文字的浅薄与感性，即便早年还自得过的少量文章，也显得言不尽意。我在慌乱中努力修改，但无法回到当初的语境，修修补补，新旧杂糅，终究不能如愿。二十年的学术之路，凝聚成这轻薄的一册，让我羞愧难当。

论文折射出学术研究的轨迹。二十年前，我在苏州读书，那时青春正好，生活单纯而明朗，烟雨江南的小桥流水、吴侬软语为三点一线的生活平添了欣喜与慰藉。阵阵“海风”带来思绪万千与躁动不安，有的是不假思索天马行空提笔就写的冲动和热情，女性、符号学、城乡……恩师的鼓励更让我不知深浅，留下了一些看似灵动却经不起推敲的文字。我有一些有头没脑的小说就是那个时候开始的，一边沉浸于故事编织，一边吹毛求疵，左右为难，便无期限搁置，后来换过几次电脑，不知道哪次在心烦意乱中抑或心如止水时删除了。

毕业后我来到西安。这里的草木没有南方的秀丽，行人皆稳重儒雅，空气中都弥漫着千年古都厚重的历史文化气，对比之下就显出自己的慌张与浅陋。好在陕西当代文学是个富矿，与我关注的城乡书写契合，于是我欣然扎进了陕西当代文学。在一个并不十分熟悉的领域深耕，唯有阅读加阅读，但终日纠缠于工作与家庭之间，目光所及皆为锅碗瓢盆，在疲惫与苦恼中，文字平添了滞重与匆忙。

只有弱者才抱怨环境。因缺乏足够的认知与毅力，琐碎生活中忘记了抬头看路，更无暇顾及星空，在苟且中蹉跎了岁月辜负了时光。论文集是对过去阶段性的总结，我的这个句号并不圆满，入选“文丛”，其中包含大家对我太多的期待、包容与鞭策。感谢陕西省作家协会、陕西文学院，感谢这套丛书的策划者，应该是历史思维、天下格局与文学情怀的相遇，才有了如此宏大的计划；感谢给予帮助的学者与前辈，睿智与宽容永远如冬日的暖流；感谢编辑马凤霞老师的付出，我不是一个好的表达者，努力做一个不添麻烦的撰稿人；感谢这个后记，让我再一次梳理自己，与智者为伍善者同行，纵使经历了萧瑟，终将“也无风雨也无晴”。

吴妍妍
2024年9月于西安